Blaireau se cache

Du même auteur
dans la collection Rivages/Thriller

Le Voleur de temps
Porteurs-de-peau
Dieu-qui-parle
Coyote attend
Les Clowns sacrés
Moon
Un homme est tombé
Le Premier Aigle

dans la collection Rivages/noir

Là où dansent les morts (n° 6)
Le Vent sombre (n° 16)
La Voie du fantôme (n° 35)
Femme-qui-écoute (n° 61)
Porteurs-de-peau (n° 96)
La Voie de l'ennemi (n° 98)
Le Voleur de temps (n° 110)
La Mouche sur le mur (n° 113)
Dieu-qui-parle (n° 122)
Coyote attend (n° 134)
Le Grand Vol de la banque de Taos (n° 145)
Les Clowns sacrés (n° 244)
Moon (n° 292)
Un homme est tombé (n° 350)

hors collection

La Trilogie Joe Leaphorn
La Trilogie Jim Chee (incluant *Le Peuple des Ténèbres*)
Suite navajo I
Le Garçon qui inventa la libellule
Hillerman Country

Tony Hillerman

Blaireau se cache

Traduit de l'américain
par Danièle et Pierre Bondil

Collection dirigée par
François Guérif

Rivages/Thriller

Titre original : *Hunting Badger*

106, boulevard Saint-Germain – 75006 Paris

ISBN : 2-7436-0691-6
ISSN : 0990-3151

À l'agent Dale Claxton
qui est mort seul,
en accomplissant son devoir avec courage.

Les personnages de ce livre appartiennent au domaine de la fiction à l'exception de Patti (P.J.) Collins et de l'équipe des experts de l'Agence pour la Protection de l'Environnement. Mes remerciements à Ms Collins qui a accepté de me fournir des informations sur la tâche consistant à effectuer les relevés de traces de radioactivité, et à P.J. ainsi qu'à l'équipage de l'hélicoptère pour avoir convié Chee à un survol de Gothic Canyon.

Note de l'auteur

Le 4 mai 1998, l'agent de police Dale Claxton, basé à Cortez, dans le Colorado, arrêta un camion-citerne d'eau volé. Trois hommes qui se trouvaient à l'intérieur l'abattirent avec des armes automatiques. Au cours de la poursuite qui s'ensuivit, trois autres policiers furent blessés, l'un des suspects mit fin à ses jours, et les deux survivants disparurent dans la vaste étendue désertique et sauvage constituée de montagnes, de mesas et de canyons, à la frontière entre l'Utah et l'Arizona. Le FBI prit la direction de cette chasse à l'homme qui impliqua rapidement plus de cinq cents hommes travaillant pour au moins vingt forces du maintien de l'ordre, qu'elles soient tribales, locales ou fédérales, et des chasseurs de primes attirés par la récompense de 250 000 dollars offerte par le FBI.

Pour citer Leonard Butler, le perspicace chef de la Police tribale navajo, les recherches « ont tourné au cirque ». Des informations signalant qu'on avait aperçu les criminels, communiquées à la coordination, n'atteignaient pas les équipes de recherche. Des groupes de représentants de l'ordre s'apercevaient qu'ils se traquaient mutuellement, incapables de communiquer sur des fréquences radio incompatibles ; la police locale qui connaissait la région était cantonnée sur des barrages routiers tandis que des hommes venus des villes se mesuraient à des canyons qui leur étaient inconnus. La localité de Bluff fut évacuée, un feu de broussailles déclenché dans la vallée encaissée de la San Juan pour contraindre les fugitifs à effectuer une sortie, et la chasse se poursuivit jusqu'à l'été. En juillet, le bruit se répandit que le FBI croyait les fugitifs morts (probablement de rire, pour reprendre les termes d'un de mes amis policiers). Quand arriva le mois d'août, seule la police navajo avait encore des hommes qui tentaient de trouver des traces.

Au moment où j'écris ces mots (juillet 1999), les fugitifs sont toujours en liberté. Mais la chasse de 1998 n'existe dans ce livre que sous la forme d'un souvenir romancé entretenu par des personnages de fiction.

Tony Hillerman

Note des traducteurs

Le lecteur américain est tout aussi ignorant que le lecteur français des mœurs et coutumes des Indiens Navajo. Nous avons donc décidé de respecter le choix de l'auteur, qui a disséminé ici et là dans son roman les informations nécessaires à en assurer la bonne compréhension, et de ne pas alourdir le texte d'une quantité de notes explicatives et de termes en italiques. Toutefois, il nous a semblé utile de faire figurer en fin d'ouvrage un glossaire qui devrait permettre au lecteur qui en éprouverait le besoin d'avoir une meilleure vue d'ensemble de cette civilisation et de ses voisines. Les mots suivis d'un astérisque dans la traduction pourront renvoyer à ce glossaire. Nous avons en outre établi une carte des territoires concernés.

Par ailleurs, certaines particularités orthographiques (accords, majuscules notamment) se retrouvent dans le texte de Tony Hillerman ; et des termes d'origine indienne peuvent présenter des différences d'un livre à l'autre : quelques lignes extraites du remarquable ouvrage de Harry Hoijer, *A Navajo Lexicon*, University of California Press 1974, permettront aisément de comprendre pourquoi (extrait consacré aux noms, les verbes étant environ dix fois plus nombreux en navajo).

N 102 táščìžìì 'swallow (the bird)'.
N 103 -tášŁòh 'hair of arms and legs'.
N 104 táčééh 'sweathouse'.
N 105 -táál : hàtáál 'chant; ceremony'. see S 139.
N 106 táálâhòòyàn 'Awatobi ruin'. táálá-?; hòòyàn, N 303A.
N 107 -tàáł- : hàtààł 'singer (in ceremonies)'. Lit. 'one who sings'; see S 139.4 E 5.
N 108 tą̀žìì 'turkey'. See S 147.1.

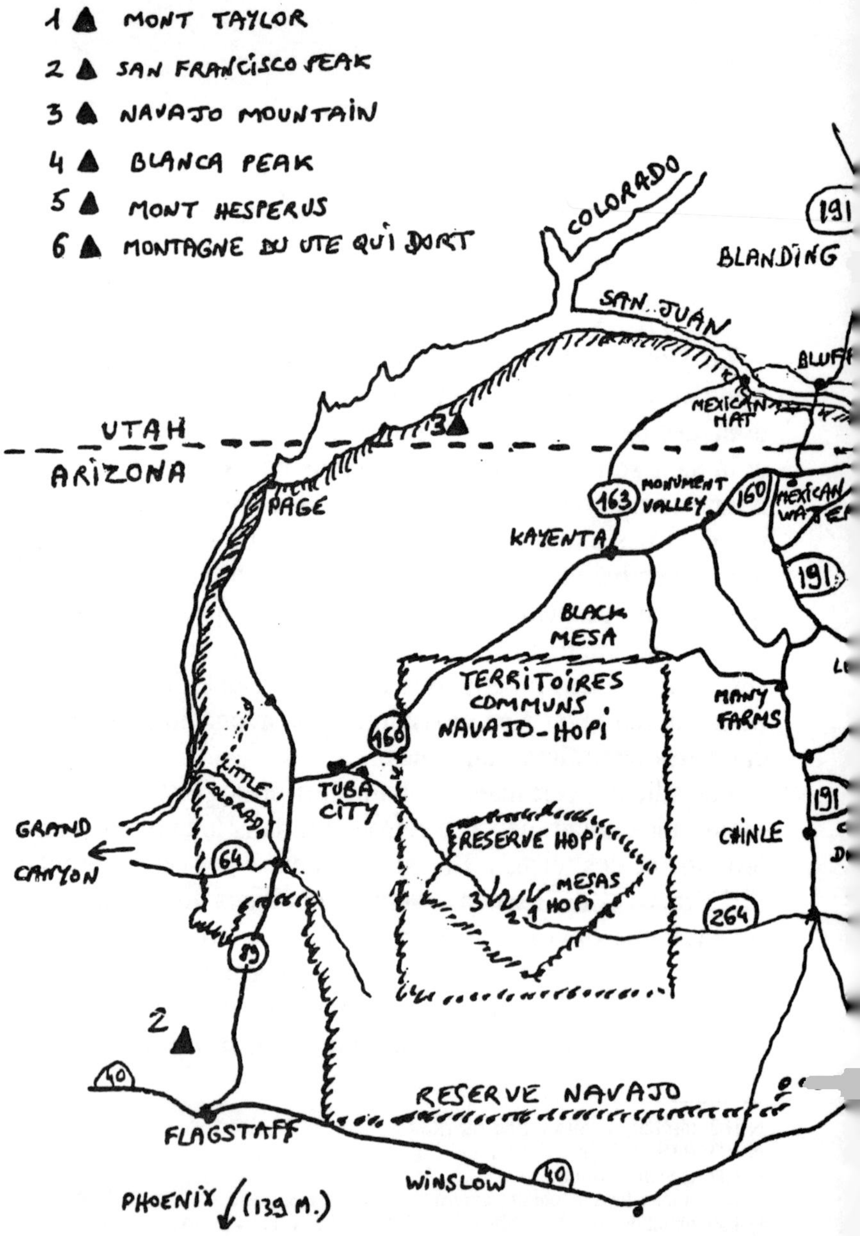
1 ▲ MONT TAYLOR
2 ▲ SAN FRANCISCO PEAK
3 ▲ NAVAJO MOUNTAIN
4 ▲ BLANCA PEAK
5 ▲ MONT HESPERUS
6 ▲ MONTAGNE DU UTE QUI DORT
COLORADO
SAN JUAN
BLANDING
BLUFF
MEXICAN HAT
UTAH
ARIZONA
PAGE
KAYENTA
MONUMENT VALLEY
MEXICAN WATER
BLACK MESA
TERRITOIRES COMMUNS NAVAJO-HOPI
MANY FARMS
TUBA CITY
LITTLE COLORADO
GRAND CANYON
RESERVE HOPI
MESAS HOPI
CHINLE
RESERVE NAVAJO
FLAGSTAFF
WINSLOW
PHOENIX (139 M.)
163
160
191
64
89
40
264

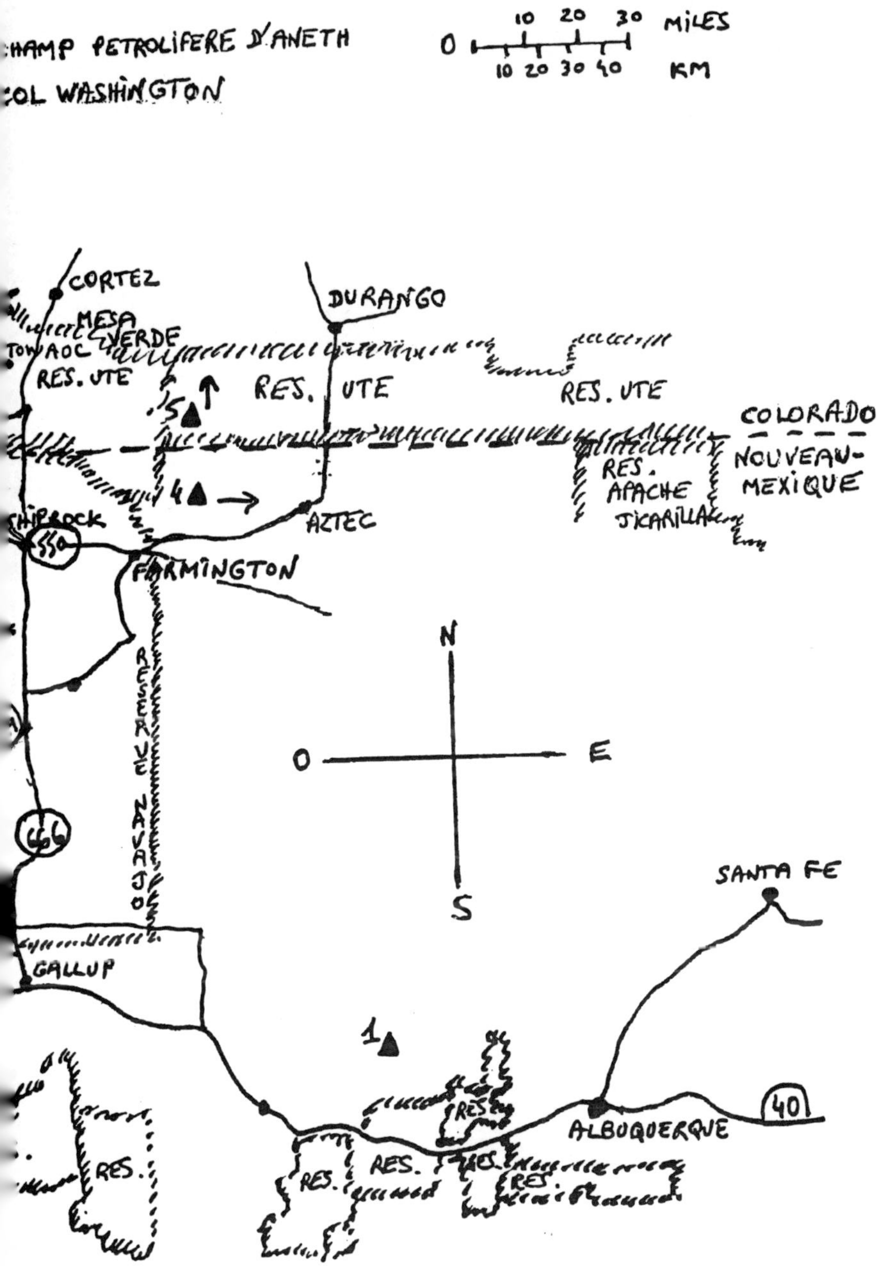

HAMP PETROLIFERE D'ANETH
OL WASHINGTON
0
10 20 30 MILES
10 20 30 40 KM
CORTEZ
MESA VERDE
TOWAOC
RES. UTE
DURANGO
RES. UTE
RES. UTE
COLORADO
NOUVEAU-MEXIQUE
RES. APACHE JICARILLA
AZTEC
SHIPROCK
550
FARMINGTON
RESERVE NAVAJO
666
N
O
E
S
SANTA FE
GALLUP
ALBUQUERQUE
40
RES.
RES.
RES.
RES.
RES.
RES.

1

L'adjoint au shérif Teddy Bai était appuyé contre le montant de la porte, à contempler la nuit, depuis trois minutes environ, quand il prit conscience que Cap Stoner l'observait.

– Je prends juste un peu l'air, expliqua-t-il. C'est trop enfumé là-dedans, merde.

– T'es nerveux, ce soir, remarqua Cap en venant se poster sur le seuil à côté de lui. Pourtant, les jeunes célibataires, vous devriez avoir aucun souci.

– J'en ai pas.

– Sauf peut-être celui de rester célibataire. Ça en fait un.

– C'est pas mon problème.

Teddy tourna les yeux vers le vieux policier pour voir s'il pouvait lire quelque chose sur son visage. Mais Cap, qui regardait le parking du Casino Ute, ne lui présentait que son profil gauche avec sa moustache blanche broussailleuse, ses cheveux blancs en brosse et les chairs cicatrisées dont sa joue gardait la marque depuis qu'une femme qu'il arrêtait pour conduite en état d'ébriété avait, selon son propre récit, sorti un revolver de son sac à main et lui avait tiré dessus. Cela remontait à une quarantaine d'années, alors que Stoner ne faisait partie de la police de l'État du Nouveau-Mexique que depuis deux ans et qu'il n'avait pas encore appris que la survie exige de se défier de l'ensemble de ses congénères. Aujourd'hui, il était un capitaine à la retraite qui améliorait sa pension en dirigeant les services de sécurité privés de l'établissement de jeux de hasard situé sur la Réserve des Utes * du Sud... et Teddy augmentait lui aussi ses revenus les nuits où il n'était pas en service.

– Qu'est-ce que tu lui as dit, à l'ivrogne qui faisait du bruit à la table de blackjack ?

– Comme d'habitude. Qu'il devait se calmer ou sortir.

Cap ne fit pas de commentaire. Il avait le regard plongé dans la nuit.

– J'ai vu un petit éclair, dit-il en pointant le doigt. À peine visible. Ça doit être tout là-bas, au-dessus de l'Utah. Il est grand temps, en plus.

– Ouais, fit Teddy qui souhaitait que Cap s'en aille.

– Il est temps que la saison des grandes pluies commence. On est le treize, hein ? Ça m'étonne qu'ils soient aussi nombreux à être venus tenter leur chance un vendredi treize.

Teddy hocha la tête, sans rien proposer pour alimenter la conversation. Mais Cap n'en avait nul besoin.

– Mais bon, c'est jour de paye. Il faut qu'ils se débarrassent de tout ce fric qu'ils ont dans leur enveloppe.

Il consulta sa montre :

– Trois heures trente-trois, annonça-t-il. Presque l'heure que le camion arrive pour emporter le butin à la banque.

Et, pensa Teddy, plusieurs minutes au-delà de l'heure où une petite Ford Escort bleue aurait dû se présenter sur le parking ouest.

– Bien, dit-il, je vais aller faire une ronde au milieu des voitures. Faire peur aux voleurs.

Il ne trouva ni voleurs ni petite Escort bleue sur le parking ouest. Quand il se retourna vers l'entrée portant l'inscription RÉSERVÉ AU PERSONNEL, Cap n'y était plus. Quelques minutes de retard. Mille raisons pour expliquer ça. Ce n'était pas une catastrophe. Il profita de l'air frais, de la froidure du haut-pays à l'approche de l'aube, des éclairs occasionnels au-dessus des montagnes. Il sortit de la zone éclairée afin de s'assurer que les souvenirs qu'il avait gardés des ciels étoilés du milieu de l'été étaient bien vivaces. La plupart des constellations se trouvaient là où sa mémoire le lui suggérait. Il se rappelait leur nom américain, et certains de ceux que sa grand-mère navajo * lui avait enseignés, mais seulement deux des noms qu'il avait réussi à arracher à son père kiowa-comanche. C'était l'heure que sa grand-mère appelait « le moment des ombres denses », et pourtant la lune au lever tardif diffusait une faible lueur qui soulignait les contours de la Montagne du Ute qui Dort. Il entendit un éclat de rire quelque part. Une portière claqua. Puis une autre. Deux véhicules démarrèrent sur le parking est, se dirigèrent vers la sortie. Dans les pins pignons des collines, derrière le casino, des coyotes entamèrent une conversation mi-jappée mi-iodelée. Il entendit le bruit d'un camion qui rétrogradait sur la route en contrebas. Un pick-up truck [1] s'engagea sur le parking RÉSERVÉ AU PERSONNEL, se gara, fit entendre le fracas qui accompagne le déchargement d'un objet.

Teddy actionna le bouton d'éclairage sur le cadran de sa Timex. Trois heures quarante-six. La petite voiture bleue avait désormais un retard suffisant pour qu'il en ressente un léger étonnement. Un homme vêtu de ce qui semblait être une combinaison de travail surgit dans la lumière, portant une échelle coulissante. Il l'appuya contre le mur du casino, l'escalada vivement jusqu'au toit.

– Hé là, fit Teddy à mi-voix, c'est quoi, cette histoire ?

Sans doute un électricien. Sans doute un problème du système de climatisation.

– Hé, cria-t-il en s'avançant vers l'échelle.

Un autre pick-up entra sur le parking du personnel, avec cabine surdimensionnée, celui-là. Les portières s'ouvrirent. Deux hommes apparurent. Des soldats de la garde nationale, apparemment, vêtus de treillis. Qui tenaient quoi dans leurs mains ? Ils marchaient rapidement vers la porte RÉSERVÉ AU PERSONNEL. Mais elle n'avait pas de poignée extérieure. C'était celle de la comptabilité, on ne l'ouvrait que de l'intérieur

1. *Pick-up truck* : omniprésent dans les États de l'Ouest, il s'agit d'un camion léger, en général monté sur un châssis d'automobile, dont l'arrière ouvert autorise tous les transports. (*N.d.T.*)

et seuls s'en chargeaient des gars aussi importants que Cap Stoner.

À cet instant, Stoner sortit par l'entrée latérale. Il tendit le doigt vers le toit en criant :

– Qui vous êtes, vous, là-haut ? Qu'est-ce que vous foutez...

– Hé, lança à nouveau Teddy en s'élançant au pas de course dans la direction des deux hommes et en soulevant le rabat de son étui. Qu'est-ce...

Les deux hommes s'arrêtèrent. Teddy vit les éclairs des coups de feu, vit Cap Stoner tomber en arrière, et s'étaler sur le sol goudronné. Les hommes pivotèrent, braquèrent leurs armes sur lui. Il s'efforçait de dégainer son pistolet quand les premières balles l'atteignirent.

2

Le sergent Jim Chee, de la Police tribale navajo, se sentait extrêmement bien. Il revenait juste d'un congé de dix-sept jours. Il était heureux de son changement d'affectation, passant de Tuba City, avec le statut de lieutenant par intérim, à son vieux territoire d'origine de Shiprock, et il lui restait cinq jours de vacances avant de se présenter à son travail. Le reste de ragoût de mouton qu'il avait sorti du réfrigérateur bouillonnait plaisamment sur le brûleur au propane. La cafetière fumait, diffusant un arôme aussi délicieux que celui du ragoût. Et le mieux, c'était que quand il retournerait au travail pour de bon, pas une seule tâche administrative en souffrance ne l'y attendrait.

Pendant qu'il remplissait son bol de ragoût et se versait du café, ce qu'il entendit aux informations du matin renforça encore son sentiment de bien-être. Sa crainte (sa terreur, ni plus ni moins), de se retrouver prochainement associé à une nouvelle chasse à l'homme, dirigée par le FBI dans l'arrière-pays, s'effaçait. Le présentateur de la télévision parlait « en direct » depuis le palais de justice fédéral, annonçant que les criminels qui avaient dévalisé le casino de la Réserve des Utes du Sud à peu près au moment où Chee était parti de Fairbanks se trouvaient désormais « vraisemblablement à plusieurs centaines de kilomètres ».

En d'autres termes, bien en dehors du territoire des Four Corners * qui relevait de Shiprock, et trop loin pour qu'il soit concerné directement.

L'hypothèse que le FBI avait plaquée sur ce vol, comme le beau jeune homme qui travaillait pour la télévision l'expliquait pour l'instant sur l'écran de quarante-cinq centimètres, dans la petite caravane de Chee, était la suivante : « De sources proches des enquêteurs chargés de retrouver les trois bandits, on apprend qu'ils ont volé un petit monomoteur sur un ranch situé au sud de Montezuma Creek, dans l'Utah. Des tentatives sont entreprises pour tenter de localiser l'avion, et le FBI a demandé à quiconque aurait pu apercevoir l'appareil, hier ou ce matin, de contacter l'agence. »

Chee goûta son plat, but un peu de café et écouta la description de l'avion que donnait le présentateur (un monomoteur bleu sombre d'un modèle ancien, un monoplan à aile haute), un type d'appareil utilisé par l'armée américaine lors de ses missions de reconnaissance et de repérage des batteries d'artillerie, en Corée et durant les premières années de la guerre du Viêt-nam. Les sources citées laissaient entendre que les criminels avaient sorti l'avion du hangar où le rangeait son propriétaire et s'en étaient servis pour fuir les parages.

Aux oreilles de Chee, c'étaient de bonnes nouvelles. Plus ils étaient loin, mieux il se portait. Le Canada, ce serait parfait, ou le Mexique. N'importe où, sauf les Four Corners. Au printemps 1998 il avait pris part à une chasse à l'homme épuisante et frustrante placée sous la direction du FBI dans le but de retrouver deux individus qui avaient tué un policier. Au pire moment de ce chaos, des hommes appartenant à plus de vingt forces de police de la Réserve, du comté, de l'État et du pays s'y étaient empêtrés sans procéder à aucune arrestation, avant que les agents fédéraux ne décident de tout abandonner en déclarant que les suspects étaient « vraisemblablement morts ». Ce n'était pas une expérience que Chee souhaitait renouveler.

La petite trappe qu'il avait découpée dans la porte de sa caravane cliqueta derrière lui sur ses gonds en caoutchouc, indiquant que sa chatte lui rendait une visite exceptionnellement matinale. Cela lui signalait qu'un coyote était suffisamment proche pour rendre Chatte inquiète, ou qu'un visiteur arrivait. Il tendit l'oreille. Par-dessus le son de la télévision, qui vendait maintenant un abonnement à un téléphone cellulaire, il perçut un bruit de roues sur la piste de terre qui reliait sa demeure, sous les trembles de Fremont de la San Juan, à la grand-route Shiprock-Cortez au-dessus.

Qui cela pouvait-il être ? Peut-être Cowboy Dashee, mais, en tant qu'adjoint au shérif, ce n'était pas son jour de congé habituel. Chee avala une nouvelle bouchée de ragoût, s'approcha de la porte et écarta le rideau. Un pick-up Ford 150 assez récent s'immobilisait sous l'arbre le plus proche. L'agent Bernadette Manuelito était assise à l'intérieur, le regard fixé droit devant elle. Elle attendait, selon la coutume navajo, qu'il prenne acte de son arrivée.

Il soupira. Il n'était pas prêt. Elle représentait un problème dont il lui faudrait s'occuper tôt ou tard, mais il préférait que ce soit tard. Les bruits qui couraient dans le petit monde de la police disaient qu'elle en pinçait pour lui. C'était probablement exact, mais pas une chose à laquelle il voulait réfléchir dans l'immédiat. Il souhaitait disposer de temps, pour s'habituer à la joie d'avoir été rétrogradé au poste de sergent après avoir rempli les fonctions de lieutenant. Le temps de surmonter le choc, quand il avait réalisé qu'il venait de détruire définitivement le pont de l'autre côté duquel se trouvait Janet Pete... séduisante, élégante, chic, douce et traîtresse. Il n'était pas prêt à affronter un nouveau problème. Mais il ouvrit sa porte.

L'agent Manuelito semblait ne pas être de service. Elle descendit de son camion vêtue de bottes, d'un blue jean et d'une chemise rouge, avec sur la tête une casquette de l'équipe de baseball des Indiens de Cleveland, et c'était tout à fait la jolie petite femme à l'allure légèrement négligée dont il gardait le souvenir. Mais en plus grave. Son sourire lui-même avait un côté triste. Au lieu de prononcer la plaisanterie qu'il avait préparée à son intention, Chee l'invita simplement à entrer, lui indiquant la chaise, près de la table. Il s'assit sur le bord de la couchette et attendit.

– Bon retour à Shiprock, lui dit-elle.

– Heureux d'avoir échappé à Tuba City. Comment va votre mère ?

– À peu près pareil.

L'hiver précédent, la dérive de sa mère vers les sombres brumes de la maladie d'Alzheimer avait permis à l'agent Manuelito d'obtenir son transfert pour revenir sur Shiprock où elle pouvait mieux s'occuper d'elle. La mutation de Chee n'était intervenue qu'à la fin de l'été, entraînée par sa réintégration dans le grade de sergent après qu'il eut occupé le poste de lieutenant. L'agence de Tuba City n'avait pas l'usage d'un sergent de plus. Contrairement à celle de Shiprock.

– Une épouvantable maladie, commenta Chee.

Bernie hocha la tête. Le regarda. Détourna les yeux.

– On m'a dit que vous étiez allé en Alaska, dit-elle. Comment c'était ?

– Impressionnant. J'ai pris le bateau qui suit la côte.

Il attendit. Bernie ne lui rendait pas visite pour l'entendre parler de ses vacances.

– Je ne sais pas comment m'y prendre, avoua-t-elle en lui décochant un regard en coin.

– À quel niveau ?

– Vous n'êtes concerné en rien par cette histoire de casino, n'est-ce pas ?

Chee sentit venir les ennuis.

– Non, dit-il.

– De toute façon, j'ai besoin de conseils.

– Moi, je vous conseillerais de vous constituer prisonnière. De rendre l'argent. De passer des aveux complets et...

Il s'arrêta net, regrettant de ne pas avoir su se taire. Bernie le fixait, maintenant, et son expression lui disait que le moment était mal venu pour faire de l'humour facile.

– Vous connaissez Teddy Bai ?

– Bai ? C'est le vigile qui a été blessé lors du vol du casino ?

– Teddy est adjoint au shérif du comté de Montezuma, précisa-t-elle d'un ton un peu sec. C'était juste un travail temporaire qu'il faisait à temps partiel dans les services de sécurité du casino. Il essayait simplement de gagner un peu plus d'argent.

– Je ne voulais pas...

Il se tut. Tant qu'il ne saurait pas de quoi il retournait, moins il en dirait mieux cela vaudrait.

– Je ne le connais pas, se reprit-il.

Puis il attendit.

– Il est à l'hôpital de Farmington. En soins intensifs. Il a été touché par trois balles. Une dans le poumon. Une dans l'estomac. Une dans l'épaule droite.

Il était clair que Bernie le connaissait très bien. Tout ce que Chee savait de cette affaire était ce qu'il en avait lu dans les journaux, et aucune de ces précisions n'y avait été signalée.

– Eh bien, ce centre médical de la San Juan a une excellente réputation. Je pense qu'il devrait se...

– Ils sont persuadés qu'il était complice du vol. Enfin, c'est le FBI qui le pense. Ils ont posté un garde devant sa porte.

– Oh? fit Chee.

Puis il attendit à nouveau. Si Bernie savait quelles raisons ils avaient de le penser, elle allait le lui dire. D'après ce qu'il avait lu, et ce qu'il avait entendu, les bandits avaient tué le chef de la sécurité du casino et avaient grièvement blessé un garde. Puis, durant leur fuite, ils avaient ouvert le feu sur un policier des routes de l'Utah qui leur avait donné l'ordre de s'arrêter pour excès de vitesse.

Bernie paraissait proche des larmes.

– Ça n'a aucun sens, dit-elle.

– C'est bien l'impression que ça donne. Pourquoi iraient-ils tirer sur un gars de leur bande?

– Ils pensent que Teddy était leur contact à l'intérieur du casino. Ils pensent qu'ils lui ont tiré dessus parce qu'il connaissait leur identité et qu'ils ne lui faisaient pas confiance.

Chee hocha la tête. Il n'avait pas besoin de lui demander comment elle disposait de ces renseignements confidentiels. Même si elle ne travaillait pas personnellement sur l'affaire, elle était policier et, si elle tenait vraiment à obtenir des informations, elle savait à qui les demander.

– Ça m'a l'air vraiment léger, comme accusation, dit-il. Cap Stoner a été pris pour cible, lui aussi. C'était lui, le chef de la sécurité sur place. On s'attendrait davantage à ce qu'ils le choisissent, lui, comme ayant servi d'informateur.

Il se leva, remplit une tasse de café qu'il tendit à Bernie, lui laissant un peu de temps pour réfléchir à la réponse qu'elle allait lui opposer.

– Tout le monde aimait Stoner. Tous les anciens, en tout cas. Et Teddy a déjà eu des problèmes. Quand il était jeune. Il a été arrêté pour avoir fait une virée avec le camion de quelqu'un d'autre.

– Enfin bon, ça ne pouvait pas être très sérieux. Quoi qu'il en soit, le comté a accepté de l'engager comme adjoint.

– Il était mineur à l'époque, précisa Bernie.

– C'est hyper léger, alors. Est-ce qu'ils ont quelque chose d'autre sur lui ?

– Pas vraiment.

Il attendit. Le visage de Bernie lui indiquait que le pire était encore à venir. Mais peut-être pas. Peut-être n'allait-elle pas le lui dire.

Elle soupira.

– Les gens du casino disent qu'il a eu un comportement bizarre. Qu'il était nerveux. Au lieu de surveiller les clients à l'intérieur, il n'arrêtait pas de sortir sur le parking. Quand son service a été terminé, il est resté dans le coin. Il a dit à un des gars de l'entretien qu'il attendait quelqu'un qui devait venir le chercher.

– D'accord, je comprends mieux maintenant. Je veux dire, pourquoi ils pensent qu'il attendait l'arrivée du gang. Au cas où ils auraient eu besoin d'un coup de main.

– Mais ce n'était pas ça. Il attendait quelqu'un d'autre.

– Pas de problème, alors, assura Chee en se disant qu'il y avait probablement autre chose. Quand il sera suffisamment rétabli pour parler, il dira aux agents fédéraux qui il attendait. Ils vérifieront, obtiendront la confirmation de ses dires, et ils n'auront plus de raison de le garder en détention.

– Je ne crois pas qu'il le leur dira, objecta Bernie.

– Oh. Vous voulez dire que c'était une femme qu'il attendait, c'est ça ?

Il n'insista pas. Ne lui demanda pas comment elle savait tout cela, ni pourquoi elle n'avait pas transmis ces renseignements au FBI. Il ne lui demanda pas pourquoi elle était venue lui en parler chez lui.

– Je ne sais pas ce que je peux faire, conclut-elle.

– Sans doute rien. Sinon, ils voudront savoir d'où vous tenez vos informations. Après, ils iront voir sa femme. Ça va flanquer son mariage par terre.

– Il n'est pas marié.

Chee hocha la tête, se disant qu'un homme peut avoir quantité de bonnes raisons de ne pas tenir à ce que tout le monde sache qu'une femme venait le chercher à quatre heures du matin. Mais là, tout de suite, il ne parvenait pas à en imaginer une seule.

– Ils vont essayer de le forcer à leur révéler qui étaient les voleurs, reprit Bernie. Ils vont inventer un moyen de le maintenir en détention jusqu'à ce qu'il leur dise. Et il ne le sait pas. Alors j'ai peur qu'ils trouvent quelque chose dont ils puissent l'accuser pour pouvoir le garder.

– Je viens de rentrer d'Alaska, par conséquent je ne suis absolument pas au courant de tout ça. Mais à mon avis, ils doivent avoir une bonne idée, maintenant, de l'identité des types qu'ils recherchent.

Bernie secoua la tête.

– Non. Je ne crois pas. D'après ce qu'on m'a dit, ils sont dans le noir complet. Au tout début, ils avaient l'air de dire que c'étaient des extrémistes affiliés à une de ces milices de droite. Une action politique. Mais maintenant il paraît qu'ils n'ont pas la moindre piste.

Chee hocha la tête. Ça expliquerait pourquoi le FBI avait été si prompt à diffuser l'histoire de l'avion. Ça permettait à leur responsable local d'échapper à la pression.

– Vous êtes sûre que Bai attendait une femme ? Vous savez de qui il s'agissait ?

Bernie hésita.

– Oui.

– Est-ce que vous pourriez en faire part aux fédéraux ?

– Je suppose que oui. Je le ferai si j'y suis obligée...

Elle posa la tasse de café sur la table sans y avoir goûté.

– ...Vous savez ce que je me disais ? Je me disais que vous aviez travaillé ici pendant longtemps avant qu'ils vous mutent à Tuba City. Vous connaissez plein de gens. Maintenant que les gars du FBI s'imaginent tenir le complice que les voleurs avaient dans la place, ils ne vont pas chercher le vrai. J'ai pensé que vous, vous pourriez peut-être trouver la personne du casino qui les a vraiment aidés. Si quelqu'un peut y parvenir.

Maintenant, c'était au tour de Chee d'hésiter. Il but un peu de café, froid désormais, et tenta de mettre de l'ordre dans les réactions mitigées que lui inspirait toute cette histoire. La confiance que Bernie plaçait en lui était flatteuse, même si elle n'était pas très judicieuse. Pourquoi trouvait-il décevante l'idée que Bernie puisse avoir une liaison avec ce vigile ? Il aurait dû en ressentir du soulagement. Et pourtant, il éprouvait une sensation de vide, d'abandon.

– Je vais me renseigner, l'assura-t-il.

3

Le seul client, dans la salle de restaurant de l'Auberge Navajo de Window Rock, était assis à une table d'angle, un verre de lait posé devant lui. Il portait un Stetson en feutre gris avachi et lisait le *Gallup Independent*. Joe Leaphorn resta un instant sur le seuil à l'observer. Roy Gershwin, l'air beaucoup plus âgé, davantage marqué par le temps et plus fatigué qu'il n'en avait gardé le souvenir. Mais il ne l'avait pas vu depuis des années... depuis que Gershwin l'avait aidé à arrêter un garde du Service des Forêts qui augmentait ses revenus en déterrant des objets d'artisanat dans des sépultures anasazis * sur les terres allouées à Gershwin pour pratiquer l'élevage. Cela remontait au moins à six ans, vers l'époque où Leaphorn avait commencé à envisager de prendre sa retraite. Mais ils se connaissaient depuis bien plus longtemps que ça... depuis le tout début de la carrière de l'ancien lieutenant. Depuis cette année où Leaphorn avait arrêté un des journaliers engagés par Gershwin dans le cadre d'une accusation de viol, un mauvais début pour une fin heureuse. Ça avait été la première fois qu'il avait entendu sa grosse voix grave, éraillée par le whisky, une voix furieuse l'accusant d'avoir arrêté un innocent. Quand Leaphorn avait décroché le téléphone, le matin même, il l'avait reconnue instantanément.

– Lieutenant Leaphorn, avait dit Gershwin. Il paraît que vous êtes à la retraite maintenant ? C'est vrai ? Si oui, je crains de devoir abuser de votre gentillesse.

– Monsieur Gershwin, avait répondu Leaphorn. Vous devez dire monsieur Leaphorn, désormais, et ça me fait plaisir que vous m'appeliez.

Il s'était entendu prononcer ces mots avec une certaine surprise. C'était l'effet qu'avait sur lui la retraite. Et ce qui l'attendait encore. Le vieil éleveur n'avait jamais été véritablement un ami. Juste une personne parmi les milliers d'autres avec lesquelles on entre en contact au cours d'une vie entière passée dans la police. Mais cela ne l'empêchait pas d'être sincèrement heureux d'entendre la sonnerie du téléphone. Heureux d'avoir quelqu'un à qui parler.

Mais Gershwin s'était tu. Un long silence. Le bruit que fait un homme en se raclant la gorge. Puis :

– Ça ne va sûrement pas constituer une grande surprise pour vous. Je veux dire, si je vous annonce que j'ai un problème. Vous avez dû entendre beaucoup de gens vous dire ça. Dans votre métier de policier.

– Ça va de pair avec le travail.

Deux ans plus tôt, ce genre d'appel l'aurait fait râler. Aujourd'hui ce n'était pas le cas. Question de solitude.

– Eh bien, reprit Gershwin. J'ai un truc, je ne sais pas comment le prendre. J'aimerais vous en parler.

– Je vous écoute.

– Je crains que ce ne soit pas une chose qu'on puisse régler par téléphone.

Ils étaient convenus de se retrouver à trois heures à l'Auberge navajo. Il restait trois minutes avant le rendez-vous. Gershwin leva la tête, remarqua Leaphorn qui s'avançait, se dressa et lui fit signe de prendre place sur la chaise en face de lui.

– C'est drôlement sympa de votre part de venir. J'avais peur que vous me répondiez que vous étiez à la retraite maintenant et qu'il fallait que j'aille embêter quelqu'un d'autre.

– Je serai heureux de vous aider si je le peux, assura Leaphorn.

Ils expédièrent plus vite que d'ordinaire les formalités requises par la vie en société, parlèrent de l'hiver froid et sec, du triste état de l'herbe, du risque d'incendies de forêt, s'accordèrent pour dire que le bulletin météorologique de la veille laissait présager que la saison des grandes pluies était sur le point de commencer, et en arrivèrent au but de la rencontre.

– Et qu'est-ce qui a bien pu vous inciter à parcourir tout ce chemin jusqu'à Window Rock ?

– J'ai entendu à la radio hier que le FBI se plantait complètement dans cette affaire de vol au Casino Ute. Vous êtes au courant de ça ?

– Je ne suis plus dans le circuit, pour les crimes. Je ne sais rien du tout. Mais ce ne serait pas la première fois qu'une enquête aurait tourné court.

– La radio disait qu'ils recherchent une connerie d'avion. Aucun de ces types ne serait capable de faire voler quelque chose de plus complexe qu'un cerf-volant.

Leaphorn leva les sourcils. Voilà qui devenait intéressant. Aux dernières nouvelles, les agents chargés de l'enquête n'avaient aucune idée de l'identité des voleurs. Mais Gershwin était venu jusque-là pour lui parler d'un problème. Il allait le laisser s'exprimer.

– Vous voulez boire quelque chose ? demanda l'éleveur en adressant un geste au garçon. C'est malheureux que vous continuiez à vivre sous la prohibition, vous autres. Peut-être une de ces pseudo-bières ?

– Un café, ce serait bien.

Le serveur l'apporta. Leaphorn y trempa les lèvres. Gershwin attaqua son lait.

– Je connaissais Cap Stoner, reprit-il. Il faudrait pas qu'ils les laissent s'en tirer alors qu'ils l'ont tué. C'est dangereux quand il y a des types comme ça qui se promènent dans la nature.

Gershwin attendait une réaction.

Leaphorn acquiesça de la tête.

– Surtout les deux jeunes. Ils sont à moitié cinglés.

– On dirait que vous les connaissez.

– Plutôt, oui.

– Vous en avez parlé au FBI ?

Gershwin reporta son attention sur son verre de lait et s'aperçut qu'il était à moitié vide. Il fit tourner le liquide. Son visage long et étroit trahissait par une quantité de rides et de dommages dus aux coups de soleil les quelques soixante-dix années d'exposition à l'air sec, au sable soulevé par le vent et aux rayons éblouissants. Ses yeux d'un bleu vif quittèrent son verre pour se reporter sur Leaphorn.

– Cela pose un problème. Si j'en parle au FBI, tout le monde est au courant, tôt ou tard. Tôt, en général. Ils montent me voir là-haut, au ranch, ou bien ils m'appellent. J'ai une installation de radio-téléphone et vous savez comment ça se passe. Tout le monde écoute. C'est pire que les lignes d'autrefois qui étaient communes à plusieurs abonnés.

Leaphorn hocha la tête. L'agglomération la plus proche du ranch Gershwin devait être Montezuma Creek, ou peut-être Bluff si sa mémoire ne le desservait pas. Pas des endroits où la venue d'agents du FBI bien habillés passerait inaperçue et ne soulèverait aucun commentaire.

– Vous vous souvenez de cette affaire, au printemps de 98 ? Les fédéraux ont décidé d'annoncer que les types qu'ils recherchaient étaient morts. Mais les gars qui les ont mouchardés, ou qui ont aidé les flics, vous pouvez être sûr qu'ils gardent leur porte bien fermée, leur fusil chargé et leur chien dehors.

– Le FBI n'a pas affirmé que les bandits de 1998 étaient des survivalistes ? Est-ce qu'on a affaire aux mêmes, cette fois aussi ?

Gershwin rit.

– Pas si les fédéraux avaient les bons noms la dernière fois.

– Je vais brûler un peu les étapes et vous allez me dire si j'ai bien compris. Vous voulez que le FBI les arrête, mais au cas où ils n'y parviendraient pas, vous ne voulez pas que l'on sache que c'est vous qui les avez dénoncés. Et donc vous allez me demander de transmettre...

– Qu'ils les arrêtent ou non, corrigea Gershwin. Ces types-là ont beaucoup d'amis.

– Le FBI a affirmé que les bandits de 1998 appartenaient à une organisation survivaliste. C'est ce que vous êtes en train de me dire pour ceux qui nous intéressent aujourd'hui ?

– Je crois qu'ils se donnent le nom de Milice des Droits. Ils veulent préserver les droits constitutionnels de l'individu. Obliger les gens du Service des Forêts, du Bureau de l'Attribution des Terres, et du Service des Parcs, à se comporter de telle sorte que les citoyens puissent continuer à trouver de quoi subsister, ici.

– Vous voulez me communiquer ces noms afin que je les transmette aux fédéraux. Qu'est-ce que je répondrai quand ils me demanderont d'où je les tiens ?

Gershwin le regardait avec un large sourire.

– Vous vous trompez en partie. J'ai ces noms sur un bout de papier. Vous allez me donner votre parole d'honneur que vous me laisserez en dehors de tout ça. Si vous ne voulez pas, je conserve le papier. Si vous promettez, et si nous échangeons une poignée de main pour sceller notre accord, je déposerai les noms ici, sur la table, et vous pourrez les prendre si vous le désirez.

– Vous pensez que vous pouvez me faire confiance ?

– Aucun doute là-dessus. Je l'ai déjà fait. Vous vous souvenez ? Et je connais plusieurs autres personnes qui vous ont fait confiance.

– Pourquoi tenez-vous à ce que ces individus soient arrêtés ? Est-ce simplement pour venger Cap Stoner ?

– C'est en partie pour ça, reconnut Gershwin. Mais ces types, ils vous font froid dans le dos. Certains d'entre eux, en tout cas. Je jouais un petit rôle, avant, dans cette action politique, aux côtés de ceux qui l'ont lancée. Mais après, ils ont pris des positions trop extrémistes.

Gershwin avait été sur le point de finir son lait. Il reposa son verre.

– Ces salopards du Service des Forêts, ils se comportaient comme s'ils étaient les propriétaires des montagnes. Nous, on y avait vécu toute notre vie et tout à coup on ne pouvait plus faire brouter nos bêtes. Couper du bois. Chasser le wapiti. Et les bureaucrates de l'Attribution des Terres étaient pires. Nous étions les serfs, et eux, les seigneurs. Nous voulions seulement faire un peu entendre notre voix au Congrès. Que quelqu'un rappelle aux bureaucrates qui paye leurs salaires. Et puis il y a les dingues qui sont arrivés. Les extrémistes écolos qui voulaient dynamiter les ponts que les exploitants forestiers utilisaient. Ce genre de choses. Après on a eu les gusses style New Age, les survivalistes et les opposants à la mondialisation. J'ai décroché progressivement.

– Alors ce sont certains de ces types-là qui ont fait le coup du casino ? C'était politique ?

– D'après ce que j'ai entendu dire, ça devait être pour financer la cause. Mais je pense que certains avaient besoin d'argent pour manger. Si on ne travaille pas, je suppose qu'on peut appeler ça un geste politique. Mais peut-être qu'ils voulaient réellement acheter des armes à feu, des munitions et des explosifs. Ce genre de trucs. Enfin bon, c'est ce que racontent les types que je connais dans ce mouvement. Ils avaient besoin de fonds pour se procurer des armes afin de chasser le gouvernement fédéral hors de chez nous.

– Je me demande combien ils ont raflé, dit Leaphorn.

Gershwin finit son verre de lait. Se leva et tira de sa poche de chemise une feuille de papier pliée.

– La voilà, Joe. Est-ce que je peux vous la laisser en toute sécurité ? Est-ce que vous pouvez me promettre que vous ne direz pas que c'est moi ?

Leaphorn avait déjà mené sa réflexion. Il pouvait faire le choix de relater cette conversation au FBI. Ils questionneraient Gershwin. Lequel nierait tout. Résultat, néant.

– Laissez-la, lui dit-il.

Gershwin la jeta sur la table et partit en croisant le garçon qui venait remplir la tasse de Leaphorn.

Celui-ci but. Il prit la feuille qu'il déplia. Trois noms, chacun suivi d'une brève description. Les deux premiers, Buddy Baker et George Main de Fer, ne lui disaient rien. Il étudia le dernier. Everett Jorie. Celui-là éveillait en lui un écho faible et lointain.

4

Le capitaine Largo leva les yeux du papier qu'il lisait, scruta le sergent Chee par-dessus ses lunettes et dit :

– Vous avez quelques jours d'avance, non ? Votre calendrier débloque ?

– Capitaine, vous avez oublié de me dire, « Content de vous revoir. Heureux que vous soyez de retour parmi nous. Installez-vous. Faites comme chez vous. »

Largo eut un grand sourire, désigna une chaise de l'autre côté de son bureau.

– Je redoute presque de vous poser la question, mais qu'est-ce qui vous rend aussi impatient de reprendre le travail ?

Chee s'assit.

– Je me suis dit que j'allais me remettre dans le rythme progressivement. Découvrir ce que j'ai raté. Comment vous avez eu la chance de ne pas nous laisser embarquer dans une nouvelle et gigantesque chasse à l'homme où nous aurions battu les broussailles pour le compte des fédéraux.

– Ça nous a drôlement soulagés, cette histoire d'avion. En revanche, tout le monde déteste que des gens tuent des policiers et s'en tirent ni vu ni connu. Ça fait un mauvais exemple de plus après le fiasco de l'été 98. Vous voulez du café ? Allez vous chercher une tasse, nous discuterons après. Je veux que vous me parliez de l'Alaska, quand vous m'aurez expliqué ce que vous fabriquez ici.

Chee revint avec son café. Il en but un peu, s'assit, attendit. Largo se montra plus patient que lui.

– C'est bon, capitula-t-il. Parlez-moi du vol du casino. Tout ce que j'en connais, c'est ce que j'ai lu dans les journaux.

Largo s'adossa à son fauteuil, croisa les bras sur sa panse rebondie.

– Juste avant quatre heures du matin, samedi dernier, un pick-up s'engage sur le parking du casino. Un type en descend, sort une échelle, grimpe sur le toit et coupe le courant électrique, les lignes téléphoniques, tout. Un autre pick-up arrive sur ces entrefaites. Deux types en sortent en tenue de camouflage. Un adjoint au shérif du comté de Montezuma, un gars nommé Bai, est sur place. Puis Cap Stoner survient en courant et les inconnus leur tirent dessus, à tous les deux. Vous vous souvenez de Stoner ? Avant, il était capitaine dans la police de l'État du Nouveau-Mexique. Il bossait à Gallup. Un type bien. Après, ces deux types pénètrent dans la salle des comptes. L'argent est bien rangé dans des sacs pour être remis au fourgon de la Brinks. Ils obligent tout le monde à s'allonger par terre, sortent en emportant les sacs qui contiennent l'argent et s'en vont. Apparemment, ils filent à l'ouest en direction de l'Utah parce que, vers le lever du jour, un agent de la police des routes essaye d'arrêter un camion qui roule trop vite sur la Route 262 à l'ouest d'Aneth, et ils perforent son radiateur en lui tirant dessus. Des munitions drôlement puissantes d'après ce que les gars de l'Utah nous disent.

Largo s'interrompit, extirpa sa masse imposante du fauteuil pivotant en lâchant un grognement.

– J'ai besoin de boire une goutte de mon café, moi aussi, fit-il en se dirigeant vers le distributeur de l'accueil.

Pas désagréable, en fait, d'être à nouveau sous les ordres de Largo, réfléchissait Chee. Le capitaine avait été son supérieur durant sa première année comme policier. Acariâtre, mais possédant une connaissance parfaite de son métier. Largo était déjà de retour et franchissait le seuil la tasse à la main tout en parlant.

– Les lignes d'alimentation étaient coupées, tous les joueurs paniqués s'efforçaient de trouver la sortie du casino dans le noir, ou alors ils essayaient de faucher des jetons, ou de faire ce qu'on peut bien tenter de faire quand les lumières s'éteignent autour d'une table de jeu. Enfin bon, il a fallu un bon moment avant que quelqu'un comprenne ce qui se passait et que l'information nous parvienne.

Il reprit place dans son fauteuil.

– Je crois que pratiquement toutes les voies sur lesquelles il est possible de circuler étaient coupées avant le lever du soleil, mais à ce moment-là, ils avaient une fichue avance. Ensuite, à neuf heures et demie environ, on nous a appris que quelqu'un qui circulait dans un pick-up avait ouvert le feu sur le policier de l'Utah. Ce qui a réorienté les recherches vers l'ouest. Le lendemain, deux adjoints au shérif ont retrouvé un pick-up sérieusement endommagé, abandonné près de la frontière Arizona-Utah, au sud de Bluff. Il correspondait à la description qu'on avait.

– On a relevé des traces ? Ils ont continué à pied, ils ont changé de voiture, ou quoi ?

– Deux jeux de traces autour du véhicule, mais les fédéraux débarquent avec leurs hélicoptères...

Largo marqua une pause, brassa l'air de ses bras en imitant un rotor.

– ... et tout part dans les airs.

– Ils n'apprennent pas vite. C'est exactement comme ça qu'ils ont effacé les traces qu'on avait découvertes de l'autre côté de la San Juan lors du grand cirque de 98.

– Peut-être que nous devrions demander à l'Administration de l'Aviation civile de consigner tous les appareils au sol durant les chasses à l'homme.

– Ils ont des éléments de comparaison ? Ils ont trouvé des traces au casino ?

Largo secoua la tête, prit le temps de boire son café, haussa les épaules.

– On a eu le sentiment qu'on allait avoir droit à un bis de l'expédition de 1998. Les fédéraux ont installé un poste de commandement. Tout le monde a été rappelé à la rescousse. Le cirque habituel. Tout ce qui nous manquait, c'était les éléphants savants. Pour les clowns, il y avait largement de quoi faire.

Chee eut un large sourire.

– Vous auriez adoré revenir pour revivre ça, conclut Largo.

– Je serais reparti directement en Alaska. Comment le FBI a-t-il découvert l'histoire de l'avion ?

– Le propriétaire a appelé pour signaler le vol. Il a expliqué qu'il était parti à Denver. Quand il est rentré, il a remarqué que quelqu'un s'était introduit par effraction dans sa grange, et que l'avion qu'elle abritait avait disparu.

– Près de l'endroit où le pick-up a été abandonné ?

– Environ à deux kilomètres. Trois, peut-être.

Chee réfléchit. Largo l'observait.

– Vous vous dites qu'ils doivent aimer la marche.

– Ben, il y a de ça, convint Chee. Mais ils voulaient peut-être cacher le camion. Ou s'il était découvert, s'arranger pour que ce soit assez loin de la grange afin que personne ne fasse le lien.

– Hum, fit Largo en buvant une gorgée de café. Le FBI prétend que le camion était hors d'usage.

– Dans ces endroits, c'est facile de faire éclater un pneu ou d'éventrer le carter sur des rochers, si on en a envie.

Largo acquiesça.

– Je me souviens qu'à Tuba City, vous avez fait ça à deux ou trois de nos véhicules, et vous avez prétendu que vous n'aviez même pas eu besoin de vous appliquer.

Chee ne releva pas.

– Enfin bon, dit-il, j'espère simplement que cet avion a assez de carburant pour les emmener en dehors de notre zone d'intervention.

– Le réservoir était plein, d'après le propriétaire.

– Ça fait réfléchir, non ? Je veux dire, la façon dont tout s'est déroulé de manière impeccable d'un bout à l'autre de l'opération.

Largo hocha la tête.

– Si tout ça était sous ma responsabilité, je me procurerais les empreintes de cet éleveur et j'irais vérifier son casier judiciaire pour voir s'il n'aurait pas par hasard été lié à des groupes de survivalistes, au Front de Libération de la Terre, à des écolos ou à une des milices.

– J'imagine que le FBI s'en occupe. C'est le genre de truc pour lequel ils sont bons. Et du côté du casino ? Qu'est-ce que vous avez appris là-dessus ?

– Ils croient que le vigile faisait partie du gang. Qu'il les a renseignés sur le moment où l'argent était mis dans les sacs dans l'attente du fourgon de la Brinks. Sur les fils qu'il fallait couper, les gens de la sécurité qui étaient de congé ce soir-là. Tout ça.

– Il y a des preuves ?

Largo haussa les épaules.

– Pas grand-chose à ma connaissance. Ce Teddy Bai, qu'ils gardent sous surveillance à l'hôpital, il a des antécédents de délinquant juvénile. Des témoins ont dit qu'il a eu un comportement agité toute la soirée. Qu'il a passé beaucoup de temps à attendre dehors sur le parking alors qu'il aurait dû être à l'intérieur à surveiller les ivrognes.

– Ça ne va pas loin, objecta Chee.

– Ils ont probablement davantage d'indices. Vous savez comment ils sont. Les fédéraux ne nous disent rien à nous, les gars du coin, à moins d'y être obligés. Ils pensent que nous pourrions répéter ça à tort et à travers et que ça ferait foirer l'enquête.

Chee éclata de rire.

– Quoi ! Nous, répéter quelque chose ?

Largo avait un large sourire, lui aussi.

– Est-ce qu'ils ont établi un lien entre Bai et l'un ou l'autre des suspects ?

Largo rit.

– L'air froid de l'Alaska a fait de vous un optimiste. Pas l'ombre d'une piste pour le moment, à ma connaissancc. On a pensé un temps que l'une des milices avait fait le coup pour obtenir les fonds afin de plastiquer quelque chose, ou que c'était peut-être le Front de Libération de la Terre, mais je n'ai pas entendu dire que Bai était affilié à l'un ou l'autre de ces mouvements. Les types de la Libération de la Terre sont drôlement discrets depuis qu'ils ont incendié tous ces bâtiments, à la station de ski de Vail. De toute façon, si les recherches ont porté leurs fruits, ils n'en sont pas arrivés au point d'en informer la Police tribale navajo.

– Qu'est-ce que vous en pensez, capitaine ? Est-ce que votre bouche à oreille personnel vous a fourni des renseignements, concernant Bai, que vous n'en êtes pas encore venu à communiquer aux fédéraux ?

Largo étudia Chee, son visage suggérant qu'il n'appréciait pas beaucoup le ton de la question et qu'il n'était pas sûr d'avoir envie d'y répondre. Mais il le fit.

– Si l'adjoint Bai est du mauvais côté de la barrière dans cette affaire, on ne m'en a pas parlé.

5

L'agent Bernadette Manuelito avait eu absolument raison quand elle avait rappelé à Chee qu'il connaissait beaucoup de gens dans la région de Shiprock. Cela avait payé. Une conversation avec un shérif remplaçant du comté de San Juan, des propos échangés avec un vieil ami au greffe du comté à Aztec, une visite à la salle de billard de Farmington et une autre dans le Bar-Grill des ouvriers du pétrole lui avaient rempli la tête d'informations sur le Casino Ute en général et sur Teddy Bai en particulier.

Le casino s'en sortait mieux qu'il ne l'avait escompté. Les inévitables et habituels soupçons disaient que le crime organisé devait avoir des intérêts dans l'affaire, d'une manière ou d'une autre, mais personne ne pouvait fournir d'éléments à l'appui de cette thèse. Par ailleurs, ceux qui, en réalité, étaient le plus susceptibles de savoir quelque chose, considéraient le casino comme bien géré. Personne n'avait la moindre idée précise sur l'identité du complice que les voleurs avaient eu à l'intérieur, s'il ne s'agissait pas de Bai. Les vues s'accordaient pour dire que Teddy Bai avait été un gosse difficile, mais les opinions sur son caractère étaient partagées par la suite, avec un consensus en faveur de la rédemption. Il avait épousé une fille du Clan * des Rivières qui Courent Ensemble, mais cela n'avait pas duré. Un des habitués du Bar-Grill disait que depuis le divorce, Bai venait de temps en temps avec une jeune femme. Qui ? demanda Chee. Il ne la connaissait pas mais la décrivit comme « aussi craquante qu'une oreille de puce ». Ce n'était pas la métaphore que Chee aurait choisie, mais elle pouvait s'appliquer à l'agent Bernadette Manuelito.

C'était aussi chez les ouvriers du pétrole qu'il avait appris que Bai prenait des leçons de pilotage.

– Des leçons de pilotage ? avait-il répété. C'est vrai ? Où ça ?

La source d'information de Chee, à cet égard, était la standardiste de la police de l'État du Nouveau-Mexique, une femme nommée Alice Deal. Elle s'apprêtait à mordre dans son cheeseburger mais avait suspendu son geste, le temps d'agiter sa main libre en direction de l'aéroport de Farmington dont l'emplacement, au sommet de la mesa * qui dominait la ville, rappelait le pont d'envol d'un porte-avions.

Le panneau accroché au-dessus de la porte de la société Vols des Four Corners proclamait qu'elle proposait vols charters, location d'appareils, réparations, ventes, pièces détachées, fournitures, et formation de pilote reconnue par l'Administration de l'Aviation civile. Il ne semblait pas y avoir une grande animation, dans aucune de ces spécialités, quand Chee s'avança vers la réception. Sur place il n'y avait qu'une femme, dans le bureau de la direction. Elle interrompit sa conversation téléphonique juste assez longtemps pour lui faire signe d'entrer.

– Mais enfin, disait-elle, ce ne sont pas des façons d'agir. Si Betty fait ce genre de choses, il est hors de question que je la réinvite.

Elle indiqua un siège à Chee, écouta encore un petit moment puis dit :

– Bon, tu as peut-être raison. J'ai un client. Il faut que je te quitte.

Et elle raccrocha.

Chee se présenta et exposa le but de sa visite.

– Bai, dit-elle. Il nous doit deux leçons. Le FBI est déjà venu nous parler de lui.

– Est-ce que vous pourriez...

– En fait, ils voulaient le nom de tous les gens à qui nous avons donné des cours depuis une éternité. Après, ils sont revenus pour parler spécifiquement de Teddy.

– Est-ce que vous pouvez me dire s'il a déjà obtenu son brevet ?

– J'en doute. Il va falloir que vous parliez avec Jim Edgar. Il est là-bas, dehors, il doit discuter avec ces gens près de l'hélicoptère du DOE [1], et s'il n'y est pas, c'est qu'il sera occupé à travailler dans le hangar.

L'hélicoptère était un gros Bell de couleur blanche qui portait le logo du ministère de l'Énergie. Des conteneurs blancs arrondis, de la taille d'une baignoire, avaient été fixés au-dessus des patins de l'appareil, et une femme en combinaison de travail bleue effectuait une opération technique sur l'un d'eux. Les seules autres personnes présentes étaient deux hommes qui portaient le même type de vêtement et étaient en pleine conversation. Sans doute le pilote et le copilote. Chee tenta de deviner ce que les gros tubes pouvaient contenir, sans résultat. Visiblement, aucun des trois n'était Jim Edgar.

Il le trouva au fond du hangar, marmonnant des imprécations et s'activant à l'établi sur un objet qui ressemblait à un petit moteur électrique. Chee s'immobilisa à une distance polie et attendit sans bouger.

Edgar posa un petit tournevis, suça son pouce qu'il venait d'entailler et scruta le visiteur.

Chee exposa la raison de sa venue.

– Teddy Bai, fit Edgar tout en inspectant son pouce. Euh, il a volé en solo, mais il n'était pas du tout prêt pour obtenir son brevet. Il était plutôt médiocre comme élève. J'ai déjà dit aux gars du FBI que si c'était lui qui devait piloter ce vieux L-17, moi, je n'aurais pas voulu monter à bord.

– Vous parlez de celui qui a été volé ? Pourquoi vous dites ça ?

– Il apprenait sur un nouveau Cessna. Entièrement moderne. Train tricycle. Plein de machins assistés par ordinateur. Présentation des instruments différente. C'est Piper qui l'a construit, ce L-17, pour l'armée, pendant la Seconde Guerre mondiale. Assez facile à piloter, sûrement, si on comprend comment ça marche,

1. DOE : *Department of Energy*, le ministère de l'Énergie. (*N.d.T.*)

mais il y a plein de choses qui se font autrement que sur le petit Cessna avec lequel il apprenait.

Edgar s'interrompit, cherchant un moyen de s'expliquer.

– Par exemple, ça a été un des premiers modèles de ce type à avoir des volets aux ailes. Mais on ne peut pas s'en servir, sur le L-17, si la vitesse en vol dépasse les cent trente. Et il faut régler les compensateurs aérodynamiques. Des petites choses comme ça qu'il faut savoir.

– Et il a plus de cinquante ans, compléta Chee. Est-ce que vous avez une idée de l'état dans lequel il était ?

Edgar rit.

– D'après ce que j'ai entendu à la télé, le FBI croit que les voleurs du casino ont pris la fuite avec. Ils ont intérêt à avoir de la chance si c'est le cas. À moins que Grand-père Timms ait décidé de mettre de l'argent dedans depuis la dernière fois que je l'ai vu, son avion.

Chee se sentait de plus en plus intéressé par la conversation.

– C'était récemment ? Qu'est-ce qu'il y avait qui n'allait pas ?

Edgar lui adressa un rictus.

– Vous avez beaucoup de temps devant vous ?

– Des problèmes sérieux ?

– Ben, il l'a apporté à l'automne dernier pour le soumettre à une inspection de l'Administration de l'Aviation civile. Il voulait faire renouveler son autorisation de navigation. Il aurait dû le faire depuis bien longtemps de toute façon, pour un appareil très âgé comme celui-là, et il aurait pu avoir des ennuis rien qu'en volant avec. La première chose que j'ai remarquée, c'est qu'il avait laissé les souris grimper dedans. Il le met à l'abri dans une grange, sur son ranch, ce qui n'est pas très rare par ici. Mais quand on fait ça, il faut empêcher les rongeurs de tout grignoter. Placer la roulette de queue dans un seau de kérosène, par exemple. Par conséquent l'installation électrique et la structure nécessitaient une révision, et le moteur tournait mal. D'autre part, ces appareils ont des réservoirs de quarante-cinq litres insérés dans chaque emplanture d'aile, qui alimentent un réservoir principal situé derrière la cloison coupe-feu du moteur. Il y avait une petite fuite dans l'une des tuyauteries.

Edgar haussa les épaules puis ajouta :

– Et d'autres choses encore.

– Il les a fait réparer ?

– Il m'a demandé de lui donner une estimation. Il m'a dit que c'était foutrement trop cher. (Edgar eut un petit rire.) Il m'a dit qu'il me vendrait l'avion pour la moitié de cette somme, qu'il allait se rendre à Blanding pour y faire faire l'inspection, chez CanyonAire. Je ne l'ai pas revu depuis.

– Est-ce que vous auriez le numéro de téléphone de monsieur Timms ? Ou son adresse ?

– Bien sûr.

Edgar traversa le hangar jusqu'à son bureau et chercha dans son fichier rotatif. Chee attendit patiemment en se demandant quel motif il avait d'agir de la sorte. Quel rapport cela pouvait-il avoir avec le problème du petit ami de Bernie ? Avait-il consacré un tel nombre d'heures à pêcher et chasser les moustiques en Alaska qu'il éprouve pareil désir de s'attirer des ennuis ? Est-ce qu'il ressentait le besoin ardent de trouver une explication à la manière grandement illogique dont les bandits du casino avaient réussi à s'échapper ? Quelle que soit sa motivation, le capitaine Largo serait extrêmement mécontent s'il apprenait qu'il avait mis son nez dans des affaires relevant du FBI et que le FBI l'avait pris sur le fait.

Edgar interrompit ces pensées en lui tendant une photocopie de déclaration de sinistre adressée aux Assurances Mountain Mutual.

– Il m'avait demandé de contresigner une demande de remboursement. Il avait laissé son avion dehors sans protection, et il avait subi des dommages à cause de la grêle. Ça date de plusieurs années, mais à ma connaissance, il n'a pas changé d'adresse.

Chee nota les renseignements désirés dans son calepin, remercia Edgar et reprit le chemin de son véhicule. À ce moment, une idée soudaine lui arracha un sourire crispé. Maintenant que son avion avait été volé, Timms allait remplir une nouvelle déclaration auprès de son assureur.

– Monsieur Edgar, cria-t-il. Est-ce que vous vous souvenez de la somme que vous auriez dû facturer à Timms pour ces réparations ? Quand il vous a dit qu'il vous le vendrait pour la moitié de votre estimation ?

– Je crois que c'était proche de quatre mille dollars. Mais si j'avais été assez stupide pour vouloir ce coucou et si je lui avais fait une offre, il aurait prétendu que c'était une pièce de collection et il m'en aurait demandé dans les trente mille dollars.

Chee rit. C'était, pensa-t-il, probablement la somme approximative que Timms allait réclamer à sa compagnie d'assurances.

– Est-ce que je pourrais vous emprunter votre téléphone ? demanda-t-il. Et votre annuaire ?

Il appuya sur les touches qui correspondaient au numéro de la succursale de la Mountain Mutual à Farmington, se présenta et demanda à la femme qui dirigeait l'agence si elle avait toujours Eldon Timms comme client.

– Malheureusement oui, dit-elle.

– Son avion aussi ?

– Même réponse. Mais vous voulez sûrement dire son ancien avion, celui que les bandits lui ont volé ?

– Il en a un autre ?

– Seigneur-Dieu, j'espère bien que non.

– Il a déposé une demande de remboursement ?

– Ça, vous pouvez en être sûr. Tout de suite. J'avais à peine eu le temps d'apprendre que les malfaiteurs s'étaient emparés d'un avion et s'étaient enfuis avec, qu'il était au téléphone pour me demander quand il aurait son argent. Moi, je lui ai répondu : « Où est l'urgence ? Il faudra bien qu'ils se posent quelque part, la police récupérera l'appareil qui vous sera rendu. » Et il m'a répondu : « Si c'est le cas, on déchirera la déclaration de vol. »

– À combien s'élève l'assurance ?

– Quarante mille. Il venait de la réestimer à la hausse il y a à peu près deux mois de ça.

– Ça paraît beaucoup pour un appareil qui a cinquante ans d'âge.

– C'est bien ce que j'ai pensé, acquiesça-t-elle. Mais ça ne me coûtait rien à moi. C'était Timms qui versait la prime. Il m'a dit que c'était une pièce de collection, un avion vraiment très rare, et qu'il allait le vendre au musée de l'aviation militaire à Tucson. J'ai le sentiment qu'il se servait de cette augmentation du montant de la police d'assurance pour déterminer un prix de vente, vous comprenez.

Edgar était resté à proximité, à écouter.

– Vous avez ce que vous vouliez ?

– Oui, et merci. Mais à propos, qu'est-ce que cet hélicoptère du ministère de l'Énergie fait ici ? Et qu'est-ce qu'ils fabriquent avec ces grosses nacelles blanches ?

– En réalité, les nacelles, ce n'est pas le ministère de l'Énergie, c'est l'Agence pour la Protection de l'Environnement. Vous êtes le témoin d'un exemple exceptionnel de coopération interministérielle. Les gars de l'environnement empruntent l'hélicoptère et les pilotes du site d'essais du Nevada qui dépendent du DOE. Ce sont des détecteurs de radiations qu'ils ont dans ces nacelles, et ils s'en servent pour trouver des vieilles mines d'uranium. Pour bien enfouir les matières radioactives.

Après avoir quitté les Vols des Four Corners, Chee fit halte au bureau de la police de l'État du Nouveau-Mexique, en contrebas de l'aéroport, et passa deux nouveaux appels. Le premier au musée de l'aviation militaire à Tucson. Oui, lui répondit le directeur, monsieur Timms était venu au mois de juin dans son L-17 qu'il avait proposé à la vente. Et oui, ils auraient aimé pouvoir l'ajouter à leur collection, mais ils n'avaient pas fait d'offre. Pourquoi ? Pour la raison habituelle. Il en voulait beaucoup trop cher. Il demandait cinquante mille dollars.

Le second appel fut à destination de Cowboy Dashee, son vieil ami d'enfance. Mais ce n'était pas uniquement pour évoquer des souvenirs. L'adjoint Dashee travaillait pour le bureau du shérif du comté d'Apache, en Arizona, ce qui signifiait que le ranch d'Eldon Timms (en tout cas sa partie sud) pouvait se trouver sur le territoire qui relevait de l'autorité de Dashee.

6

Sans aucune raison autre que l'habitude née d'une enfance passée dans un hogan * rempli de monde, Joe Leaphorn se réveilla aux premières lueurs de l'aube. La chambre qu'Emma et lui avaient partagée avec bonheur durant trois décennies était orientée à la fois vers le soleil et vers la rue bruyante. Quand il lui avait fait remarquer l'inconvénient sonore, elle avait souligné que la chambre la plus calme n'avait pas de fenêtres donnant sur l'aurore. Nulle autre explication n'était nécessaire.

Emma était une vraie traditionaliste navajo qui ressentait le besoin ancestral de saluer la venue du nouveau jour. C'était l'une des innombrables raisons pour lesquelles il l'aimait. Par ailleurs, alors que lui n'était plus véritablement un traditionaliste, ne faisait plus l'offrande d'une pincée de pollen * au soleil levant, il continuait néanmoins à chérir les coutumes de son peuple.

Ce matin, toutefois, il avait une bonne raison de dormir tard. Le professeur Louisa Bourebonette occupait la chambre calme et il ne voulait pas la réveiller. Il demeura donc sous les draps, observa l'horizon, à l'est, qui se colorait d'un rouge flamboyant, écouta la cafetière automatique qui se mettait au travail dans la cuisine, et réfléchit à ce qu'il allait bien pouvoir faire, bon sang, des noms que Gershwin lui avait confiés. Les trois hommes s'étaient approprié un avion pour s'enfuir, ce qui relâchait un peu la pression. Néanmoins, si Gershwin avait raison, la connaissance de leur identité serait assurément utile à ceux qui essayaient de les arrêter.

Leaphorn bâilla, s'étira, huma le café, se demanda s'il parviendrait à atteindre la cuisine et à se verser une tasse assez discrètement pour ne pas déranger Louisa. Il se demanda également quelle solution elle proposerait à son dilemme s'il le lui exposait. Emma lui aurait dit de ne plus y penser. Mettre des voleurs en prison ne présentait d'utilité pour personne, disait-elle. Il fallait les guérir de cette perte de l'harmonie * qui entraînait leur comportement mauvais. La prison ne remplissait pas ce rôle. Une cérémonie de la Voie * de la Montagne, avec tous leurs parents et amis rassemblés pour les assister, chasserait le vent * sombre qui s'était emparé d'eux et leur redonnerait *hozho* *.

Des bruits dans la cuisine interrompirent cette réflexion. Il sauta à bas du lit et enfila son peignoir. Il trouva Louisa debout devant la cuisinière où elle préparait des crêpes, entièrement habillée.

– J'ai pris ta pâte, dit-elle. Elles seraient bien meilleures si tu avais du babeurre.

Leaphorn récupéra sa grande tasse dans l'évier, la rinça, la remplit et s'assit à la table d'où il regarda Louisa, se remémorant les dix mille matins où il avait observé Emma depuis la même chaise. Emma était plus petite, plus mince, et elle portait toujours des jupes. Louisa était vêtue d'une chemise de flanelle et d'un jean. Elle avait les cheveux gris et courts. Ceux d'Emma étaient longs et d'un noir lumineux. Des cheveux qui représentaient sa seule source d'orgueil. Elle avait détesté les faire couper, même pour l'opération au cerveau qui l'avait tuée.

– Tu es matinale, remarqua-t-il.

– C'est ta culture qui en est responsable. Ces anciens, avec qui je dois m'entretenir, ils sont déjà levés depuis une heure. Ils seront au lit au coucher du soleil.

– Et ton traducteur ? Tu as réussi à lui mettre la main dessus ?

– J'essaierai à nouveau après le petit déjeuner. Les jeunes ont des habitudes de sommeil plus normales.

Ils mangèrent leurs crêpes.

– Il y a quelque chose qui te tracasse, remarqua-t-elle. Non ?

– Pourquoi dis-tu ça ?

– Parce que c'est vrai. Je l'ai bien vu hier soir pendant que nous dînions à l'auberge. À deux reprises tu as commencé à me dire quelque chose mais tu n'as pas continué.

Absolument exact. Et pourquoi ne l'avait-il pas fait ? Parce que alors, en reprenant une affaire sur laquelle il travaillait, il se serait trop rapproché de l'entente partagée avec Emma. Mais maintenant, à la lumière du matin, il n'y voyait plus rien de mal. Il lui parla de Gershwin, des trois noms et de sa promesse, vague et ambiguë.

– Est-ce que vous l'avez scellée par une poignée de main ? Un rite chevaleresque viril de ce genre ?

Leaphorn lui fit un large sourire. L'aptitude de Louisa à aller droit au cœur des problèmes était une chose qu'il appréciait chez elle.

– Euh, nous nous sommes serré la main, mais c'était plutôt une poignée de main du style « au revoir, content de vous avoir revu ». On ne s'est pas entaillé le poignet pour mêler nos sangs. Il avait noté les informations concernant leur identité sur un bout de papier qu'il a simplement laissé sur la table. Avec l'accord plus ou moins tacite que si je le prenais, je pouvais en faire ce que je voulais. Mais quoi que je fasse, la promesse de discrétion sur son rôle était implicite.

– Et tu as pris le papier ?

– Pas vraiment. Je l'ai lu, et après je l'ai roulé en boule et je l'ai jeté à la poubelle.

Elle lui souriait en secouant la tête.

– Tu as raison, reconnut-il. Ça ne m'a servi à rien de le jeter. Je reste tenu par cette promesse.

Elle opina, se racla la gorge, s'assit très droite.

– Monsieur Leaphorn, je vous rappelle que vous avez prêté serment de dire la vérité, toute la vérité, devant ce jury de mise en accusation. Comment avez-vous obtenu ces renseignements ? (Elle fixait sur lui un regard sévère par-dessus ses lunettes.) Tu leur dis ensuite que tu les as lus sur un bout de papier abandonné sur une table de restaurant, alors l'avocat te demande si tu sais qui a laissé le papier et...

Leaphorn leva la main.

– Je sais, dit-il.

– Deux choix, en réalité. Après tout, ce saligaud de Gershwin essayait juste de se servir de toi. Tu pourrais oublier, un point c'est tout. Ou tu pourrais inventer un moyen détourné de faire parvenir ces noms au FBI. Que penses-tu d'une lettre anonyme ? En fait, ça ne t'étonne pas qu'il n'en ait pas écrit une lui-même ?

– Je suppose que c'était une question de temps. Il s'écoule deux ou trois jours avant qu'une lettre n'arrive à destination. Et après, si elle est anonyme, elle va directement sous la pile. Il le savait, à mon avis. Je crois qu'il a peur, par les temps qui courent. Que les bandits sachent qu'il sait, qu'ils ne lui fassent pas confiance et que, si on ne les arrête pas, ils viennent lui régler son compte.

Louisa rit.

– Moi, je dirais qu'ils ont de drôlement bonnes raisons de ne pas lui faire confiance. Tu ne devrais pas non plus.

– J'ai pensé à l'envoyer par fax de n'importe quel espace commercial où personne ne me connaît, ou d'envoyer un e-mail. Mais aujourd'hui, on peut déterminer l'origine de pratiquement tout. Et maintenant qu'une récompense a été annoncée, ils vont recevoir des dizaines de renseignements. Probablement des centaines.

– C'est vraisemblable. Pourquoi tu ne téléphones pas à un de tes anciens copains du FBI ? Pour faire avec eux ce qu'il a fait avec toi ?

Leaphorn rit.

– J'ai essayé. J'ai appelé Jay Kennedy. Je t'ai parlé de lui, tu te souviens ? Il était responsable local à Gallup et nous avons travaillé sur plusieurs affaires ensemble. Enfin bon, il a pris sa retraite à Durango. Alors j'ai essayé avec lui. Ça n'a pas marché.

– Qu'est-ce qu'il t'a dit ?

– La même chose que toi à l'instant. S'il transmet l'information au Bureau, ils vont lui demander où il l'a obtenue. Il leur dira que ça vient de moi. Ils me demanderont comment je l'ai eue.

– Alors quelle est ta solution ? Si tu déguisais ta voix pour leur téléphoner ?

– Je pourrais essayer ça. Le FBI est persuadé qu'ils se sont enfuis par la voie des airs. Je pourrais leur dire que l'un des types est pilote. Ils n'auraient aucun mal à aller vérifier, et si par hasard l'un d'eux l'était, ça les intéresserait. Mais ce n'est que la moitié du problème.

Il se tut pour mordre à nouveau dans une crêpe.

Elle le regarda mastiquer, attendit, soupira. Dit :

– D'accord, c'est quoi, l'autre moitié ?

– Peut-être que ces trois gars n'ont rien à voir avec le vol. Gershwin veut peut-être simplement leur causer des emmerdements pour une raison qui lui appartient, et si les voleurs ne sont pas pris, tôt ou tard ça ne manquera pas d'avoir exactement ce résultat.

Elle hocha la tête.

– Je vais laisser ça en délibéré, alors, dit-elle avant de quitter la cuisine pour appeler son interprète.

Le temps que Leaphorn ait lavé la vaisselle, elle était de retour, l'air démoralisé.

– Non seulement il est malade, mais il a une laryngite. Il peut à peine parler. Je crois que je vais retourner à Flagstaff et que je ferai une nouvelle tentative plus tard.

– Pas de chance, compatit Leaphorn.

– Autre chose. Il leur avait dit que nous viendrions aujourd'hui. Et pas de téléphone, bien sûr, pour leur annoncer que c'est annulé.

– Où habitent-ils ?

Le visage de Louisa s'éclaira.

– Tu vas me proposer de faire l'interprète ? Le Navajo est un monsieur qui s'appelle Dalton Cayodito et l'adresse dont je dispose est le bâtiment * administratif de Red Mesa. L'autre est un Ute. Il habite à Towaoc sur la Réserve de Ute Mountain. Tu te débrouilles, en ute ?

– Je connais peut-être une cinquantaine de mots. Mais je pourrais t'aider pour Cayodito

– Ça marche, fit Louisa.

– Je me disais que deux des gars qui figurent sur la fameuse liste sont censés habiter par là-bas, dans la région frontière. Un des deux est à Casa Del Eco Mesa. Ça ne peut pas être très loin de ton bâtiment administratif.

Louisa rit.

– Histoire d'associer le travail avec le plaisir. Ou, je devrais plutôt dire, ton travail avec le mien. Ou encore, mon travail avec quelque chose qui n'est pas vraiment ton travail.

– Celui qui habite là-bas, d'après les indications notées sur ce papier en tout cas, c'est Everett Jorie. Je ne parviens pas à me souvenir de lui, mais son nom me dit quelque chose. Probablement pour une raison enracinée dans un passé lointain. Je me disais que nous pourrions demander à droite et à gauche.

Louisa lui souriait.

– Tu as oublié que tu es à la retraite. L'espace d'un instant, j'ai pensé que tu venais pour le plaisir d'être en ma compagnie.

Leaphorn conduisit pendant la première partie du trajet : les cent soixante-quinze kilomètres qui séparaient sa maison du comptoir d'échanges de Mexican Water. Ils s'y arrêtèrent pour manger un sandwich et se renseigner sur Dalton Cayodito. L'adolescente navajo qui tenait la caisse le connaissait.

– Un vieux, vieux monsieur, leur dit-elle. Est-ce qu'il a été chanteur *, autrefois ? Si c'est lui, il a exécuté le chant * Yeibichai * pour ma grand-mère. C'est lui que vous cherchez ?

Louisa répondit par l'affirmative.

– On nous a dit qu'il habitait près du bâtiment administratif de Red Mesa.

– Il vit avec sa fille, précisa la jeune caissière. C'est Madeleine Garde-les-Chevaux, je crois qu'on l'appelle comme ça. Sa maison est...

Elle s'interrompit, réfléchit, eut un geste des mains pour montrer son impuissance, traça une carte au crayon sur un sac d'épicerie qu'elle tendit à Louisa.

– Et un nommé Everett Jorie ? intervint Leaphorn. Vous savez où je peux le trouver ? Ou Buddy Baker ? George Main de Fer ?

Elle n'en savait rien, mais l'homme qui empilait des boîtes de Spam [1] sur des étagères le long du mur du fond pensa qu'il pouvait l'aider.

– Ça alors, fit-il. Joe Leaphorn. Je croyais que vous aviez pris votre retraite. Qu'est-ce que vous lui voulez, à Jorie ? Si vous avez une loi qui interdit aux gens d'emmerder les autres, il y a bien longtemps que vous auriez dû le coller derrière les barreaux.

Ils quittèrent le comptoir d'échanges un quart d'heure plus tard, avec des instructions très précises pour se rendre aux deux endroits où Jorie pourrait se trouver, un ajout à la carte tracée sur le sac d'épicerie précisant quelles bifurcations prendre sur quelles routes pour localiser Main de Fer, et une vague hypothèse selon laquelle Baker était peut-être parti s'installer à Blanding. Par ailleurs, ils avaient recueilli une profusion de rumeurs concernant les enjeux politiques dans la zone frontière Utah-Arizona, les activités militantes, les suppositions sur les auteurs du hold-up au Casino Ute, et un récit des actes scandaleux les plus récemment commis par le Service des Forêts, le Bureau de l'Attribution des Terres, le Bureau des Réclamations, le Service des Parcs et autres agences au niveau du pays, de l'État et du comté, contre le bien-être de diverses personnes qui menaient une existence besogneuse dans la région des canyons aux limites de l'Utah.

– Pas étonnant que les débiles des milices parviennent à enrôler les gens, commenta Louisa pendant qu'ils repartaient. C'est aussi grave que ça ?

– Ils essayent surtout de faire appliquer des lois impopulaires. En majorité ce sont des gens bien. De temps en temps il y en a un qui devient arrogant.

1. Spam : depuis 1937, marque de viande en boîte consommée surtout au petit déjeuner. (*N.d.T.*)

– Bon, voyons. Ces types dont tu as parlé au comptoir d'échanges... Jorie, Main de Fer, etc. Je suppose que ce sont les trois qui ont braqué le casino ?

– Ou qui l'ont peut-être fait, corrigea Leaphorn. Si nous croyons Gershwin.

Louisa conduisait et, durant quelques instants, elle parut songeuse.

– Tu sais, dit-elle, ça a beau faire longtemps que je vis par ici, je n'arrive toujours pas à m'habituer à la façon qu'ont les gens de se connaître tous.

– Tu veux dire, parce que le gars du magasin m'a reconnu ? J'ai été en poste dans le coin pendant cinq ans.

– Mais tu habitais où ? À près de deux cent cinquante kilomètres. Je ne voulais pas dire seulement toi. La caissière savait tout sur Everett Jorie. Et les gens savent que Baker et Main de Fer habitent (elle eut un geste expressif vers la fenêtre), habitent au diable, quelque part. D'où je viens, les gens ne savaient même pas qui vivait à trois maisons de chez eux.

– Il y a beaucoup plus de monde à Baltimore.

– Pas dans mon quartier.

– Je parierais qu'il y en avait plus dans ton quartier que dans un rayon de trente kilomètres autour de l'endroit où nous sommes.

Leaphorn se remémorait les fois où il était allé à Washington, à New York, à Los Angeles, et où il avait réfléchi à ces différences entre les comportements sociaux en milieu urbain et rural.

– J'ai une théorie qui n'a pas encore été approuvée par un seul sociologue, ajouta-t-il. Vous, les gens de la ville, vous avez tant de congénères qui vous marchent sur les pieds que leur présence vous est désagréable. Alors vous essayez de les éviter. Nous, à la campagne, nous n'en avons pas assez, alors ils nous intéressent. C'est comme si nous en faisions collection.

– Il va falloir que tu la présentes de manière beaucoup plus complexe si tu veux que les sociologues l'adoptent. Mais je comprends ce que tu veux dire.

– Par ici, tout le monde te regarde. Tu es quelqu'un de différent. Ça alors, voilà un autre être humain, et je ne le connais même pas encore. En ville personne n'a envie de rencontrer le regard des autres. Les gens se construisent une petite bulle d'intimité, et c'est dur de préserver cette intimité dans les endroits bondés, alors si tu les regardes, ou si tu leur parles dans la rue, tu envahis leur espace.

Louisa quitta la route du regard pour lui adresser un sourire en coin.

– Je crois comprendre que tu n'apprécies pas la vie urbaine active, stimulante et passionnante. J'ai aussi entendu la même chose énoncée d'une autre manière. Du genre, « les gens de la campagne ont tendance à se mêler de ce qui ne les regarde pas ».

Ils débattaient encore de ce point lorsqu'ils abandonnèrent l'asphalte de l'U.S. 160 pour la route de terre qui montait vers la frontière avec l'Utah et continuait sur les reliefs désertiques et accidentés de Casa Del Eco Mesa. Louisa ralentit pendant que Leaphorn comparait la carte au paysage. À l'ouest, sur l'horizon, les nuages s'élevaient et les premières nuées du front pommelaient le sol sur lequel ils dessinaient une succession ininterrompue d'ombres aux motifs insensés.

– Si ma mémoire est bonne, on doit trouver une intersection sur cette mesa dans une bonne dizaine de kilomètres, dit-il. Si on prend la route défoncée qui part sur la droite, ça nous conduit au bâtiment administratif de Red Mesa. Si on prend celle qui est encore pire sur la gauche, on rejoint le Highway 191 qui mène à Bluff.

– Voilà la bifurcation, devant nous, annonça Louisa. On tourne à gauche ? À droite ?

– À gauche, c'est ça qu'on veut. Et après, on cherche une piste sur notre droite.

Ils la trouvèrent et, au bout de quinze cents mètres de poussière et de cahots, ils parvinrent à l'habitation de Madeleine Garde-les-Chevaux, qui était une maison mobile extra-large plutôt neuve, environnée d'un hogan de pierres empilées, d'enclos à moutons, d'une remise, d'un abri de broussailles et de deux véhicules garés : un vieux pick-up et une Buick Regal bleue neuve. Madeleine Garde-les-Chevaux se tenait sur le seuil pour les accueillir, aux côtés d'une femme d'une quarantaine d'années à l'allure sévère. Elle s'avéra être sa fille qui enseignait les sciences sociales à Grey Hills High, à Tuba City. Elle devait assister à l'entretien avec Hosteen * Cayodito, son grand-père maternel, et s'assurer de l'exactitude de la traduction. Ou s'en charger personnellement.

Ce qui convenait parfaitement à Joe Leaphorn. Il avait envisagé une manière de passer le restant de la journée bien plus intéressante que de prêter l'oreille à l'évolution et aux modifications des légendes qui avaient accompagné sa jeunesse. Sa discussion avec Louisa sur la façon dont les gens qui vivent dans les régions désertiques savent tout de leurs voisins l'avait fait repenser à Oliver Potts, le shérif remplaçant, désormais à la retraite. Si quelqu'un connaissait les trois individus figurant sur la liste de Gershwin, c'était bien lui.

7

La modeste résidence en pierre d'Oliver Potts était ombragée par un bosquet de trembles de Fremont, sur la rive de Recapture Creek, à environ huit kilomètres au nord-est de Bluff, et au terme d'un kilomètre cinq d'une route pire encore que ce qu'on lui avait décrit à la station-service Chevron où il avait fait le plein.

– Oui, lui dit la Navajo d'une quarantaine d'années qui répondit quand il frappa à la porte, Ollie est là, il repose ses yeux. (Elle rit.) Ou en tout cas, c'est ce qu'il devrait faire. En réalité, il est probablement en train de lire, ou d'étudier un de ses soap operas.

Elle le fit entrer dans le salon.

– Ollie, annonça-t-elle, tu as de la visite.

Puis elle s'éclipsa.

Potts quitta la télévision du regard et scruta Leaphorn à travers ses lunettes aux verres épais.

– Ça alors. Vous ressemblez à Joe Leaphorn, mais si c'est bien vous, vous ne portez pas l'uniforme.

– Je ne porte plus l'uniforme depuis à peu près aussi longtemps que vous, mais pas depuis assez longtemps pour regarder des soap operas.

Il prit la chaise que lui indiquait Potts. Ils épuisèrent les formules de politesse, s'accordèrent pour dire que la retraite devenait ennuyeuse après les deux premiers mois, et atteignirent le silence qui signifiait qu'il était temps de parler sérieusement.

Leaphorn récita les trois noms fournis par Gershwin. Pouvait-il lui apprendre des choses sur ces individus ?

Potts n'avait pas donné l'impression de l'écouter. Il s'était allongé dans son fauteuil à dossier inclinable. Sans lunettes, les yeux presque fermés, soit parce qu'il somnolait, soit parce qu'il réfléchissait.

– Un curieux mélange, dit-il au bout d'un moment. De quelle mauvaise action ces gars-là se sont-ils rendus coupables ?

– Probablement aucune. Je vérifie juste des bruits qui courent.

Il fallut un temps à Potts pour accepter cette réponse. Ses yeux demeuraient fermés, mais le pli de ses lèvres exprimait le scepticisme. Il hocha la tête.

– En réalité, Main de Fer et Baker vont bien ensemble. Nous les avons eus tous les deux sous les verrous à une ou deux reprises. Rien de grave que nous ayons pu prouver. Voie de fait, je crois, pour Baker, et conduite en état d'ivresse avec rébellion à agent. George Main de Fer, lui, est un peu plus méchant. Si je me souviens bien, c'était agression à main armée pouvant entraîner la mort, mais il s'en est tiré. Et on l'a aussi arrêté comme suspect, un automne, à l'époque de la grande boucherie ; il s'agissait juste de perdre notre temps pour savoir à qui appartenaient les bœufs qu'il coupait en morceaux pour en tirer des steaks et du ragoût.

Cette évocation fit naître un léger sourire.

– On a fini par établir qu'il s'agissait d'une erreur compréhensible, si vous voyez ce que je veux dire. Et ensuite, ce sont les fédéraux qui se sont intéressés à lui. Quelqu'un les avait incités à agir dans le cadre de cette loi sur la protection des antiquités. Ils avaient dans l'idée que son petit ranch de rien du tout produisait un bien trop grand nombre de vieilles poteries et autres objets anasazis qu'il vendait. Les fédéraux ne parvenaient pas à trouver la moindre ruine sur ses terres, et ils en ont conclu qu'il escaladait les barrières pour les déterrer dans des lieux situés sur les terres gouvernementales.

– Je m'en souviens maintenant, dit Leaphorn. Et ça n'a abouti à rien ? C'est ça ?

– Le résultat habituel. L'accusation a été abandonnée faute de preuves.

– Vous m'avez dit qu'ils allaient mieux ensemble que Jorie. Pourquoi ?

– Eh bien, ce sont tous les deux des gars du coin. Main de Fer est un Ute et Baker est natif du comté. Tous deux ont un peu participé à des rodéos, dans mon souvenir. Ils ont travaillé ici et là, n'ont probablement jamais achevé leurs études secondaires. Plutôt jeunes.

Il adressa un rictus à Leaphorn.

– À nos yeux, en tout cas. Trente ou quarante ans. Je crois que Baker est marié. Ou qu'il l'a été.

– Ils sont copains ?

La question entraîna un nouveau silence songeur. Puis :

– Je crois qu'à une époque ils ont tous les deux travaillé pour El Paso Natural, ou pour une des compagnies de pipelines. Si c'est important, je peux vous indiquer à qui vous pouvez demander. Et je crois aussi que tous les deux ont été membres de ce groupe de miliciens. Les « hommes-minutes » [1], je crois que c'était le nom qu'ils se donnaient.

Potts ouvrit alors les paupières, cligna des yeux, les frotta avec la main, remit ses lunettes et regarda Leaphorn.

– Vous avez entendu parler de notre milice ?

– Ouais. Ils ont tenu une réunion pour se structurer, à Shiprock, l'hiver dernier.

– Vous avez signé ?

– La cotisation était bien trop élevée. Mais ils semblaient recruter pas mal de monde.

– Nous en avons deux versions par ici. La milice qui veut nous protéger du Bureau de l'Attribution des Terres, du Service des Forêts et des soixante-douze autres agences fédérales. Et les survivalistes, qui veulent qu'on soit prêt pour le jour où des nuées d'hélicoptères noirs vont venir nous parquer pour nous

1. *Minutemen* : nom inspiré de celui donné à un corps de soldats, pendant la Guerre d'Indépendance, qui pouvaient se rassembler et intervenir à tout moment, sur le modèle des pompiers. (*N.d.T.*)

expédier dans les camps de concentration des Nations Unies. Et en plus, pour les gosses de riches, nous avons la bande Sauvez Nos Montagnes qui essaie de s'organiser afin que les diplômés des prestigieuses universités de l'Est ne soient pas obligés de nous fréquenter, nous autres bouseux qui travaillons de nos mains, quand ils veulent prendre un peu de recul par rapport à leurs courts de tennis.

Potts avait à nouveau les yeux fermés. Leaphorn attendit, selon la coutume navajo, jusqu'à ce que son interlocuteur ait achevé son discours. Pas encore.

– Maintenant que j'y pense, ajouta-t-il, c'est peut-être ça qui vous permettrait de mettre le vieux Everett Jorie dans le même panier. Il faisait partie de la milice, avant.

Potts se redressa sur son séant.

– Vous vous souvenez ? C'était lui qui animait cette émission débat, l'après-midi, sur une des stations de radio de Durango. Un type d'extrême droite. Une sorte de version intellectuelle de, comment il s'appelle déjà ? Le gros. Ditto Head. Ça le faisait presque passer pour normal. Enfin bon, Jorie n'arrêtait pas de vanter la milice. Il citait Platon et Shakespeare, lisait des passages de Thoreau et de Thomas Paine dans ce but. À la fin, il est devenu tellement incontrôlable que la radio l'a viré. Je crois qu'il occupait un rang assez élevé dans la milice. On m'a dit que Baker était affilié. En tout cas, je le voyais aux réunions. Je crois que j'ai aussi vu George à l'une d'elles.

– Jorie fait toujours partie de la milice ?

– Je ne crois pas. J'ai entendu dire qu'ils avaient eu une engueulade avec des retombées sérieuses. Tout ça, c'est des bruits qui courent, bien sûr, mais il paraît qu'il voulait passer moins de temps à discuter, à écrire aux élus du Congrès, ce genre d'activités, pour mener des actions plus spectaculaires.

Potts avait désormais les yeux grand ouverts, et il fixait Leaphorn, attendant sa question.

– Telles que ?

– Ce ne sont que des bruits, vous comprenez. Mais telles que faire sauter un bureau du Service des Forêts.

– Ou peut-être un barrage ?

Potts gloussa.

– Vous pensez à cette grande chasse à l'homme qui a eu lieu, il y a un petit moment. Quand les types ont volé le camion-citerne d'eau et ont tiré sur le policier, et que le FBI a décrété qu'ils allaient bourrer le camion d'explosifs, faire sauter le barrage et vider le lac Mead.

– Quelle est votre théorie, là-dessus ?

– Sur le vol du camion d'eau ? Je me suis dit qu'ils en avaient besoin pour arroser leurs plants de marijuana.

Leaphorn hocha la tête.

– Le FBI n'y a pas cru. Je suppose qu'il y avait des discussions budgétaires proches. Il leur fallait un peu de terrorisme dont ils puissent faire état, et quand il ne s'agit que de types qui font pousser de l'herbe, cela met la balle dans le camp des gars de la répression des stupéfiants. Les adversaires. L'ennemi.

– Ouais, acquiesça Leaphorn.

– Bon, poursuivit Potts, il est temps que vous me disiez ce que vous fabriquez. On m'a dit que vous jouez les détectives privés. Est-ce que les gens du Casino Ute vous ont engagé pour récupérer leur argent ?

– Non. Pour vous dire la vérité, je ne sais pas moi-même ce que je fabrique là-dedans. J'ai juste entendu quelque chose, j'avais du temps devant moi, j'ai commencé à m'interroger et donc je me suis dit que j'allais poser des questions.

– C'est juste par ennui, alors, résuma Potts d'un ton qui ne paraissait pas convaincu. Rien d'intéressant à la télé, alors vous vous êtes dit que vous alliez faire trois heures de route pour venir jusqu'ici, en Utah, et rendre visite à des gens que vous connaissez. C'est ça ?

– À peu près. Et il y a encore un nom que je veux vous soumettre. Vous connaissez Roy Gershwin ?

– Tout le monde connaît Roy Gershwin. Qu'est-ce qu'il manigance ?

– Est-ce qu'il y a quelque chose qui puisse l'associer aux trois autres ?

Potts réfléchit.

– Je ne suis pas sûr d'avoir envie de répondre à vos questions, Joe, alors que vous refusez de me dire pourquoi vous me les posez. Mais bon. Il venait à des réunions de la milice, fut un temps. Il était en conflit avec le Bureau de l'Attribution des Terres, le Service des Forêts, celui de la Conservation des Sols, je ne sais plus comment ils l'appellent maintenant, concernant un droit de pacage et un permis d'abattage d'arbres aussi, je crois me souvenir. Ça l'avait mis d'humeur anti-gouvernementale. Il me semble que Baker a travaillé pour lui à une époque, sur le ranch qu'il dirige. Et je crois que ses terres s'étendent jusqu'à celles de Jorie, ce qui en fait des voisins.

– De bons voisins ?

Potts se redressa et regarda son visiteur.

– Vous ne vous souvenez pas de Gershwin ? Ce n'était pas le genre de gars avec qui on peut être en bons termes. Et Jorie est encore pire. En fait, je crois que Jorie avait porté plainte contre lui, je ne sais plus pour quelle raison. Intenter des actions en justice contre les autres, c'est un des passe-temps favoris de Jorie.

– Il les attaque sur quoi ?

Potts haussa les épaules.

– Oh, une chose ou une autre. Un jour il a porté plainte contre moi parce que, comme ses bêtes venaient sur mes terres, je les avais mises dans un enclos, et il voulait les reprendre sans me payer mon fourrage. Avec Gershwin, je ne me souviens pas. Je crois qu'ils se disputaient pour des questions de délimitation des pâturages.

Il se tut, réfléchit.

– Ou c'était peut-être une histoire de barrière fermée alors qu'il y avait un droit de passage.

– Est-ce que sur les trois il y en avait un qui était pilote ?

– D'avion ? demanda Potts avec un grand sourire. Comme quoi ils auraient dévalisé le Casino Ute et volé l'appareil de Grand-père Timms pour s'enfuir ? Je croyais que vous aviez pris votre retraite de la police.

Leaphorn ne trouva aucun argument à lui opposer.

– Vous pensez que ce sont peut-être ces trois-là qui l'ont fait ? Eh bien, ce n'est pas une hypothèse plus bête que celles que je pourrais avancer. Pourquoi pas ? Vous avez une idée de l'endroit où ils auraient pu s'enfuir ?

– Je n'ai pas vraiment d'idée sur grand-chose. C'est juste histoire d'occuper mon temps.

– Il y a plusieurs éleveurs du coin qui ont leur petit avion privé. Aucun de ces trois-là, en revanche. Je me souviens d'avoir entendu Jorie, à son émission de radio, radoter qu'il avait volé quand il était dans la marine, mais je sais qu'il n'avait pas d'avion à lui. Et les avions, c'était un des trucs qui faisaient râler Gershwin. Les gens qui survolaient son ranch. Il disait que ça effrayait ses bêtes. Il pensait que c'étaient des types qui l'espionnaient quand lui aussi il volait des poteries. Baker et Main de Fer, maintenant. Pour autant que je sache, ni l'un ni l'autre n'a jamais été propriétaire d'un truc qui soit mieux qu'un vieux pick-up.

– Vous savez où habite Jorie ?

Potts le dévisagea.

– Vous voulez aller le voir ? Qu'est-ce que vous allez lui dire ? C'est vous qui avez braqué le casino ? Qui avez tiré sur les policiers ?

– Si c'est lui, il ne sera pas là. Vous vous souvenez ? Il s'est enfui en avion.

– Oh, c'est vrai, reconnut Potts en riant. Si le Bureau Fédéral des Inepties le dit, ça doit être vrai.

Il se hissa hors de son siège :

– Laissez-moi prendre un bout de papier et un crayon. Je vais vous dessiner une petite carte.

8

Quand Chee s'approcha de la voiture 4 des services du shérif du comté, Cowboy Dashee abaissa la vitre. Il se pencha à l'extérieur, le regard fixé sur son ami.

– La glacière est dans le coffre, lui annonça-t-il. Neige carbonique à l'intérieur, avec assez de place pour une quarantaine de livres de saumon fumé d'Alaska, pêché par mon ami navajo. Mais où ils sont, ces fichus poissons ?

– Ça m'embête vraiment de devoir te l'avouer. Les filles ont organisé une grande fête du saumon pour célébrer mon retour à Shiprock. Avec danses autour du feu de camp sur les bords de la San Juan, baignade à poil dans la rivière. Rien que moi et neuf de ces jolies enseignantes de l'école professionnelle.

Chee ouvrit la portière du passager et se glissa à l'intérieur en complétant :

– J'aurais dû me souvenir de t'inviter.

– Absolument. Puisque tu t'apprêtes à me réclamer un service. D'après ce que tu m'as dit au téléphone, tu vas essayer de me causer des ennuis avec le FBI. Qu'est-ce que tu veux que je fasse ?

C'était au bâtiment administratif de Lukachukai qu'ils s'étaient retrouvés. Chee avait couvert la longue distance depuis Farmington en franchissant les Monts Chuska, et Dashee était remonté de son poste à Chinle. Dashee était arrivé avec un peu de retard. Et maintenant il se faisait accuser par Chee de se laisser détourner de ses strictes coutumes hopi * en apprenant à fonctionner selon « l'heure * navajo » qui ne reconnaît pas plus la notion d' « avance » que celle de « retard ». Ils perdirent plusieurs minutes à échanger des piques accompagnées de sourires, comme cela se pratique entre amis, avant que Chee ne réponde à la question de Dashee.

– Ce que je voudrais que tu fasses, c'est m'aider à comprendre cette affaire d'avion volé.

– Celui d'Eldon Timms ? Qu'est-ce qu'il y a à comprendre ? Les bandidos l'ont pris et se sont enfuis avec. Et c'est une sacrée chance. (Il fit une grimace.) Si tu l'aperçois quelque part, contente-toi d'appeler le siège du FBI le plus proche.

– Tu penses que c'est vraiment ça qui s'est passé ?

Dashee se mit à rire.

– Disons simplement que j'espère que les fédéraux ne se sont pas trompés, cette fois. Sinon, on aurait tous les deux intérêt à poser une demande de congé. Je ne crois pas que je pourrais supporter une répétition de la Grande Chasse à l'Homme des Four Corners de 1998. Tu as envie de retourner crapahuter dans les canyons ?

– Je pourrais m'en passer.

Chee expliqua à Dashee ce qu'il avait appris sur le L-17 de Timms, l'assurance, les vains efforts du propriétaire pour le vendre, et tout le reste.

– Ça t'embête qu'on aille jusque là-bas afin de me montrer où le pick-up a été retrouvé, et la grange où Timms rangeait l'appareil ? Juste de vérifier cet aspect de l'affaire avec moi ?

Dashee le regarda dans les yeux.

– Ce que tu cherches là, c'est à exploiter ton vieux copain Cowboy parce que tu n'as pas encore repris ton service, et que tu n'as absolument aucune raison valable d'aller dans ce coin de toute façon, que tu l'aies repris ou non. Et moi, étant donné que je suis adjoint au shérif du comté d'Apache, en Arizona, je pourrais prétendre que j'avais une raison légitime de venir me mêler d'une affaire que le FBI a prise en main. Comme ça, si les fédéraux se vexent parce que des policiers locaux viennent mettre leur nez où il ne faut pas, ils pourront m'accuser moi. C'est bien ça ?

– C'est à peu près ça, reconnut Chee. Ça te paraît défendable ?

Dashee émit un petit bruit méprisant, lança le moteur.

– Bon, eh bien, allons-y. Autant y arriver pendant qu'il y a encore un peu de lumière.

Le soleil était bas quand il immobilisa la voiture. À l'ouest, le sommet déchiqueté de la Crête du Peigne projetait un réseau de lumière et d'ombre en zigzag sur les étendues planes couvertes de buissons de sauge de Nokaito Bench. En contrebas, le lit de Gothic Creek traçait déjà une ligne brisée gagnée par les ténèbres. Dashee tendait le doigt vers le canyon.

– Sans l'intervention divine et la très opportune présence de l'avion de Timms, c'est là que nous serions toi et moi. Pour valider une fois de plus la thèse fédérale relative au maintien de l'ordre affirmant que, quand on veut déterminer le lieu où se cachent des fugitifs, on envoie les policiers du secteur jusqu'à ce que les suspects se mettent à leur tirer dessus, révélant de ce fait leur position.

– Cette technique marchait bien, aux Indes, quand les nababs chassaient le tigre. À la différence près qu'ils utilisaient des rabatteurs en lieu et place d'adjoints au shérif. Ils les envoyaient en éclaireurs pour provoquer les fauves.

– Je croyais qu'ils utilisaient des chèvres.

– Ça, ça s'est fait plus tard. Quand les rabatteurs se sont syndiqués. Bon, tu ne veux pas m'expliquer pourquoi on s'est arrêté ici ?

– C'est en hauteur. On peut étudier la configuration du terrain, d'ici. (Dashee indiqua le nord.) Là-bas, à cinq kilomètres environ, c'est le ranch de Timms. Tu ne peux pas le voir parce qu'il est derrière la crête, sur la pente.

Il montra une autre direction.

– Cette route, sur laquelle nous nous trouvons, suit les contours de la mesa qui domine Gothic Creek, puis elle décrit un grand virage pour passer devant chez Timms et finit plus ou moins par se perdre dans la nature en arrivant au ranch d'une veuve, près de la San Juan. C'est là qu'elle se termine. Le camion a été abandonné à environ deux kilomètres cinq devant nous.

Chee se hissa sur l'aile avant de la voiture.

– Tout ce que je sais de cette affaire, c'est ce que j'en ai entendu dire depuis mon retour. Mets-moi au courant. Quelle est la Thèse officielle ?

Dashee lui retourna une grimace.

– Tu crois que les fédéraux iraient la raconter à un adjoint du comté d'Apache ?

– Non. Mais quelqu'un qui travaille au siège du FBI à Denver, ou peut-être à l'agence de Salt Lake, de Phoenix ou d'Albuquerque, en fait part à un flic lambda au niveau de l'État, lequel la rapporte à quelqu'un d'autre, l'information se propage et, très vite, quelqu'un d'autre la transmet à ton shérif, lequel...

Chee eut un geste englobant tout.

– ... Ce qui fait qu'au bout d'à peu près trois heures, tout un chacun le sait et les fédéraux conservent la possibilité de démentir.

– D'accord. Ce que nous avons entendu dire se présente ainsi. Le dénommé Teddy Bai, celui que le FBI tient sous bonne garde à l'hôpital de Farmington, va raconter aux mauvaises personnes combien il serait facile de braquer le Casino Ute, et ses propos reviennent aux oreilles de truands de moyenne stature. Peut-être des truands de Las Vegas, ou de Los Angeles. J'ai entendu les deux, et ce ne sont que des suppositions. Enfin bon, la théorie veut que Bai soit contacté. On lui propose une part du butin s'il accepte de fournir des renseignements précis, par exemple de donner les horaires exacts, toutes les informations internes que les voleurs ont besoin de connaître. Qui est de garde et quand. À quel moment le fourgon de la banque arrive. Comment couper le courant, les téléphones et tout. Bai est pilote, il leur dit que Timms a son vieil appareil de reconnaissance de l'armée à décollage court dont ils peuvent s'emparer pour s'enfuir. Il le pilotera pour eux. Mais ils savent que Bai est du coin. Sa disparition sera remarquée. Ce sera par lui que la police pourra remonter jusqu'aux truands qui ont préparé le coup. Alors ils viennent avec leur propre pilote, ils abattent Bai, prennent la route de chez Timms, bousillent le pick-up pour que les flics pensent qu'ils ont été obligés de l'abandonner ici, ils s'emparent de l'avion et... (Dashee battit des bras) les voilà envolés.

Chee hocha la tête.

– Tu penses à Timms, reprit Dashee. Selon cette thèse, ils avaient prévu de le tuer aussi. Ça leur aurait donné davantage de temps. Mais il n'était pas chez lui. Sur le chemin du retour, Timms a entendu parler du vol aux informations, puis il a trouvé la serrure de sa grange forcée, son avion disparu, et il l'a signalé à la police. Et comme nous sommes les plus proches, c'est nous qu'on a envoyés pour vérifier ses dires.

À nouveau, Chee hocha la tête.

– Ça ne t'emballe pas non plus ?

– Je réfléchis seulement. Montre-moi l'endroit où ils ont laissé le camion.

Pour cela, il leur fallut s'enfoncer dans le territoire accidenté, rocailleux et dépourvu d'arbres où personne, à l'exception des géomètres, ne semble savoir avec exactitude où finit l'Arizona et où commence l'Utah. Ils durent descendre du sommet de la mesa par une piste de terre défoncée et traverser une étendue plane couverte de sauge rabougrie par la sécheresse où un camion citerne blanc était garé, portière ouverte, avec un homme qui lisait sur le siège avant.

Dashee fit un geste du bras dans sa direction.

– Rosie Rosner, dit-il. Il prétend qu'il a le boulot le plus peinard de toute l'Amérique du Nord. Encore plus peinard que celui de député. Trois ou quatre fois par jour, un hélicoptère de l'Agence pour la Protection de l'Environnement vient se poser, il lui remplit son réservoir puis repique un petit roupillon jusqu'à ce qu'il revienne.

– Je crois que je l'ai vu à l'aéroport de Farmington, cet hélicoptère. Un gars de là-bas m'a dit qu'ils repèrent les mines d'uranium abandonnées. Ils cherchent les dépôts de déchets radioactifs.

– Je lui ai demandé s'il avait vu nos bandidos arriver dans leur pick-up. Mais on n'a pas eu cette chance. Ils n'ont commencé leur manège avec l'hélicoptère que le lendemain.

Dashee donna un coup de klaxon et agita le bras en direction du conducteur.

– Maintenant que j'y pense, reprit l'adjoint au shérif, je crois qu'il a eu beaucoup de chance de n'arriver qu'à ce moment-là.

Environ un kilomètre et demi après le camion citerne, Dashee s'arrêta de nouveau et mit pied à terre.

– Jette un coup d'œil à ça.

Il désignait un affleurement de basalte noir sur le bord de la piste, en partie dissimulé par un buisson d'arroche et un amas d'herbes-qui-roulent.

– C'est ça qu'ils ont heurté avec le carter du camion. Soit ils ne connaissaient pas la piste, soit ils ne faisaient pas attention, ou alors ils ont donné un petit coup de volant pour le percuter exprès.

– Pour qu'on pense qu'ils l'avaient laissé là parce qu'ils n'avaient pas le choix, compléta Chee.

– Peut-être. Qu'on voie qu'ils n'étaient pas allés beaucoup plus loin avec.

Après quelques centaines de mètres, Dashee quitta la terre tassée de la route dégradée pour une piste encore plus vague. Il s'engagea sur une pente pour aboutir à un endroit où des tas de sable chassés par le vent permettaient à des pousses de thé mormon et à quelques genévriers étiques de pousser.

– Nous y voilà. Je me gare presque exactement à l'endroit où ils ont abandonné le camion.

Chee grimpa sur l'un des monticules, baissa le regard vers le lieu où le véhicule s'était trouvé, puis alentour.

– Est-ce qu'on pouvait le voir de la piste ? Juste en passant ?

– À condition de savoir où regarder. Timms aurait remarqué la fuite d'huile, et les traces qui bifurquaient. Lui, il aurait cherché.

– Vous avez trouvé des traces ?

– Oh oui. Des deux côtés du camion, là où ils sont descendus. Deux séries. Mais quelqu'un a averti les fédéraux, et les hélicoptères ont rappliqué, remplis de gars de la ville avec leurs gilets pare-balles.

– Les hélicoptères ont effacé les traces ?

Dashee fit oui de la tête.

– Exactement comme en 98. Quand j'ai appelé le poste pour signaler la découverte du camion, je leur ai demandé de mettre les fédéraux en garde contre ça. (Dashee rit.) On m'a répondu que c'était comme d'apprendre au pape à entendre les fidèles en confession. Enfin bon, la lumière n'était pas trop mauvaise et j'ai pris un rouleau de pellicule. Les traces de bottes et les endroits où ils ont posé les trucs qu'ils déchargeaient.

– Comme quoi, par exemple ?

– Une trace laissée par la crosse d'un fusil. Quelque chose qui était peut-être une boîte. Un gros sac. Et cetera.

Il haussa les épaules.

Chee rit.

– Comme un sac plein d'argent du Casino Ute, peut-être. À propos, combien ils ont ramassé ?

– Une « somme indéterminée », selon le FBI. Mais l'estimation approximative et officieuse qui m'est parvenue est de quatre cent quatre-vingt six mille neuf cent onze dollars.

Chee siffla.

– Tout en billets dont on ne possède pas les numéros, bien sûr, poursuivit Dashee. Et beaucoup de poches remplies de jetons de forte valeur que les honnêtes citoyens ont raflés sur les tables de roulette pendant qu'ils prenaient la fuite dans le noir.

– Est-ce que les traces se dirigeaient droit sur le ranch Timms ? Sinon, où ?

– On n'a pas eu beaucoup de temps pour regarder. Le shérif a rappelé immédiatement pour nous dire que le FBI voulait qu'on ne touche ni ne piétine rien. On avait juste le droit de reculer et de garder les lieux.

– Pas beaucoup de temps pour voir quoi que ce soit, hein ? releva Chee. Qu'est-ce que tu as vu quand tu as quand même regardé ? Qu'est-ce qu'il y avait dans le pick-up ?

– Pas grand-chose. Ils l'avaient volé sur l'un des sites de pompage de la Mobil Oil, et il y avait plusieurs de ces clefs pleines de graisse dont ils se servent, des bouts de chiffons, des boîtes de bière vides, des emballages de hamburgers et ainsi de suite. Il y avait des trucs qui étaient restés sous les sièges et sur le plancher. Un magazine pour hommes dans un vide-poche, des reçus d'achat d'essence. (Il haussa les épaules.) À peu près ce à quoi on peut s'attendre.

– Rien sur le plateau arrière ?

– On a cru qu'on tenait quelque chose, là. Une radio à transistors qui donnait l'impression d'être comme neuve, à l'arrière. En plus, elle avait l'air de coûter cher. (Il haussa les épaules.) Mais elle était cassée.

– Cassée ? Il n'y avait pas de son ?

– Rien du tout. C'était peut-être les piles qui étaient à plat. Peut-être qu'elle s'est cassée quand on l'a jetée à l'arrière.

– Il est plus vraisemblable qu'ils l'y ont jetée parce qu'elle était déjà cassée, corrigea Chee.

Il regardait vers l'ouest, en contrebas dans le wash * et au-delà, en direction de la zone frontière accidentée avec l'Utah, le labyrinthe de canyons et de mesas que la Police tribale navajo, ainsi que les hommes d'une vingtaine d'autres agences du comté, de l'État ou du pays avaient quadrillé pour retrouver les assassins lors de la chasse à l'homme de 98.

– Tu sais, Cowboy, j'ai l'impression que nous sommes un tout petit peu au nord de ta juridiction ici. Je crois que le comté d'Apache et l'Arizona ont pris fin deux ou trois kilomètres derrière nous et que nous sommes en Utah.

– Qu'est-ce que ça peut bien fiche ? Ce qui est plus intéressant c'est qu'on ne peut pas voir le ranch Timms d'ici. Il est peut-être à quinze cents mètres plus loin, sur la route.

– Allons y jeter un coup d'œil, proposa Chee.

La distance, à en juger par le compteur de la voiture, était de deux kilomètres cent. La route descendait en zigzag pour gagner un plateau couvert de buissons de sauge puis une maison de pierre au toit pointu entourée d'un lot de dépendances. Une grange en planches au toit protégé par du papier goudronné dominait l'ensemble. D'une hampe qui en dépassait pendait une manche à air blanche, attendant une brise pour jouer son rôle. Chee remarqua qu'une bande de terrain plat orientée est-ouest avait été nivelée et débarrassée de toute végétation. Il remarqua également que la route continuait au-delà de l'habitation, réduite à deux ornières parallèles qui vagabondaient sur le plateau pour disparaître de l'autre côté d'un pli de terrain.

Chee la désigna.

– Où mène-t-elle ?

– À cinq ou six kilomètres il y a un autre petit élevage, la veuve dont je t'ai déjà parlé. C'est là qu'elle finit en cul-de-sac.

– Pas d'issue, alors ? Pour rejoindre la grand-route ?

– Sauf si tu sais voler.

– Je m'étais dit que les auteurs du braquage avaient peut-être pris cette route en croyant qu'ils allaient contourner un barrage routier sur l'U.S. 191 et remonter jusqu'à Bluff. Cela voudrait dire qu'ils ne connaissaient pas la région.

– Ouais, j'y ai pensé, confirma Dashee. Pour les fédéraux, ça signifie qu'ils savaient que l'avion de Timms était là à les attendre.

– Ou bien ils connaissaient une piste qui descend dans Gothic Canyon, ils l'ont empruntée pour atteindre la San Juan qu'ils ont suivie jusqu'à un autre canyon.

– Oh, mon vieux. Ce n'est même pas la peine d'y penser.

Et il gara sa voiture sur l'esplanade de terre devant chez Eldon Timms.

Une femme se tenait sur le côté ombragé de la maison d'où elle les observait. Elle portait un chapeau de paille à large bord, une chemise d'homme aux manches roulées sur les bras, un jean et des bottes usagées. Dans les soixante-quinze ans, estima Chee. Mais peut-être un peu plus jeune. Les Blancs n'ont pas la peau qu'il faut pour supporter l'ensoleillement sec. Ils sont envahis de rides avec une dizaine d'années d'avance. Les yeux plissés pour les regarder, elle se dirigeait vers la voiture quand Chee et Dashee en sortirent.

– C'est Eleanor Ashby, expliqua Dashee. La veuve qui habite là-bas, derrière la colline. Elle s'occupe des bêtes de Timms quand il n'est pas là. Elle m'a dit que c'était un échange de services.

– Shérif, dit Eleanor Ashby, qu'est-ce qui vous ramène par chez nous ? Vous avez oublié quelque chose ?

– Nous cherchions monsieur Timms, répondit Dashee qui présenta Chee. J'ai oublié de lui demander plusieurs choses.

– Il fallait aller à Blanding si vous vouliez le faire. Il y est parti ce matin pour parler aux gens de l'assurance.

– Bon, ce n'est rien d'important. Juste des précisions dont j'avais besoin pour compléter mon rapport. J'ai oublié de lui demander quelle heure de la journée il était, quand il est rentré et a découvert que son avion avait disparu. Mais ça peut attendre. Je le verrai la prochaine fois que je reviendrai par ici.

– Je peux peut-être vous aider, pour ça. Laissez-moi réfléchir juste une minute, et je vais pouvoir vous dire ça à peu de chose près. Il devait me rapporter des marchandises de Blanding et j'ai cru entendre un avion alors je suis venue ici. Je pensais qu'il était rentré, mais il n'était pas encore de retour.

– Vers midi ? demanda Chee. Vous avez eu de la chance de ne pas être là quand les bandits y étaient.

– Ça, vous pouvez le dire. Ils auraient bien pu me tirer dessus. Ou me prendre en otage. Dieu sait quoi. J'en ai encore des frayeurs quand j'y pense.

– Cet avion que vous avez entendu, vous pensez que c'étaient les bandits qui s'enfuyaient avec celui de monsieur Timms ?

– Non. Je me suis juste dit que Timms était passé jeter un coup d'œil d'en haut, puis qu'il avait continué jusqu'à l'autre petit ranch qu'il possède, à côté de Mexican Water.

Chee se tourna vers Dashee pour s'apercevoir qu'il le regardait aussi.

– Attendez une minute, intervint l'adjoint au shérif. Vous voulez dire que Timms avait pris l'avion pour se rendre à Blanding ?

Eleanor rit.

– Bien sûr que non. Mais c'est ce que j'ai pensé à ce moment-là. Il lui arrivait de le prendre s'il y avait une possibilité de se poser là où il se rendait. D'autres fois, il utilisait son camion.

– Mais l'avion était là quand vous êtes venue à midi ? insista Chee.

Elle acquiesça de la tête.

– Ouais. Dans la grange.

– Vous l'avez vu à l'intérieur ?

– J'ai vu le gros cadenas qu'il met dans le moraillon de la porte. (Elle gloussa.) Si le vieil avion est bouclé à l'intérieur, il ne peut pas en sortir.

– Vous n'avez pas vu son camion ? demanda Chee.

– Il n'était pas là. Il...

Elle fronça les sourcils en le regardant :

– Qu'est-ce que vous voulez dire ? À quoi vous pensez ?

– Est-ce qu'il laisse son camion juste là, devant ? interrogea Dashee. Ou dans un endroit où vous auriez pu le voir ?

– Il le range dans cette remise, derrière la maison.

Le visage de madame Eleanor Ashby suggérait qu'elle se trouvait soudain confrontée à de multiples questions.

– Vous n'étiez pas là quand Timms est effectivement rentré chez lui ? demanda Dashee.

J'étais retournée chez moi. Le lendemain, il y a une voiture qui est venue avec deux agents du FBI à l'intérieur. Ils m'ont demandé si j'avais entendu un avion voler. Je leur ai répondu ce que je vous ai dit. Ils ont voulu savoir si quelqu'un était venu chez Timms pendant que j'y étais. J'ai répondu que non. C'est à peu près tout.

C'était à peu près tout pour Chee et Dashee aussi. Ils jetèrent un coup d'œil à la grange, au moraillon brisé, cherchèrent des traces ici et là et ne découvrirent rien qui pût leur servir. Puis ils roulèrent vers le sud dans le flamboiement rouge du couchant, en direction de Mexican Water où Eldon Timms avait son autre ranch et où ils espéraient intensément, priaient, en fait, ne pas trouver un L-17 caché.

– S'il y est, dit Dashee, j'en réfère au shérif, qui en réfère au FBI, et le vieux Eldon Timms se retrouve en prison pour escroquerie à l'assurance et quoi d'autre ? Entrave à la justice ?

– Probablement, confirma Chee.

Mais il pensait à trois hommes sans nom, sans visage, totalement non identifiés, armés de fusils automatiques. Ils avaient déjà tué un policier, en avaient blessé un autre et avaient tenté d'en tuer un troisième. Trois tueurs en liberté dans la région des canyons des Four Corners. Il se demandait combien de personnes allaient encore périr avant que cette affaire ne parvienne à son terme.

9

La petite carte que Potts avait tracée pour Leaphorn sur une feuille de calepin lui fit traverser la San Juan, rouler sur l'asphalte du Highway 35, passer par le gisement pétrolifère d'Aneth et, de là, prendre une route de terre qui escaladait les pentes de Casa Del Eco Mesa. Elle paressait en longeant les bâtiments de pierre sans toit et sans fenêtres dont Potts lui avait dit qu'il s'agissait de reliques témoignant des funestes efforts de Jorie pour tenir un comptoir d'échanges. Au bout de trois kilomètres de poussière et de cahots, il atteignit le bassin de drainage naturel des eaux que Potts avait indiqué sous le nom de Desert Creek. Leaphorn y fit halte, laissa la poussière retomber un moment et regarda vers le bas de la pente. Il vit une ligne en zigzags composée de trembles de Fremont vert pâle, d'oliviers de Bohême d'un gris vert, et de buissons d'herbes-aux-lapins gris-argent qui marquaient le cours de la rivière, le toit rouge d'une maison, un corral, des enclos à moutons, un empilement de bottes de foin protégées par une immense feuille de plastique, et une éolienne à côté de la structure circulaire en métal galvanisé qui constituait le réservoir destiné à recueillir l'eau. Serpentant sur le dévers, le long de la route, le fil du téléphone s'affaissait entre les poteaux largement espacés.

Sa mémoire se mit en marche. Il était déjà venu ici. Il savait maintenant pourquoi le nom de Jorie ne lui avait pas paru inconnu. Il était venu sur ce ranch il y avait au moins vingt-cinq ans pour s'occuper de la plainte d'un éleveur prétendant que Jorie lui tirait dessus quand il passait dans son avion. Jorie s'était montré conciliant. Il tirait sur des corneilles, avait-il expliqué, mais il serait néanmoins très reconnaissant à Leaphorn s'il expliquait au gars de l'avion que voler aussi bas au-dessus de son ranch dérangeait ses bêtes. Et apparemment, c'en était resté là : l'une de ces milliers d'interventions que les policiers de campagne doivent effectuer pour résoudre les petits problèmes de cohabitation chez des gens qu'un trop-plein de paysages grandioses, de silence ininterrompu et de solitude incite à l'excentricité.

Leaphorn prit ses jumelles dans la boîte à gants pour y regarder de plus près. Il n'y avait guère eu de changements. La flèche de l'éolienne servait aussi de support à ce qui ressemblait à une antenne, ce qui signifiait que Jorie, comme nombre de ces éleveurs des régions désertiques qui vivent au-delà des zones desservies même par les lignes de l'Administration de l'Électrification rurale, avait investi dans la radio-communication. Et l'éolienne était également bricolée pour entraîner un générateur afin de fournir à la maison un peu de l'électricité restituée par des accumulateurs. Un petit tracteur vert, piqueté de rouille et équipé d'une lame frontale, reposait dans le corral, vide par ailleurs. Aucun autre véhicule n'était visible, ce qui ne signifiait pas qu'il n'y en avait pas un de garé quelque part dans un endroit échappant à sa vue.

Leaphorn s'aperçut qu'il en était surpris. Il s'était attendu à voir un pick-up, en tout cas le véhicule que Jorie conduisait, rangé à côté de la maison, et Jorie occupé à quelque tâche près d'une des constructions annexes. Il s'était attendu à obtenir confirmation que Jorie ne s'était pas enfui par la voie des airs avec le butin du Casino Ute et que Gershwin s'était servi de lui dans le cadre d'un plan alambiqué. Il s'appuya au dossier de son siège, étira ses jambes, et réfléchit à toute cette histoire depuis le début. Une perte de temps ? Sans doute. Et s'il y avait du danger ? Il ne le pensait pas, mais si Jorie venait sur le pas de sa porte afin de l'inviter à entrer, il aurait une explication toute prête pour cette visite. Il enclencha une vitesse, s'engagea à allure réduite sur la pente, se gara sous le tremble le plus proche du perron de façade et attendit quelques instants que son arrivée soit prise en considération.

Rien ne se produisit. Personne ne vint à la porte d'entrée pour l'accueillir. Il écouta et n'entendit rien. Il mit pied à terre, referma la portière prudemment, silencieusement, puis s'avança vers la maison, grimpa les marches de pierre et cogna contre le chambranle de la porte. Pas de réaction. Un bruit étouffé. À moins qu'il ne l'ait imaginé ?

– Bonjour, cria-t-il. Il y a quelqu'un ?

Pas de réponse. Il frappa à nouveau. Puis il s'immobilisa, l'oreille collée au panneau pour écouter. Il testa la poignée, doucement. Pas fermée, ce qui n'avait rien de surprenant et ne voulait pas forcément dire que Jorie était là. Fermer une porte à clef, dans cette région déserte, était considéré comme inutile, futile et injurieux pour ses voisins. Si un voleur voulait entrer, il lui serait tout aussi facile de casser une vitre et d'enjamber la fenêtre.

Mais qu'entendait-il maintenant ?

Une note aiguë indistincte, presque imperceptible. Répétée. Encore. Puis un son différent. Quelque chose qui ressemblait à un sifflement. Un chant d'oiseau ? Maintenant c'était un peu la mélodie que les sturnelles des prés lancent lors de leur premier envol. Leaphorn se déplaça le long du perron jusqu'à une fenêtre de façade, plaça ses mains en écran et regarda à l'intérieur. Il vit une pièce plongée dans la pénombre, encombrée de meubles, de rangées de livres sur des étagères, la silhouette sombre d'un poste de télévision.

Il descendit au bout de la véranda, contourna l'angle de la maison et s'arrêta à la première fenêtre. Le nez d'un pick-up Ford 150 de couleur verte dépassait sur l'arrière. Celui de Jorie ? Ou de quelqu'un d'autre ? Peut-être de Buddy Baker. Ou de Main de Fer. Ou des deux. Leaphorn eut soudain fortement conscience qu'il était un simple citoyen. Qu'il n'avait pas le revolver calibre 38 dont il aurait disposé en tant que représentant de la force publique dans l'exercice de ses fonctions. Il secoua la tête. Cette inquiétude n'avait pas de fondement. Il avança jusqu'au coin de la maison. Le véhicule était un modèle à cabine surdimensionnée et personne n'était visible à l'intérieur. Il tendit la main par la vitre ouverte pour abaisser le pare-soleil. Agrafé au dos se trouvait le certificat d'assurance obligatoire, établi au nom de Jorie. La cabine était jonchée de cochonneries, un fragment de journal, un papier d'emballage de sandwich Arby, une paille pour boire, pliée, trois jetons de poker rouges (d'une dénomination de vingt-cinq dollars, arborant le symbole du Casino Ute) tout cela sur le siège du côté du passager.

Leaphorn considéra un instant les implications de ce qu'il voyait, puis retourna vers la maison, appliqua le front contre la vitre, abrita ses yeux et scruta l'intérieur de ce qui semblait être une chambre qui faisait également office de bureau.

Une fois encore il entendit les chants d'oiseaux, plus distincts désormais. Sur sa droite, près de la fenêtre, un unique point brillant dans la pénombre attira son attention. Ce qui donnait l'impression d'être un petit écran de télévision présentait l'image d'une prairie, d'un étang, de bois sombres et d'oiseaux. Ses yeux s'accoutumèrent à l'obscurité. C'était un écran d'ordinateur. Ce qu'il voyait était un économiseur d'écran. Pendant qu'il regardait, le décor changea pour un ciel d'éclaircie avec un vol d'oies. Le chant d'oiseaux se mua en cacardements.

Il détourna les yeux de l'écran pour balayer le reste de la pièce. Il retint sa respiration. Quelqu'un était vautré sur la chaise en face de l'ordinateur, avachi sur le côté contre un bureau attenant. Endormi ? Il en doutait. La position était trop inconfortable pour le sommeil.

Il se hâta de revenir sur le perron, ouvrit la porte, cria : « Hé-ho ! Hé-ho ! Y a quelqu'un ? » et traversa le salon à petites foulées pour entrer dans la chambre.

La silhouette sur la chaise était celle d'un petit homme aux cheveux gris, vêtu d'un T-shirt blanc portant l'inscription RACCROCHE ET ROULE imprimée dans le dos, d'un jean neuf d'aspect et de pantoufles basses. Son bras gauche reposait sur le plateau de la table voisine du meuble de l'ordinateur, et sa tête était appuyée dessus, le visage éclairé par la lumière du moniteur. Laquelle augmenta au moment où l'économiseur d'écran présentait un nouveau type d'oiseaux. Ce qui fit passer du noir presque complet au rouge foncé la couleur du sang qui avait suinté du trou situé au-dessus de son œil droit.

Everett Jorie, pensa Leaphorn. *Depuis combien de temps es-tu mort ? Et combien d'années dans la police me faut-il pour m'habituer à ça ? Pour le comprendre ? Où se trouve la personne qui t'a tué ?*

Il s'éloigna de la chaise de Jorie et scruta la pièce à la recherche du téléphone qu'il repéra derrière l'ordinateur. Deux tas de jetons rouges du Casino Ute étaient empilés juste à côté. Jorie était irrévocablement mort. L'appel qu'il destinait au shérif pouvait attendre quelques instants. D'abord, il allait inspecter les lieux.

Une arme de poing était en partie cachée sous le meuble de l'ordinateur, à côté du pied du mort : un revolver à canon court qui ressemblait beaucoup à celui que Leaphorn avait porté avant sa retraite. S'il y avait une odeur de poudre brûlée dans la pièce, elle était trop faible pour qu'il la sépare des effluves mêlés de la poussière, du vieux tapis de sol en laine sous ses pieds, de la moisissure et des senteurs extérieures dues au foin, au crottin, à la sauge et à l'été en pays aride.

Il s'accroupit à côté de l'ordinateur, sortit son stylo de sa poche de chemise, l'inséra dans le canon de l'arme, la souleva et en inspecta le barillet. Une des cartouches qu'il renfermait avait été tirée. Il prit son mouchoir, actionna le cran du barillet et l'ouvrit. La cartouche qui se trouvait face à la chambre était vide elle aussi. Peut-être Jorie gardait-il son arme avec le chien sur une cartouche utilisée au lieu d'une chambre vide, une mesure de sécurité très raisonnable. Mais peut-être n'était-ce pas le cas. Un élément qu'il laissait à d'autres le soin d'établir. Il remit le revolver à sa place, à côté du pied de la victime, en retira son stylo, se releva et resta un moment, le stylo à la main, à étudier la pièce.

Elle contenait un lit étroit pour deux personnes impeccablement fait. Derrière le lit, un fusil automatique était appuyé contre le mur, un AK-47. Sur une petite table, juste à côté, étaient posés une lampe, un verre d'eau vide et deux livres. L'un, *The Virtue of Civility* [1], avait pour sous-titre « Recueil d'essais sur le libéralisme ». L'autre, ouvert, reposait sur la couverture.

Leaphorn vérifia la page, se servit de son stylo pour le refermer. Le titre sur la reliure proclamait : *Correspondance de Caton : essais sur la liberté.* Il rouvrit le volume d'un geste du poignet, se souvenant de l'avoir étudié dans le cadre d'un cours de sciences politiques quand il était en licence à l'Université d'État d'Arizona. Une lecture appropriée pour quelqu'un qui essayait de trouver le sommeil. Les étagères le long du mur étaient remplies de nourritures spirituelles à l'avenant : *The American Democrat* [2] de J.F. Cooper, *Réflexions sur la Révolution en France* de Burke, *Discourses Concerning Government* de Sidney, *De la démocratie en Amérique* de De Tocqueville, ainsi qu'une collection de biographies d'hommes politiques, d'autobiographies et de livres d'histoire. Leaphorn tira *The Servile State* de son étagère, l'ouvrit et parcourut quelques lignes pour le plaisir qu'offrait la verve polémique et poétique de Hilaire Belloc. Il l'avait lu, ainsi que quelques-uns parmi les autres, il y avait une trentaine d'années de cela, pendant sa période de fascination pour les théories politiques. La majorité des ouvrages lui étaient inconnus, mais les titres suffi-

1. Ouvrage d'Edward Shils (1910-1995), essayiste enseignant à l'université de Chicago. (*N.d.T.*)

2. Dans ce livre publié en 1838, l'auteur du *Dernier des Mohicans* exprime des convictions conservatrices. L'ouvrage de l'Irlandais Edmund Burke (1729-1797, parlementaire à Londres et analyste politique), critiquant violemment la Révolution française, fut publié en 1790 dans la capitale anglaise et de manière presque simultanée en traduction française. Algernon Sidney (1622-1678 ?), dont le livre posthume date de 1698, était un fervent défenseur de l'esprit républicain ; ses convictions le menèrent à l'échafaud. Ce texte d'Alexis de Tocqueville (1805-1859), sociologue et historien français, fut édité successivement en 1835 et 1840. Hilaire Belloc (1870-1953), homme politique, poète et essayiste anglais né en France, publia ce volume en 1912. (*N.d.T.*)

saient pour lui apprendre qu'il ne découvrirait pas de socialistes au nombre des héros de Jorie.

Il trouva le carnet d'adresses de l'éleveur dans un panier de courrier en partance à côté du téléphone, constata qu'il était encore capable de se souvenir du numéro du shérif et s'empara du combiné. De l'ordinateur sortit un étrange gargouillement. L'écran montrait un long vol en V de grues du Canada en pleine migration sur fond de ciel d'hiver. Il raccrocha le téléphone, prit son stylo et appuya à deux reprises sur la souris.

Les volatiles et leurs borborygmes disparurent, instantanément remplacés par du texte sur l'écran. Leaphorn se pencha devant le corps et lut :

AVIS : À quiconque pourrait se sentir concerné, si pareille personne existe, je déclare que je suis sur le point de mettre un terme au gâchis qu'est ma vie d'une manière tout à fait appropriée. Elle s'achève avec une adéquation parfaite par une autre trahison. L'expédition contre le Casino Ute, que j'ai eu la folie de croire destinée à financer notre lutte contre le despotisme fédéral, n'a au contraire servi qu'à financer la cupidité, et ce au prix inutile de vies humaines.

Le seul profit que je tirerai de cette lettre sera la vengeance, dont les philosophes nous ont dit qu'elle est pur délice. Pur délice ou pas, j'espère qu'elle mettra au ban de la société deux tristes individus, parjures à la confiance placée en eux, traîtres à la cause de la liberté et des idéaux américains garants du libre arbitre, des droits individuels du citoyen et de la protection contre l'oppression d'un gouvernement fédéral arrogant et tyrannique.

Les traîtres sont George (Blaireau) Main de Fer, un Indien Ute qui élève des vaches au nord de Montezuma Creek, et Alexander (Buddy) Baker, dont le lieu de résidence se trouve juste au nord de la grand-route qui mène de Bluff à Mexican Hat. C'est Main de Fer qui a abattu les deux victimes au casino, et Baker qui a tiré sur le policier près d'Aneth. Ce double usage des armes à feu s'inscrivait en défi ouvert à mes ordres et en violation du plan dont nous étions convenus, qui consistait à nous procurer la recette du casino en argent liquide sans coups ni blessures. Nous avions pour intention de profiter de la confusion due à la panne de courant et au noir sans causer de blessure à quiconque. Main de Fer et Baker étaient au courant de la politique suivie par les casinos, calquée sur l'exemple instauré à Las Vegas, qui consiste à donner pour instruction aux membres de la sécurité de ne pas faire usage de leurs armes en raison du risque de blessures pour les clients, de la publicité calamiteuse et des pertes de revenus que de tels gestes entraîneraient. Ainsi les morts survenues au casino n'étaient-elles ni planifiées, ni provoquées, ni nécessaires, et totalement contraires à mes recommandations expresses.

Quand nous avons atteint l'endroit où nous avions prévu d'abandonner le véhicule et de retourner chez nous, il était devenu évident à mes yeux que cette violence avait été secrètement préméditée par Main de Fer et Baker et que leur plan incluait mon propre meurtre ainsi que le détournement des sommes recueillies pour leur usage personnel et égoïste. En conséquence, je leur ai faussé compagnie à la première occasion.

Je n'ai pas d'excuses à présenter pour cette opération. La cause en était juste : financer les efforts incessants de ceux d'entre nous qui placent notre liberté politique au-dessus de la vie elle-même, soutenir notre campagne pour sauver la République d'Amérique contre les abus sans cesse croissants de notre gouvernement socialiste, déjouer sa conspiration pour soumettre les citoyens américains au joug d'un gouvernement mondialiste.

Cela ne servirait en rien notre cause que je me soumette au pseudo-procès qui suivrait mon arrestation. Les médias serviles l'utiliseraient pour dépeindre des patriotes sous les traits de vils voleurs. Je préfère prononcer ma propre condamnation à mort plutôt que de subir une exécution publique ou la détention à perpétuité.

Cependant, l'arrestation de Main de Fer et de Baker, et la récupération de la recette du casino qu'ils se sont octroyée, démontreraient au monde que leurs actes meurtriers étaient ceux de deux criminels vulgaires cherchant un profit personnel et non pas mus par une volonté de patriotes. Si vous ne les trouvez pas chez eux, je vous suggère d'inspecter le canyon de Recapture Creek, en contrebas de l'escarpement de Bluff Bench et juste au sud de la Réserve Ute de White Mesa. Main de Fer a des proches et des amis chez les Utes de la région, et je l'ai entendu parler à Baker d'une source qui s'écoule librement et d'une cabane de berger là-bas.

Je dois également prévenir qu'après ce qui s'est déroulé au casino, ces deux hommes ont prononcé en ma présence le serment solennel de ne pas se laisser capturer vivants. Ils m'ont accusé de couardise et se sont vantés de tuer le plus grand nombre de policiers possible. Ils ont dit que s'ils étaient un jour encerclés et menacés d'être capturés, ils continueraient à tuer des policiers sous le prétexte de se rendre.

Vive la Liberté et tous les hommes libres. Vive l'Amérique.

Je meurs en son nom.

Everett Emerson Jorie

Leaphorn lut le texte une seconde fois. Puis il décrocha le téléphone, composa le numéro du bureau du shérif, s'identifia, demanda à parler au plus haut gradé et relata ce qu'il avait trouvé chez Everett Jorie.

– Pas besoin d'une ambulance, conclut-il.

Et oui, il allait attendre que les représentants de l'ordre arrivent et ferait en sorte que les lieux restent en l'état.

Ceci fait, il parcourut lentement le reste de l'habitation : en regardant, mais sans rien toucher. Quand il revint dans le bureau, les grues du Canada prenaient à nouveau leur essor sur l'économiseur d'écran de l'ordinateur, projetant une étrange lumière scintillante sur les murs de la pièce gagnée par le crépuscule. Il appuya à nouveau sur la souris avec son stylo, lut pour la troisième fois le message de Jorie. Il vérifia la réserve de papier, cliqua sur l'icône de l'imprimante et plia la sortie papier pour la ranger dans sa poche revolver. Puis il sortit sur la véranda et s'assit, contemplant le coucher de soleil qui, sur l'horizon, parait de franges argentées les nuages d'orage à l'ouest et les teintait de jaune flamboyant et de rouge sombre avant de les engloutir dans les ténèbres.

Quand il entendit arriver les voitures de la police, Vénus étincelait à l'ouest dans le ciel.

10

Jim Chee tourna sur une voie secondaire dominant Shiprock et se gara à un endroit qui lui offrait une vue sur l'agence locale de la Police tribale navajo, au bord du Highway 666, et sur sa propre petite caravane sous les trembles des rives de la San Juan. Il descendit de voiture, régla ses jumelles et scruta les deux sites.

Comme il le redoutait, le parking du poste de police était rempli de véhicules : des voitures blanches et noires de la police de l'État du Nouveau-Mexique, plusieurs appartenant aux shérifs des comtés de Navajo et d'Apache, et trois de ces Ford noires rutilantes immédiatement identifiables par tous, représentants de la loi ou criminels, comme étant les voitures banalisées utilisées par le FBI. C'était exactement ce que les bulletins d'information lui avaient fait redouter. L'information avait circulé que le L-17 manquant avait été retrouvé dans une remise à foin proche de Red Mesa. Ainsi le fervent espoir de tous les policiers des Four Corners selon lequel les bandits du Casino Ute s'étaient enfuis par la voie des airs pour aller poser des problèmes à d'autres, dans une zone d'intervention différente et lointaine, était réduit à néant. Ce qui signifiait que les congés seraient annulés, que tout le monde ferait des heures supplémentaires... y compris le sergent Jim Chee, à moins qu'il parvienne à ne pas se montrer et qu'il demeure injoignable.

Il fit la mise au point sur sa petite habitation. Aucun véhicule n'était garé au milieu des trembles qui ombrageaient la caravane. Peut-être que personne ne l'y attendait pour lui ordonner de reprendre son poste. Son congé n'était pas épuisé. Il avait consacré la matinée à parcourir la longue distance le séparant du versant ouest des Chuska puis à grimper dans le haut pays jusqu'à l'endroit où Hosteen Frank Sam Nakai avait toujours passé ses étés à s'occuper de ses moutons, et où il les passait maintenant à suivre la longue pente descendante menant à une mort due au cancer des poumons. Mais Nakai n'était pas là. Et Femme Bleue, son épouse, non plus, pas plus que leur camion.

Il en avait ressenti une déception profonde. Il voulait annoncer à Nakai qu'il avait eu raison pour Janet Pete, que son mariage avec la belle avocate, chic, brillante, issue d'une famille opulente évoluant dans la haute société, ne marcherait jamais. Soit elle renoncerait à ses ambitions pour vivre avec lui sur *Dinetah* *, où elle serait malheureuse, soit il franchirait l'immense et cruel pas pour quitter la Terre entre les Montagnes * Sacrées afin de connaître la réussite professionnelle et le malheur. À sa manière généreuse et indirecte, Nakai avait tenté de le lui montrer et il voulait lui annoncer qu'il avait fini par atteindre cette conclusion lui aussi. Il était resté un bon moment sur place, se disant que Nakai serait bientôt de retour. Même dans une des phases de rémission périodique de son cancer, il ne serait pas assez fort pour effectuer des déplacements prolongés. Il ne le serait assurément pas assez pour exécuter un des rites * guérisseurs que son rôle de *yataalii* * exigeait de lui.

Lorsque à l'ouest, le soleil avait commencé à plonger derrière les fronts orageux au-dessus de Black Mesa, Chee avait abandonné et repris le chemin de chez lui. Il essaierait à nouveau le lendemain à moins que le capitaine Largo ne le retrouve. Si cela se produisait, il passerait ce qui lui restait de congés à arpenter péniblement les canyons en tous sens, en servant de cible vivante à trois types armés de fusils automatiques, qui avaient démontré leur propension à tirer sur les forces de l'ordre.

Il rangea ses jumelles dans leur étui, descendit la colline et immobilisa son pick-up derrière un écran de genévriers à l'arrière de sa caravane. Un message était fixé sur sa porte moustiquaire à l'aide d'un trombone tordu.

Jim – Le capitaine dit que tu dois te présenter au poste tout de suite.

Il le raccrocha sur sa porte et entra. Le voyant de son répondeur clignotait. Il s'assit, ôta ses chaussures et appuya sur le bouton de l'appareil.

La voix était celle de Cowboy Dashee.

« Salut, Jim. J'ai informé le shérif que nous avions retrouvé l'avion de Grand-père Timms. Il a appelé les fédéraux, et ils m'ont contacté par téléphone, eux aussi. (Petit rire de Cowboy.) L'agent qui m'a interrogé ne voulait pas croire que c'était le même appareil, et je le comprends très bien. Je ne voulais pas le croire moi non plus. Enfin bon, ils ont envoyé quelqu'un là-bas pour s'assurer que nous, les indigènes, nous savons reconnaître un L-17 d'un zeppelin, et maintenant ils sont en train d'organiser leur cirque, une bonne vieille chasse à l'homme, exactement comme en 98. Si tu veux préserver ce qui te reste de vacances, à ta place, je resterais loin du bureau. »

L'appel suivant était bref.

« Capitaine Largo à l'appareil. Magnez-vous le cul et rappliquez. Les fédéraux ont retrouvé cette saloperie d'avion et il va encore falloir qu'on tienne le rôle de la meute dans une de ces chasses au renard qu'ils adorent. »

Largo, dont le ton de voix était grincheux en général, paraissait l'être plus encore qu'à l'accoutumée.

Le troisième appel provenait de son agent d'assurances qui lui disait qu'il devait rajouter à son contrat une clause concernant les conducteurs non assurés. Le quatrième et dernier venait de l'agent Bernadette Manuelito.

« Jim. J'ai parlé avec Cowboy qui m'a dit ce que vous aviez fait. Et je veux vous en remercier. Mais j'étais à l'hôpital de Farmington ce matin, et ils ont fait admettre Hosteen Nakai. Il est très mal, et il m'a dit qu'il avait besoin de vous voir. Je vais passer devant chez vous. Il est, euh, il est presque six heures. Je devrais être là vers six heures trente. »

Chee consacra un moment à réfléchir à ce que Bernie avait dit. Puis il effaça les messages un, trois et quatre, laissant celui de Largo (au cas où il serait nécessaire que le capitaine croie qu'il ne l'avait pas écouté). Qu'est-ce que Nakai pouvait bien faire à l'hôpital ? C'était dur à imaginer. Il se mourait d'un cancer des poumons, mais jamais, jamais il ne voudrait finir ses jours à l'hôpital. Nakai était un ultra-traditionaliste. Un *yataalii* réputé, un shaman * qui chantait la Voie de la Bénédiction, le Chant du Sommet de la Montagne, la Voie de la Nuit et d'autres rites guérisseurs. En tant que frère aîné de sa mère, il était le « petit père » de Chee, celui qui lui avait donné son « nom de guerre » secret, il était son mentor, le tuteur qui avait tenté de lui enseigner à devenir lui-même un chanteur. Hosteen Nakai détesterait se trouver dans un hôpital. Mourir dans un tel endroit lui serait intolérable. Comment pareille chose avait-elle pu se produire ? Femme Bleue était intelligente, pas commode. Comment avait-elle pu permettre à quiconque d'emmener son mari loin de chez eux, dans les Monts Chuska ?

Il essayait de trouver une réponse à cette question quand il entendit un bruit de pneus sur les graviers, leva les yeux et distingua à travers le grillage de sa porte le pick-up de Bernie qui s'arrêtait. Elle allait peut-être pouvoir le lui dire.

Mais non.

– Je l'ai juste vu par hasard, lui expliqua-t-elle. Ils le poussaient sur un brancard vers l'endroit où j'attendais l'ascenseur, et j'ai pensé qu'il ressemblait à votre oncle, alors je lui ai demandé s'il était Hosteen Nakai, il m'a répondu oui de la tête, et je lui ai dit que je travaillais avec vous, alors il a tendu la main pour me saisir le bras et m'a demandé de vous dire de venir. Je l'ai assuré que je le ferais et il m'a dit de vous dire de venir tout de suite. À ce moment-là l'ascenseur est arrivé et ils l'ont poussé dedans.

Elle secoua la tête, l'air triste :

– Il avait l'air mal en point.

– C'est tout ce qu'il a dit ? Juste que je devais me dépêcher de venir ?

Elle hocha à nouveau la tête.

– Je suis retournée au bureau des infirmières et je leur ai demandé. On m'a répondu qu'on l'avait conduit en soins intensifs. Elle m'a dit qu'il avait un cancer des poumons.

– Oui, confirma Chee. Est-ce qu'elle vous a dit comment il est arrivé là ?

– Elle m'a dit que c'était une ambulance qui l'avait amené. Je suppose que c'est sa femme qui l'a fait hospitaliser.

Elle se tut, regarda Chee, baissa les yeux sur ses mains, le regarda à nouveau.

– L'infirmière m'a dit qu'il était en phase terminale. Il avait un tube dans le bras et un truc pour l'oxygène.

– Ça fait longtemps qu'il est en phase terminale. Le cancer. Une victime de plus du démon cigarette. La dernière fois que je l'ai vu, ils pensaient qu'il n'avait plus que quelques semaines à vivre et c'était...

Il s'interrompit, prenant conscience que cela remontait à des mois. Beaucoup trop longtemps. Il en ressentit de la honte... il avait violé la règle fondatrice de la culture navajo et placé son propre intérêt avant les besoins de sa famille. Bernie l'observait, attendant la fin de sa phrase. Comme d'habitude, elle paraissait légèrement négligée dans sa tenue, inquiète, un peu timide, vêtue d'un jean raide parce que neuf, un soupçon trop grand pour elle, et d'une chemise qui répondait à la même description. Une jolie fille, gentille, pensa-t-il, et il se surprit à la comparer à Janet. À comparer jolie avec belle, mignonne avec élégante, une femme des campements à moutons avec une femme issue de la haute société. Il poussa un soupir.

– C'était il y a beaucoup trop longtemps, conclut-il avant de consulter sa montre.

Puis il se leva :

– Il y a des heures de visite le soir. Je peux peut-être arriver à temps.

– Je voulais vous dire que j'ai vu Cowboy Dashee. Il m'a raconté ce que vous aviez fait.

– Ce que j'ai fait ? Vous voulez parler de l'avion ?

– Oui, répondit-elle d'un air gêné. C'était beaucoup de travail pour vous. Vous avez été très gentil.

– Oh, fit-il. Bon. Ça a surtout été une question de chance.

– C'était sans doute la raison majeure qu'ils avaient de retenir Teddy. Parce qu'il sait piloter. Et qu'il connaît le propriétaire de l'avion. Je vous dois un grand service, maintenant. Il n'entrait pas vraiment dans mon intention de vous demander de faire tout cela. Je voulais seulement que vous m'indiquiez la direction à suivre.

– J'allais vous demander pourquoi vous étiez à l'hôpital. Pour voir Teddy Bai, je suppose.

– Il va mieux. Ils l'ont retiré de l'unité de soins intensifs.

– Je ne savais pas que Bai connaissait Eldon Timms, remarqua Chee. Vous le saviez, vous ?

– C'est Janet Pete qui me l'a dit. Elle était à l'hôpital. Elle a été désignée pour représenter Teddy.

– Oh, fit Chee.

Bien sûr. Janet était avocate pour le compte du service fédéral d'assistance juridique. Bai était Navajo. Janet aussi, par le nom de son père et le sang de son père sinon par la condition sociale. Il était tout naturel qu'ils lui octroient la défense de Bai.

Bernie l'observait.

– Elle m'a demandé de vos nouvelles.

– Oh ?

– Je lui ai dit que vous étiez en congé. Que vous rentriez juste d'une partie de pêche en Alaska.

– Hum, qu'est-ce qu'elle a répondu à ça ?

– Elle a juste un peu ri. Et elle m'a dit qu'elle avait appris que vous aviez joué un rôle dans la découverte de l'avion. Elle supposait que vous aviez fait ça sur votre temps de loisir. Je n'avais pas encore discuté avec Cowboy, et je n'en savais rien, alors j'ai juste dit qu'en tout cas, vous n'aviez pas encore repris le travail. Et elle a ri à nouveau, elle a dit qu'à son avis, couvrir le FBI de ridicule était devenu pour vous une sorte de passe-temps favori.

Chee prit son chapeau.

– Pas du tout, répondit-il. Il y a beaucoup de gens bien, au FBI. C'est simplement parce qu'on laisse le Bureau prendre des proportions beaucoup trop grandes. Et que ce sont les politiciens qui obtiennent l'avancement, par conséquent ce sont eux qui décident des orientations et qui mènent le jeu à la place de ceux qui possèdent l'intelligence. Et il se produit donc beaucoup de choses stupides.

– Comme l'évacuation de Bluff lors de la grande chasse à l'homme de 98.

Chee lui tint la porte.

Bernie restait là à le regarder, nullement pressée de partir.

– Ça vous dirait de m'accompagner? lui demanda-t-il. De venir voir Hosteen Nakai avec moi?

Son expression lui indiqua que oui.

– Ça pourrait vous aider?

– Peut-être. De toute façon, votre compagnie me sera agréable. Et vous pourriez me mettre au courant de ce que j'ai raté ici.

Mais la compagnie de Bernie ne fut pas très agréable. Dès qu'elle fut montée dans le pick-up de Chee et qu'elle eut claqué la portière derrière elle, il revint à la charge :

– Vous m'avez dit que Janet avait demandé de mes nouvelles à l'hôpital. Qu'est-ce qu'elle a dit d'autre?

Bernie le regarda un moment.

– Sur vous?

– Ouais, fit-il en regrettant d'avoir posé la question.

Elle réfléchit un moment, soit à ce que Janet Pete avait dit sur lui, soit à ce qu'elle était disposée à lui raconter.

– Seulement ce que je vous ai déjà dit, que vous aimez mettre le FBI dans l'embarras.

Après cela, ils n'échangèrent plus beaucoup de paroles durant les cinquante kilomètres du trajet jusqu'à l'hôpital.

Les visites étaient presque terminées quand ils se rangèrent sur le parking, et la plupart des voitures se dirigeaient vers la sortie.

– J'ai regardé les visages, dit Bernie. Ceux qui avaient de bonnes nouvelles et ceux qui n'en avaient pas. Il n'y en a pas beaucoup qui avaient l'air heureux.

– Ouais, fit-il en pensant à la façon dont il pouvait présenter ses excuses à Hosteen Nakai pour l'avoir négligé et en essayant de trouver les mots qui convenaient.

– Les hôpitaux sont toujours d'une telle tristesse, ajouta-t-elle. À part les maternités.

Un coup d'œil à l'infirmière de garde à l'étage des soins intensifs suffisait à appuyer la remarque de Bernie. C'était une femme grisonnante entre deux âges, dont le visage et la voix reflétaient le chagrin, qui parlait dans un téléphone posé sur le bureau.

– Est-ce qu'il a dit quand? D'accord.

Elle leva les yeux vers Chee et Bernie, leur fit le signe qui signifiait « une petite minute » et ajouta :

– Quand il prendra son service, dis-lui que le petit Morris est décédé.

Elle raccrocha, fit une grimace qu'elle remplaça par une question.

– Nous venons voir monsieur Frank Sam Nakai, annonça Chee.

– Il est possible qu'il ne soit pas réveillé, dit-elle en jetant un regard sur la pendule. Les visites se terminent à huit heures. Il va falloir que vous fassiez vite.

– Il m'a fait parvenir un message. Il m'a demandé de venir tout de suite.

– On va voir, alors, dit-elle en les précédant dans le couloir.

Il était difficile de savoir si Nakai était réveillé, ou même vivant. La majeure partie de son visage était recouverte par un masque à oxygène, et il était d'une parfaite immobilité.

– Je crois qu'il dort, dit Bernie.

Au moment où elle prononçait ces mots, les yeux de Nakai s'ouvrirent. Il tourna sa tête vers eux et ôta le masque.

– Celui-qui-Pense-Longuement est venu, prononça-t-il en navajo d'une voix presque trop faible pour être audible.

– Oui, Petit Père. Je suis là. J'aurais dû venir il y a bien longtemps.

Un tube fin et translucide reliait Hosteen Nakai à un flacon en plastique accroché à une potence à perfusion. Les doigts de Nakai suivirent le tube sur le drap jusqu'à son bras. Ce n'était plus le bras vigoureux dont Chee gardait le souvenir. Il ne restait guère plus que les os recouverts d'une peau parcheminée.

– Je vais partir bientôt, dit Nakai.

Il s'exprimait en gardant les yeux fermés, dans un navajo lent et prudent.

– Le vent-qui-est-dedans * va me quitter et je vais le suivre vers un autre lieu.

Il toucha à plusieurs reprises son avant-bras avec son doigt.

– Rien ne restera ici que ces vieux os, alors. Avant cela, je dois te dire quelque chose. Il y a quelque chose que j'ai laissé inachevé. Je dois te donner la dernière de tes leçons.

– Une leçon? demanda Chee.

Mais aussitôt il sut ce que Nakai voulait dire.

Des années auparavant, quand il croyait toujours qu'il pourrait être en même temps membre de la police navajo et *yataalii*, Nakai lui apprenait comment exécuter le rite de la Voie de la Nuit. Chee avait mémorisé les actions du Peuple * Sacré impliqué dans le mythe, et la manière de reproduire ce récit à l'aide des peintures * de sables. Il avait psalmodié les chants qui relataient cette histoire. Il avait appris la composition de l'émétique nécessaire, la façon dont il fallait s'occuper du patient, autant de choses requises pour obtenir la magie qui contraindrait le Peuple Sacré à mettre un terme à la maladie et à restaurer l'harmonie de la vie naturelle. Tout sauf cette dernière leçon.

La tradition du shamanisme navajo l'exigeait. Le maître conservait par-devers lui l'ultime secret jusqu'à ce qu'il soit certain que son élève était prêt à le recevoir. Pour Chee, ce moment n'était jamais venu. Une fois, il était parti en Virginie pour suivre la formation de l'académie du FBI, une fois il avait pris l'avion pour Los Angeles pour travailler sur une affaire, une fois encore il s'était rendu au hogan d'hiver de Nakai pour recevoir son enseignement mais Nakai lui avait dit que la saison et le temps ne convenaient pas. Finalement, il en avait conclu que pour Nakai, il ne serait jamais prêt à chanter la Voie de la Nuit. Cette prise de conscience avait été douloureuse. Il avait soupçonné Nakai de désapprouver son assimilation des coutumes des hommes blancs, son mariage avec Janet Pete, d'avoir compris que ce n'était pas parce qu'elle avait un père navajo qu'elle accepterait un jour les sacrifices imposés à une femme de shaman. Quelle que soit la raison, il avait respecté la sagesse de Nakai. Il lui faudrait oublier ce rêve d'adolescent. Il ne méritait pas de se voir confier le pouvoir de guérir. Il en était arrivé à l'accepter.

Mais maintenant... ? Nakai avait-il changé d'avis ? Que pouvait-il dire ?

– Ici ? demanda-t-il avec un geste vers les murs blancs et stériles. Tu pourrais le faire ici ?

– Un mauvais endroit, reconnut Nakai. Beaucoup de gens sont morts ici, et beaucoup sont malades et malheureux. Je les entends crier dans le couloir. Et les *chindi* * des morts sont pris au piège entre ces murs. Je les entends, eux aussi. Même quand on me donne les médicaments qui me font dormir, je les entends. Ce que j'ai à t'enseigner devrait l'être dans un lieu sacré, à l'écart du mal. Mais nous n'avons pas le choix.

Il replaça le masque sur son visage, inhala de l'oxygène, l'ôta à nouveau.

– Les *bilagaana* * ne comprennent pas la mort. C'est l'autre extrémité du cercle, pas une chose contre laquelle il faut combattre et lutter. As-tu remarqué que les gens meurent juste à la fin de la nuit, quand les étoiles brillent encore à l'ouest et qu'on peut percevoir l'éclat de Garçon de l'Aube, à l'est sur les montagnes ? C'est pour que le Vent Sacré qui est en eux puisse aller bénir le nouveau jour. J'ai toujours pensé que je mourrais comme ça. Pendant l'été. À notre campement dans les Chuska. Avec les étoiles au-dessus de moi. Avec mon vent-qui-est-dedans qui se libère. Et non pas en agonisant enfermé dans...

La voix de Nakai était devenue si faible que Chee ne put comprendre les derniers mots. Puis elle laissa place au silence.

Chee sentit que Bernie lui touchait le coude.

– Jim. Si cela concerne les rites cérémoniels, vous ne croyez pas que je devrais vous laisser ?

– Sans doute, dit-il. Je n'en sais vraiment rien.

Ils restèrent à regarder Nakai dont les yeux étaient clos.

Chee replaça le masque à oxygène sur son visage, sentit que Bernie lui touchait à nouveau le coude.

– Il déteste cet endroit, dit-elle. Sortons-le de là.

– Qu'est-ce que vous voulez dire ? Comment ?

– On dit à l'infirmière qu'on le ramène chez lui. Et après on le fait.

– Et tout ça ? demanda-t-il en englobant le masque à oxygène, les tubes qui rattachaient Nakai à la vie, et les fils qui le reliaient aux ordinateurs mesurant le Vent Sacré, en lui, pour le réduire à des points électroniques qui filaient sur des écrans de télévision. Il va mourir.

– Bien sûr qu'il va mourir, répondit-elle d'un ton impatient. C'est ce que l'infirmière nous a dit. Il est en train de mourir, là. C'est cela qu'il vous disait. Mais il ne veut pas mourir ici.

– Vous avez raison. Mais comment nous...

Mais Bernie se dirigeait vers la sortie.

– D'abord, j'appelle le service des ambulanciers, dit-elle. Le temps qu'ils arrivent je vais commencer à essayer d'obtenir sa sortie.

Ce fut loin d'être aussi simple que ça en avait donné l'impression en le disant. L'infirmière fit preuve de compréhension mais avait besoin de réponses à plusieurs questions. Par exemple, où était la femme de Nakai, dont le nom, à défaut de la signature, était inscrit sur la feuille d'admission ? De quelle autorité privaient-ils monsieur Nakai du matériel de respiration artificielle et l'emmenaient-ils hors de l'hôpital ? Le médecin qui avait procédé à son admission dans l'établissement était parti pour Albuquerque. D'où un transfert de responsabilité vers un autre praticien... actuellement occupé aux urgences, en bas, où il recousait la victime de plusieurs coups de couteau. Il se présenta à l'étage des soins intensifs au bout de trente minutes et de deux appels par haut-parleur, jeune et l'air fatigué.

– De quoi s'agit-il ? voulut-il savoir.

L'infirmière lui fit un exposé de la situation qui le laissa pantois. Pendant ce temps, l'aide-soignant de l'ambulance émergea de l'ascenseur, reconnut Chee parce qu'il travaillait sur les accidents de la circulation, et lui demanda ce qu'il devait faire.

– Ça m'est impossible, dit le médecin. Le patient est sous respirateur artificiel. Il nous faut l'autorisation du parent le plus proche. À défaut, c'est le médecin qui l'a reçu dans le service qui doit signer l'autorisation de sortie.

– Ce n'est pas vraiment la question, dit Chee. Nous reconduisons Hosteen Nakai chez lui ce soir pour qu'il soit avec sa femme. La question est de savoir comment vous pouvez nous aider à y parvenir en réduisant au maximum les difficultés.

S'ensuivit un silence glacial mais bref, puis la signature par Chee d'un formulaire stipulant que le patient sortait contre l'avis du médecin traitant, et d'une décharge par laquelle il renonçait à intenter des poursuites en dommages et intérêts. Après cela, Hosteen Frank Sam Nakai se retrouva libre.

Chee voyagea à l'arrière de l'ambulance avec lui et le spécialiste de l'aide médicale d'urgence.

– Vous avez dû entendre qu'ils ont eu l'un des bandits du casino, lui annonça ce dernier. C'était aux nouvelles de six heures.

– Non. Qu'est-ce qui s'est passé ?

– Il s'est tiré une balle. C'était ce type qui faisait une émission de radio où les gens pouvaient discuter. Plutôt d'extrême droite. Aux infos, ils ont dit qu'il élevait des bovins, là-haut, au sud d'Aneth. Il avait épousé une Navajo et il se servait des terres qu'on lui avait attribuées pour ses bêtes.

– Il s'est tiré une balle ? Qu'est-ce qu'ils ont dit là-dessus ?

– Pas grand-chose. Ça s'est passé chez lui. À mon avis, l'étau devait se resserrer sur lui et il n'a pas voulu se laisser arrêter. Un type qui s'appelait Everett Jorie. Et maintenant ils connaissent l'identité des deux autres. Ils disent qu'ils sont tous les deux de la même région, en Utah. Qu'ils font partie d'une des bandes de miliciens.

– Jorie, répéta Chee. Jamais entendu parler de lui.

– Il avait une émission de radio où il répondait aux gens. Vous savez, tous les dingues qui appellent pour râler contre le gouvernement.

– D'accord. Je me souviens maintenant.

– Et les deux autres sont identifiés aussi. Un gars qui s'appelle George Main de Fer et un autre nommé Buddy Baker. Je crois que Main de Fer est Ute. En tout cas, ils ont indiqué qu'il a travaillé pour le Casino Ute.

– Je me demande comment ils ont réussi à les identifier.

– La télé a dit que c'est le FBI qui y est arrivé, mais ils n'ont pas précisé comment.

– C'est bien ma chance, se récria Chee. J'espérais qu'ils les arrêteraient à Los Angeles, à Tulsa, à Miami ou n'importe où, à condition que ce soit loin d'ici.

Le secouriste eut un petit rire.

– Vous êtes pas trop pressé de retourner passer les canyons au peigne fin. Je le serais pas non plus, à votre place.

Chee laissa la remarque sans réponse.

Puis Hosteen Nakai soupira, dit « Main de Fer », soupira à nouveau.

Chee se pencha sur lui.

– Petit Père, lui demanda-t-il. Ça va?

– Main de Fer, répéta Nakai. Méfie-toi de lui. C'était un sorcier *.

– Un sorcier? Qu'est-cc qu'il a fait?

Mais Hosteen Nakai donnait l'impression de s'être rendormi.

11

La demi-lune plongeait derrière les montagnes, à l'ouest, quand l'ambulance, suivie de Bernie dans le pick-up de Chee, arriva par la piste et s'arrêta devant le campement à moutons de Hosteen Nakai dans les Chuska. Femme Bleue attendait, debout sur le seuil. Elle courut à leur rencontre pour les accueillir en pleurant. Au début, ce furent des larmes de chagrin car elle pensait qu'ils lui ramenaient le corps de son mari. Puis elle pleura de joie.

Ils le déposèrent sur son lit à côté d'un pin pignon, réinstallèrent son alimentation en oxygène et écoutèrent les explications remplies de larmes qu'elle leur donna sur la façon dont Hosteen Nakai avait été abandonné, selon elle, à l'hôpital de Farmington. Sa nièce était passée la prendre pour qu'elle se fasse extraire une dent infectée et qu'elle reconstitue les réserves de médicaments qui chassaient la douleur et permettaient à son mari de dormir. Nakai allait beaucoup mieux, il avait souhaité les accompagner et il n'y avait personne pour veiller sur lui au campement à moutons. Mais chez le dentiste il avait perdu connaissance, quelqu'un avait appelé le 911 et une ambulance l'avait conduit à l'hôpital. Femme Bleue y avait attendu à n'en plus finir, ne sachant pas quoi faire pour lui, et à la fin sa nièce avait dû partir pour rentrer s'occuper de ses enfants et elle avait été obligée de s'en aller avec elle. On racontait que des citadins jeunes et riches relâchaient des loups dans les montagnes, et il n'y avait personne chez eux pour protéger les jeunes agneaux.

Nakai était réveillé maintenant, il écoutait tout cela. Quand Femme Bleue en eut terminé, il fit signe à Chee de s'approcher.

– J'ai quelque chose à te raconter, lui dit-il. Une histoire.

– Nous allons faire du café, annonça Femme Bleue.

Elle entraîna Bernie vers le hogan et, lorsqu'elles s'éloignèrent, Nakai commença son récit.

Cela allait être long, pensa Chee, englober les complexités de la théologie navajo, la relation entre le créateur universel qui a instauré la nature tout entière dans son mouvement harmonieux et le monde spirituel du Peuple Sacré, sans oublier l'humanité, et à la fin, il connaîtrait le secret final qui lui octroierait le statut de shaman.

– Je crois que tu vas bientôt aller dans le canyon pour traquer les hommes qui ont tué les policiers, dit Nakai. Il faut que je te raconte une histoire sur Main de Fer. Je crois qu'il faut que tu sois très, très prudent.

Chee laissa longuement l'air s'échapper de ses poumons. *Encore tout faux*, se dit-il.

– Il y a longtemps, quand j'étais jeune et que les récits hivernaux se racontaient dans le hogan, que les gens parlaient du grand barrage qui allait engendrer le lac Powell, et de la manière dont les eaux du Colorado et de la San Juan allaient reculer en montant et noyer les canyons, les hommes âgés parlaient de la façon dont les Utes et les Paiutes * arrivaient par les canyons en empruntant leurs chemins secrets pour voler les chevaux et les moutons de notre peuple, et tuer les gens, aussi. Et le pire d'entre eux était un Paiute qu'ils appelaient Dobby, ainsi que la bande qui le suivait. Et le pire des Utes était un homme qu'ils appelaient Main de Fer.

Nakai replaça le masque à oxygène et passa plusieurs instants à respirer.

– Main de Fer, répéta Chee d'une voix probablement trop basse pour que Nakai l'entende.

Le shaman retira le masque.

– On raconte que Dobby et ses hommes ont surgi des canyons une nuit pour voler les chevaux et les moutons à l'endroit où vivait une femme du *tl'igu dinee*, qu'ils l'ont tuée, elle, sa fille et ses deux enfants. Et le gendre de cette vieille femme était un homme que l'on appelait Petit-Homme, qui s'était marié dans le Clan du Sel mais était né au *Dine'* Près de l'Eau. Et on raconte qu'il a oublié la Voie Navajo * et que son chagrin l'a conduit à la folie.

La voix de Nakai se fit plus faible, plus lente, tandis qu'il relatait comment Petit-Homme, après des années passées à chercher et à observer, avait fini par découvrir la piste étroite que les pillards avaient utilisée, et avait fini par tuer Dobby et ses hommes.

– Il fallut au Clan du Sel des étés et des étés au long de nombreuses années pour rattraper Dobby, ajouta-t-il. Mais personne n'a jamais retrouvé le Ute qu'on appelait Main de Fer.

La lune était couchée, le ciel sombre au-dessus d'eux illuminé d'étoiles, et Chee sentait la fraîcheur due à l'altitude. Il se pencha sur sa chaise et remonta les couvertures sur les épaules de Nakai.

– Petit Père, lui dit-il, je crois que tu devrais dormir maintenant. Est-ce que tu as besoin de reprendre des médicaments pour y parvenir ?

– J'ai besoin que tu m'écoutes. Parce que si notre peuple n'a jamais rattrapé Main de Fer, nous savons pourquoi maintenant. Et nous savons qu'il a eu un fils et une fille, et je crois que lui aussi doit avoir un fils, donc un petit-fils. Et je crois que c'est à sa poursuite que tu vas te lancer et ce que je vais te dire va t'aider.

Chee devait maintenant se pencher, l'oreille près des lèvres de Nakai, pour entendre le reste. Après deux de ses raids, les Navajos avaient réussi à suivre la trace de Main de Fer et de ses hommes jusque dans le canyon de Gothic Creek, puis le long de la Gothic en direction de la San Juan sous le rebord de Casa Del Eco Mesa. Ces traces obliquaient vers un canyon secondaire étroit et abrupt où Utes et colons mormons de Bluff extrayaient du charbon. Ils avaient découvert un cadavre dans l'une des mines. Mais le canyon était un cul-de-sac qui ne présentait aucune issue. C'était comme si Main de Fer et ses hommes étaient des sorciers qui pouvaient voler au-dessus des falaises.

La voix de Nakai mourut. Il replaça le masque sur son visage, respira, l'ôta à nouveau.

– Je pense que s'il y a un jeune homme qui s'appelle Main de Fer, qui vole et tue les gens, il sait forcément où son grand-père se cachait dans le canyon, et comment il s'en échappait.

Puis Nakai dit :

– Et maintenant, avant de dormir, je dois t'apprendre la dernière leçon pour que tu puisses être *yataalii*...

Il prit une respiration laborieuse avant d'achever :

– ... ou ne pas l'être.

Aux yeux de Chee, le vieil homme semblait totalement épuisé.

– D'abord, Père, je crois que tu devrais te reposer et reprendre des forces. Tu devrais...

– Il faut que je le fasse maintenant, l'interrompit Nakai. Et il faut que tu m'écoutes. La dernière leçon est celle qui importe. Tu vas m'entendre ?

Chee prit la main du vieux shaman.

– Sache qu'il est difficile à ceux du peuple * de placer leur confiance en dehors de leur propre famille *. Encore plus difficile quand ils sont malades. Ils souffrent. Ils ont perdu l'harmonie. Ils ne voient la beauté nulle part. Tous les liens sont brisés. C'est à l'un d'eux que tu parles. Tu leur dis que le Pouvoir qui nous a créés a créé tout ce qui est au-dessus de nous et autour de nous et que nous faisons partie de ce Pouvoir et que si nous nous conformons à ce qu'on nous a enseigné, nous pouvons réussir à retrouver *hozho*. Retrouver l'harmonie. Alors ils connaîtront à nouveau la beauté tout autour d'eux.

Nakai ferma les yeux, agrippa la main de Chee.

– C'est quelque chose de difficile à croire, dit-il. Tu comprends cela ?

– Oui.

– Pour la retrouver, ils doivent te croire.

Nakai ouvrit les yeux, fixa Chee.

– Oui, dit celui-ci.

– Tu connais les chants. Tu les chantes sans commettre d'erreur. Et tes peintures de sables sont absolument exactes. Tu connais les herbes, comment fabriquer les émétiques, tout ça.

– Je l'espère, dit Chee en comprenant maintenant ce que Hosteen Frank Sam Nakai lui disait.

– Mais c'est à toi de voir si tu es parti bien au-delà des quatre * Montagnes Sacrées. Parfois on ne peut jamais refaire tout le trajet pour revenir à *Dinetah.*

Chee hocha la tête. Il se rappela un samedi soir, après qu'il eut reçu son diplôme de fin d'études secondaires. Nakai l'avait conduit à Gallup. Ils s'étaient garés sur Railroad Avenue et étaient restés pendant deux heures à regarder les ivrognes qui entraient et sortaient des bars.

Il avait demandé à Nakai pourquoi il stationnait là, qui ils essayaient de trouver. Dans un premier temps, il ne lui avait pas répondu, mais ce qu'il avait dit quand il avait enfin parlé, Chee ne l'avait jamais oublié.

– Nous cherchons les *dine'* qui ont quitté *Dinetah.* Leur corps est ici, mais leur esprit est bien au-delà des Montagnes Sacrées. Tu peux aller à l'est du Mont Taylor pour le trouver, ou à l'ouest des Monts San Francisco, ou tu peux le trouver ici.

Chee avait désigné un homme qui s'était appuyé au mur devant eux sur l'avenue, avec des gestes mal assurés, et qui était maintenant assis, la tête contre le trottoir.

– Comme lui ? avait-il demandé.

Nakai avait fait un geste de la main qui incluait l'enseigne lumineuse Coors du bar et l'ivrogne qui tentait de se relever du trottoir. Mais il dépassait tout cela pour accompagner une élégante Lincoln Town Car blanche qui remontait l'avenue dans leur direction.

– Lequel se comporte comme s'il n'avait pas de famille ? avait interrogé le vieil homme. L'ivrogne qui laisse ses enfants souffrir de la faim ou celui qui s'achète cette voiture pour afficher sa richesse au lieu d'aider son frère ?

Maintenant, les yeux de Nakai étaient à nouveau fermés et ses efforts pour respirer engendraient une faible plainte. Puis il dit :

– Pour les guérir, tu dois les amener à croire. Tu dois croire si fort qu'ils le ressentent. Comprends-tu ?

– Oui, dit Chee.

Nakai lui disait qu'il avait échoué à atteindre le niveau fixé par son maître pour devenir un shaman dont la conduite des rites guérisseurs guérirait effectivement. Et il lui pardonnait : il le libérait afin qu'il puisse être le genre d'homme moderne qu'il était en train de devenir. Il y trouva un certain soulagement, mêlé d'un immense et triste sentiment de perte.

12

Ce fut juste un peu après midi que le capitaine Largo parvint à lui mettre la main dessus.

À travers ses rêves, Chee perçut de petits coups sourds qui cédèrent progressivement la place à des heurts répétés, auxquels s'ajouta soudain un cri de colère.

– Merde, Chee, je sais que vous êtes là. Ouvrez la porte.

Il obéit et resta immobile, nu à l'exception de son caleçon, l'esprit embrouillé par le sommeil, à fixer le capitaine.

– Où vous étiez, bon sang ? interrogea Largo en l'écartant pour pénétrer dans la caravane. Et pourquoi vous ne répondez pas au téléphone ?

Le capitaine, qui avait le regard rivé sur l'appareil en prononçant ces mots, remarqua la petite lumière rouge qui clignotait sur le répondeur.

– Je n'étais pas là, répondit Chee. Je suis tout juste de retour et j'avais beaucoup de problèmes de famille à régler.

Il avança la main et appuya sur le bouton, assez réveillé maintenant pour se féliciter d'avoir eu la présence d'esprit d'effacer le message de Cowboy Dashee. L'appareil reproduisit la voix grincheuse du capitaine Largo disant : « Capitaine Largo à l'appareil. Magnez-vous le cul et rappliquez. Les fédéraux ont retrouvé cette saloperie d'avion et il va encore falloir qu'on tienne le rôle de la meute dans une de ces chasses au renard qu'ils adorent. »

Le répondeur indiquait qu'il y avait deux autres appels en attente, et Chee l'éteignit avant qu'ils ne lui attirent des ennuis, quels qu'ils soient.

– J'aurais dû l'écouter, dit-il. Mais je ne suis rentré que ce matin vers neuf heures, et j'étais lessivé.

Il raconta à Largo comment l'agent Manuelito et lui-même avaient sorti le frère aîné de sa mère de l'hôpital pour le reconduire chez lui, comment le vieil homme était parvenu à repousser la mort jusqu'à ce qu'il voie le soleil éclairer le sommet de la montagne, comment Bernadette était partie chercher les sœurs de Femme Bleue pour l'aider à préparer le corps avant la cérémonie funéraire traditionnelle. Sous son uniforme, Largo était un traditionaliste, un membre du *Dine'* du Rocher Debout. Il se souvenait de la renommée du vieil homme en tant que chanteur, de sa sagesse et, comme Chee lui-même, évitait de prononcer le nom des morts. Il présenta ses condoléances, s'assit sur le bord de la couchette repliable de son subordonné, secoua la tête.

– Je vous accorderais du temps de libre si je le pouvais, dit-il en ne tenant aucun compte du fait que Chee était encore officiellement en congé, mais vous savez comment c'est. Nous avons tous nos hommes déployés pour retrouver ces salopards, alors je vais juste vous donner une minute pour enfiler votre uniforme, et pendant que vous le faites, je vais vous dire où nous en sommes, après quoi je veux que vous alliez sur le terrain m'organiser un peu tout ça.

– D'accord.

Une pensée soudaine et désagréable frappa le capitaine.

– Manuelito était avec vous, alors, dit-il d'un ton assassin. Elle n'a pas pris la peine de m'en informer, en tout cas. Est-ce qu'elle a pris celle de vous dire que je vous cherchais partout ?

– Je ne lui ai pas demandé.

Chee se hâta d'enfiler son pantalon et de boutonner sa chemise, espérant que Largo ne remarquerait pas qu'il avait omis de répondre à sa question, ne parvenant pas à inventer quelque chose qui puisse dédouaner Bernie et, enfin, soulagé de voir le capitaine se diriger vers la porte.

– Je vous mettrai au courant dans mon bureau. Dans exactement trente minutes.

Approximativement trente minutes plus tard, Chee était assis sur la chaise devant le bureau du capitaine dont il écoutait la conversation téléphonique.

– D'accord, disait-il. Oui. Je comprends. Ça ira. D'accord.

Il raccrocha, soupira, regarda Chee puis sa montre.

– Bon, fit-il. Voilà où en est la situation.

Largo était doué pour ça. Il nomma et décrivit les deux suspects qui étaient encore en vie. Personne au domicile de l'un ni de l'autre. Aucun de leurs voisins ne les avait vus depuis avant le vol, ce qui ne signifiait absolument rien dans le cas de Main de Fer parce que son voisin le plus proche habitait à environ six kilomètres et demi. Une carriole et deux chevaux servant à la tirer semblaient avoir disparu de chez lui. Comme personne ne pouvait déterminer quand ni pourquoi, cela pouvait également être exempt de signification. Maintenant que leur théorie sur la fuite par la voie des airs avait été descendue en flammes, les fédéraux avaient repris la direction des opérations de recherche, des barrages routiers avaient été dressés et des hommes quadrillaient la zone où les suspects avaient abandonné le véhicule qu'ils avaient utilisé pour prendre le large.

– C'est comme si le chapiteau des Ringling Brothers, ou de Barnum & Bailey était de retour, ironisa Largo. Il y a les forces de police de trois États différents impliquées là-dedans, trois bureaux de shérifs, et probablement quatre, des policiers du BIA [1], des policiers utes, des policiers venus de la Réserve Jicarilla, plus les services d'Immigration et de Naturalisation qui envoient leurs limiers de la Police des Frontières, des fédéraux en veux-tu en voilà, même des gens chargés de la sécurité au Service des Parcs. Je vous envoie à Montezuma Creek. Nous avons quatre de nos hommes qui travaillent là-bas avec le FBI pour essayer de découvrir des traces. Vous vous présenterez à l'agent spécial...

Largo consulta un bloc-notes sur son bureau.

1. BIA : *Bureau of Indian Affairs*, le Bureau des Affaires indiennes. (*N.d.T.*)

– ... Damon Cabot. Je ne le connais pas.

– J'ai entendu parler de lui. Vous vous souvenez du vieux poème : « Les Lodge ne parlaient qu'aux Cabot, et les Cabot ne parlaient qu'à Dieu. » [1]

– Non, pas du tout, et j'espère que vous ne partez pas là-bas avec cette attitude ironique supérieure.

Chee consulta sa montre.

– Vous voulez que j'y aille aujourd'hui ?

– Je voulais que vous y alliez hier. Soyez prudent et tenez-moi au courant.

– D'accord, fit Chee en prenant la direction de la porte.

– Et Chee, le rappela Largo. Servez-vous de votre tête pour une fois. Ne recommencez pas à prendre les gens du FBI à rebrousse-poil. Sachez vous tenir. Témoignez-leur un certain respect.

Chee acquiesça.

Largo lui adressait un sourire forcé.

– Si vous avez du mal à leur témoigner du respect, souvenez-vous simplement que leur paye est environ trois fois supérieure à la vôtre.

– Ouais, fit Chee. Ça va beaucoup m'aider.

Le lieu de rassemblement pour la préparation de la chasse à l'homme était la salle de conférences du bâtiment administratif de Montezuma Creek. Le parking était envahi d'un assortiment de voitures de police variées, très facilement identifiables par Chee selon le domaine d'intervention géographique. Il repéra la voiture de patrouille du comté d'Apache conduite par Cowboy Dashee, garée à l'écart de la zone gravillonnée mais à l'ombre de l'unique arbre du parking, deux véhicules de la Police tribale navajo, deux des impeccables Ford noires qu'utilisait le FBI et une Land Rover verte tout aussi impeccable. Laquelle, estima-t-il, devait coûter beaucoup trop cher pour être la propriété de n'importe quelle agence non fédérale représentée en ce lieu. Elle avait probablement été saisie lors d'une opération de lutte contre

1. Une pique que John Collins Bossidy décocha à deux familles de l'aristocratie bostonienne, en réalité les Lowell et les Cabot. (*N.d.T.*)

la drogue et descendue de Salt Lake ou de Denver par l'agent spécial qui avait été placé aux commandes de cette opération.

La salle de conférences elle-même était aussi bondée que le parking et presque aussi chaude. Quelqu'un avait décidé que le système de climatisation limité, installé aux fenêtres, ne suffisait pas pour traiter la chaleur corporelle générée par la nombreuse assistance, et avait ouvert en grand. Une douzaine d'hommes, certains en tenue de camouflage, d'autres en uniforme, d'autres encore en costume, se serraient autour d'une table. Chee aperçut Cowboy perché à côté de l'un d'entre eux sur une chaise pliante et occupé à lire.

Il s'avança vers son ami qu'il apostropha.

– Salut, mon gars. C'est vous, l'agent spécial responsable ?

– Baisse le ton, lui conseilla Cowboy. Je ne tiens pas à ce que les fédéraux me mettent dans le même panier que toi. En tout cas, pas tant que cette histoire ne sera pas terminée. De toute façon, le type à qui tu dois signaler ton arrivée, c'est le grand qui a la casquette de baseball noire avec FBI marqué dessus. Et ça ne veut pas dire Farouche et Brave Indien.

– Il fait jeune, non ? Tu crois qu'il comprend ce pays ?

Dashee rit.

– Ben, il m'a demandé ce que vaut la pêche à la truite dans la San Juan. Il m'a dit que quelqu'un l'avait assuré que c'était super. Je crois qu'il est de Saint Louis.

– Et tu lui as dit que la pêche est bonne ?

– Allez, Chee. Détends-toi. Je lui ai juste dit qu'elle était géniale en amont, à environ trois cents kilomètres d'ici, avant que toutes les eaux d'irrigation boueuses ne soient déversées dedans. Il donne l'impression d'être quelqu'un de correct. Il m'a dit qu'il était nouveau dans le coin. Il ne savait pas quel terme employer pour une ravine, si c'était canyon, arroyo *, wash, ou creek *. Il s'appelle Damon Cabot.

De près, Damon Cabot paraissait encore plus jeune qu'il n'en avait donné l'impression du fond de la pièce. Il échangea une poignée de main avec Chee, lui expliqua que d'autres détachements couvraient d'autres aspects de la traque et que ce groupe-ci essayait de rassembler le plus grand nombre d'indices possible dans la zone où le véhicule ayant servi à la fuite avait été abandonné.

– Voici où nous vous avons placé, lui dit-il en pointant le doigt sur la carte posée sur la table et en montrant un X rouge près du centre de Casa Del Eco Mesa. C'est ce que nous appelons la Base du Camion. Là où les auteurs du méfait ont laissé leur pick-up. Vous connaissez bien la région ?

– Uniquement dans ses grandes lignes, dit Chee. J'ai surtout travaillé autour de Shiprock et du côté de Tuba City. C'est très à l'ouest d'ici.

– Ce qu'il y a de sûr, c'est que vous la connaissez foutrement mieux que moi. Je viens à peine d'être nommé de Philadelphie à Salt Lake City il y a peut-être une semaine. Est-ce que vous avez participé à la chasse à l'homme de 1998 ?

Chee fit oui de la tête.

– D'après les bruits qui me sont parvenus, le Bureau n'a pas franchement redoré son blason cette fois-là.

Chee haussa les épaules.

– Tout le monde était dans le même cas.

– Qu'en pensez-vous ? Est-ce que ces deux individus sont toujours quelque part dans la nature ?

– Ceux de 1998 ? Qui sait ? Mais beaucoup de gens du coin pensent que oui.

– Je crois que le Bureau a décrété qu'ils étaient morts, dit Cabot. Je me demandais juste...

Il s'arrêta dans sa phrase et changea de sujet pour exposer à Chee de quelles armes disposaient les fugitifs, selon le FBI : des fusils d'assaut et peut-être au moins un fusil de chasse muni d'une lunette de visée. Chee remarqua que l'agent spécial Cabot semblait un peu démoralisé. Il avait tenté d'adopter une attitude amicale. Cette prise de conscience le surprit. Il en ressentit une certaine honte.

Il en parla à Cowboy quand, dans la voiture de l'adjoint au shérif, ils se rendirent au point de ralliement sur Casa Del Eco Mesa.

– C'est exactement ce que je t'avais dit, répondit son ami. À tous les coups, tu critiques les fédéraux. Tu as un comportement hostile. Je crois que cela vient de ton complexe d'infériorité qui est aussi profond que justifié. Il y a également un peu d'envie qui vient se mêler au reste, à mon avis. Ce sont des types en pleine forme, beaux de leur personne, au brushing impeccable, bénéficiant d'un salaire élevé, d'une bonne retraite, ils ont des chaussures cirées, Hollywood qui fait tout le temps des films sur eux, des zélé-coptères pour se balader, des gilets pare-balles, des frais de mission, une pension de retraite et...

Il se tut un instant, posa un regard en coin sur son passager.

– ... et ils ont tout le temps l'occasion de fréquenter les très jolies avocates du service d'assistance juridique qui dépend du ministère de la Justice.

Ce qui constituait une tentative de sa part pour aborder le sujet de Janet Pete. Chee avait un jour demandé à Cowboy d'être témoin à son mariage, si Janet insistait pour avoir la cérémonie en usage chez les Blancs, souhaitée par sa mère, plutôt que la cérémonie navajo qui avait ses faveurs à lui. Il n'avait jamais vraiment expliqué à son ami comment leur histoire avait capoté et pris fin dans les flammes, et ce n'était pas maintenant qu'il avait l'intention de le faire.

– Et toi, Cowboy ? Personne ne t'a jamais accusé d'adorer les agents fédéraux. C'est toi qui m'as dit que le cours le plus populaire, à l'académie du FBI, c'est Arrogance Insupportable 101.

– C'est Arrogance 201 qui est populaire. Ils exigent des jeunes recrues qu'elles réussissent 101. N'empêche que la plupart de ces gars-là sont sympas. C'est juste qu'ils sont beaucoup plus riches que nous.

L'un d'eux les attendait à la Base du Camion, assis dans une camionnette noire d'où il suivait les échanges radio, un livre ouvert posé sur le siège à ses côtés. Il leur apprit que l'agent spécial qui dirigeait cette attraction particulière était descendu dans le canyon et qu'ils étaient censés attendre ses instructions.

L'opérateur radio leur montra le ruban jaune ceinturant la zone près de laquelle il était garé.

– Ne franchissez pas cette limite, leur ordonna-t-il. C'est là que les auteurs du méfait ont abandonné leur camion. On ne peut pas laisser des gens tout saccager tant que l'équipe du labo scientifique n'aura pas achevé son travail.

– C'est bon, dit Cowboy. On va attendre.

Ils s'appuyèrent contre sa voiture.

– Pourquoi tu ne lui as pas dit que c'est toi qui as tendu le ruban ? lui demanda Chee.

– Juste pour être aimable. Tu devrais essayer. Les fédéraux réagissent de manière positive à la gentillesse.

Chee observa un long silence après cette remarque, puis le rompit par une question.

– Est-ce que tu as su comment le Bureau a fait pour identifier les auteurs du vol ? Je sais qu'ils l'ont annoncé à la presse, ce qui veut dire qu'ils en sont sûrs. D'abord, je me suis demandé s'ils avaient découvert le complice qu'ils avaient dans la place et s'ils l'avaient fait parler. Ce Teddy Bai qu'ils retenaient à l'hôpital. Est-ce que tu sais s'ils ont réussi à le faire avouer ?

– Tout ce dont je dispose, c'est de renseignements de quatrième main. On m'a dit que c'était ton ancien chef qui avait réussi. Qui leur avait fourni les noms.

– Mon ancien chef ?

– Joe Leaphorn. Le Légendaire Lieutenant Leaphorn. Qui ça pourrait être d'autre ?

– Ça alors, fit Chee. Comment ça pourrait être possible, bon sang ?

Mais il remarqua qu'il n'en était pas si surpris que cela.

– Il paraît que le shérif a reçu un coup de fil d'un vieil ami à Aneth, ou dans un endroit de ce genre : un ancien policier du comté qui s'appelle Potts. Ce Potts lui a dit que Leaphorn était venu chez lui pour lui poser des questions sur trois hommes, et qu'ensuite il lui avait demandé comment il pouvait trouver la maison du dénommé Jorie. Une heure plus tard environ, Leaphorn appelle les flics depuis la maison de Jorie et leur apprend qu'il s'est donné la mort. C'est tout ce que je sais.

– Ça alors, répéta Chee. Comment il a bien pu...

– Combien de temps tu as travaillé pour lui ? s'enquit Cowboy. Trois, quatre ans ?

– Ça m'a paru plus long.

– Alors tu sais qu'il est intelligent. Logique, il découvre les choses en réfléchissant.

– Ouais, fit Chee d'un ton bougon. Pour lui, tout s'inscrit dans un schéma général. Chaque effet a sa cause. Je t'ai parlé de sa carte, non ? Pleine d'épingles de couleurs différentes pour indiquer différentes sortes de choses. Il les piquait dedans pour signaler le temps que prenaient les trajets, les confluences, etc. Pour essayer d'établir un schéma.

Chee s'interrompit, frappé par une idée soudaine.

– Ou une absence de schéma, conclut-il.

Cowboy le regarda.

– Comme quoi ?

– Comme par exemple, je viens de penser à quelque chose qui ne s'intègre pas avec le reste, ici. Tu te souviens, tu m'as dit que le camion qu'on a retrouvé abandonné avait une cabine surdimensionnée, c'est bien ça ? Et tu as trouvé deux séries d'empreintes à proximité. Et le nombre d'individus qu'on a vus sur les lieux du crime était de trois.

– Exact, reconnut Cowboy. Et où cela te mène-t-il ?

– Alors comment ce Jorie a-t-il fait pour aller d'ici jusque chez lui, là-haut, dans l'Utah ?

Silence pendant que Cowboy réfléchissait à cette question. Il soupira.

– Je ne sais pas. Pourquoi ils ne l'auraient pas déposé chez lui avant de venir ici ? Ou pourquoi il ne serait pas descendu du camion ici, mais en faisant très attention à l'endroit où il posait les pieds ?

– Tu crois que c'est possible ?

– Non. Pas vraiment. Je ne suis pas si mauvais que ça pour découvrir des traces.

La porte de la camionnette affectée aux communications s'ouvrit et le technicien se pencha à l'extérieur.

– Cabot vient d'appeler, leur cria-t-il. Il dit que vous pouvez partir, maintenant. Il veut que vous soyez ici demain matin. Au lever du jour.

Dashee lui fit au revoir de la main. L'autre retourna à sa lecture.

– Est-ce que par hasard cela ne te rappellerait pas notre Grande Chasse à l'Homme de 1998 ? interrogea Chee.

Dashee regagna la piste en marche arrière, orienta le nez de son véhicule vers la route sinueuse par laquelle ils allaient regagner le bitume.

– Attends une minute, dit Chee. Restons un petit moment ici pour pouvoir étudier la disposition du terrain et réfléchir à tout ça.

– Réfléchir ? Tu ne remplis plus les fonctions de lieutenant. Ça pourrait te causer des ennuis, de réfléchir comme ça.

Mais il se rangea sur le bord de la piste et coupa le moteur.

Ils restèrent assis. Au bout d'un moment, Dashee prit la parole.

– À quoi tu penses ? Moi, c'est à quelle heure il va falloir qu'on se sorte les pieds du lit demain pour arriver ici au lever du jour. Et toi ?

– Je me dis que cette affaire a débuté comme une opération soigneusement planifiée. Tout était minuté avec une grande précision...

Il regarda Dashee, entrecroisa ses doigts.

– ... une précision parfaite. Tu es bien d'accord.

Dashee hocha la tête.

– Le type qui est sur le toit coupe les bons fils au bon moment. Ils utilisent un véhicule volé dont les plaques ont été échangées, ils abattent les deux gars de la sécurité qui étaient compétents. Ils laissent une pagaille totale derrière eux, s'arrangeant pour être loin avant que les barrages routiers ne soient installés, et ainsi de suite. Tout bien planifié. D'accord ?

« Et maintenant, ça.

D'un geste du bras, Chee montra le paysage devant eux, les dunes stabilisées par les touffes de thé mormon, les genévriers rabougris, les stipas, puis l'ouest, là où les reliefs de Casa Del Eco plongeaient brutalement dans un désordre de canyons érodés.

– Et alors ? demanda Dashee.

– Alors pourquoi sont-ils venus ici ?

– Dis-le-moi, comme ça on pourra retourner à Montezuma Creek s'acheter une miche de pain et de la viande au magasin local pour dîner sans tarder.

– Bon, d'abord, on envisage qu'ils aient pu paniquer. Ils se sont dit qu'ils allaient se heurter à des barrages routiers s'ils restaient sur l'asphalte, ils ont bifurqué par ici, ils se sont aperçus que cette vieille piste se terminait en cul-de-sac et ils ont tout laissé en plan.

– D'accord, insista Dashee. On va se chercher quelque chose à manger.

– Mais ça ne marche pas parce que tous les trois ont habité dans la région et le dénommé Main de Fer est un Ute. Il connaît forcément toutes les routes du coin. Ils avaient une raison de venir ici.

– O.K. Donc ils sont venus ici pour voler l'avion de Grand-père Timms et fuir notre juridiction par la voie des airs. Le FBI aimait beaucoup cette solution. Moi aussi. Tout le monde l'aimait jusqu'à ce que tu viennes tout foutre par terre.

– Considère que ça, c'est la raison numéro deux, alors, et raye-la comme étant erronée. Maintenant, la raison numéro trois, actuellement considérée d'un bon œil, c'est qu'ils avaient délibérément choisi cet endroit pour descendre dans les canyons et disparaître.

Dashee redémarra.

– Drôle d'endroit pour ça, je dirais, mais on va y réfléchir en mangeant.

– À mon avis, ce wash qu'empruntent les eaux d'écoulement qu'on voit là, il doit te conduire dans Gothic Creek, et après tu peux suivre la rivière tout du long jusqu'au canyon de la San Juan, et ensuite, si tu peux passer sur l'autre rive, tu dois pouvoir remonter Butler Wash et aboutir pratiquement où tu veux. Ou descendre vers l'aval sur quelques kilomètres et reprendre vers le sud pour remonter le canyon de Chinle. Il y a quantité de possibilités pour se cacher, mais ça me paraît un choix lointain et peu judicieux pour entamer un périple à pied.

Dashee passa la seconde dans une descente rocailleuse menant à l'endroit où la piste rejoignait ce que la carte appelait une « route dégradée ».

– S'ils ont décidé de se terrer dans les canyons, remarqua Dashee, je te parie qu'ils l'ont fait en connaissance de cause.

– Sans doute. Mais dans ce cas, comment expliquer que Jorie ait quitté le camion ici pour rentrer directement chez lui ? Ça fait une sacrée distance à pied.

– Laisse tomber, conseilla Dashee. Quand j'aurai avalé quelque chose et que mon estomac arrêtera de protester, je t'expliquerai tout ça.

– Il faut que je sache comment le lieutenant Leaphorn a trouvé leur identité. Je vais m'en occuper.

13

Chee parcourut deux fois du regard les tables de la salle de restaurant de l'Auberge Anasazi. Il avait englobé celle du coin, où étaient assis le vieux bonhomme râblé et la femme rondelette entre deux âges, sans reconnaître Joe Leaphorn. Lorsqu'il le repéra, à sa deuxième inspection, il en éprouva une sorte de choc. Il avait déjà vu le Légendaire Lieutenant en tenue civile, mais l'image qu'il gardait dans sa tête était celle d'un Leaphorn en uniforme, un Leaphorn strictement officiel, un Leaphorn plongé dans la réflexion. Celui qu'il voyait là riait d'une remarque que la femme assise en sa compagnie avait faite.

Chee ne s'était pas attendu à la voir... même s'il aurait dû. Quand il avait appelé chez Leaphorn, le répondeur lui avait annoncé : « Je serai au restaurant de l'Auberge Anasazi à huit heures. » Pas de préambule, pas d'au revoir, juste les dix mots nécessaires. Le Légendaire Lieutenant, au summum de son efficacité, qui attendait un appel, était dans l'incapacité de rester pour l'attendre, et qui réglait le problème en reformulant le message de son répondeur, s'y prenant pour une affaire de cœur (si c'était le cas) comme il l'aurait fait pour une rencontre avec un procureur. Chee reconnut dans la femme qui dînait avec lui le professeur de l'université d'Arizona Nord avec qui il semblait entretenir une sorte de relation privilégiée. Il n'était pas habitué à penser à son ancien supérieur dans une situation à caractère romantique. Ni à le voir rire. C'était rare.

Ce qui ne l'était pas, c'était l'effet que cet homme avait sur lui. Chee y avait réfléchi pendant le trajet qui l'avait conduit à Farmington, avait conclu qu'il avait probablement surmonté cette réaction, maintenant. Quand il était jeune et que Hosteen Nakai avait commencé à lui enseigner la relation qui unissait les Navajos avec le monde, puis, à l'université du Nouveau-Mexique, en présence du célèbre Alaska Jack Campbell qui lui enseignait la culture athabascane * ancienne dans le cours d'Anthropologie 209, il avait ressenti la même chose.

Il avait essayé de décrire cette expérience à Cowboy qui lui avait répondu : « Tu veux dire, comme un basketteur qui se présenterait pour un entraînement où il y aurait Michael Jordan, ou comme un apprenti séminariste qui se retrouverait dans une commission avec le pape. » Et, de fait, c'était assez proche. Mais non, il n'avait pas totalement dépassé ce stade.

Leaphorn l'aperçut, se leva, lui fit signe d'approcher, dit : « Je suis sûr que vous vous souvenez de Louisa », et lui demanda s'il voulait boire quelque chose. Chee, déjà remonté à bloc après peut-être six tasses de café depuis le petit déjeuner, répondit qu'il se contenterait d'un thé glacé.

– J'ai compris comment vous avez su où vous pouviez me trouver, dit Leaphorn. Vous avez appelé chez moi, vous avez eu mon répondeur qui vous a diffusé le message que j'avais enregistré à la place de l'autre pour indiquer à Louisa où elle devait me retrouver.

– Exactement. Et cela m'a évité plus de cent cinquante kilomètres de route. Tout le trajet jusqu'à Window Rock. Plus de trois cents, parce qu'il faut que je sois de retour à Montezuma Creek demain matin.

– Nous allons par là nous aussi. Le professeur Bourebonette se sert de moi comme traducteur. Demain, elle interviewe une vieille femme à l'externat de Beclabito.

Ils en discutèrent jusqu'à ce que le moment vienne de commander à dîner.

– Est-ce qu'à la réception on vous a transmis le message que j'ai laissé pour vous ? demanda Chee.

– Vous voulez savoir ce que je peux vous dire sur l'affaire du braquage du Casino Ute, confirma Leaphorn. Est-ce que vous oubliez que je suis redevenu un simple citoyen ?

– Non, répondit Chee avec un sourire. Pas plus que je n'oublie comment vous faisiez fonctionner votre réseau de vieux copains. Et j'ai appris que c'était vous qui aviez fourni l'identité de ces individus au FBI.

– D'où tenez-vous cela ?

– De l'adjoint au shérif du Comté d'Apache.

L'expression du visage de Leaphorn indiqua qu'il savait de quel adjoint il s'agissait.

– De toute façon, c'est comme la plupart des rumeurs, fit-il avant de hausser les épaules.

– Dites, messieurs, est-ce que vous préféreriez que j'aille me repoudrer le nez ? demanda le professeur. Que je vous laisse parler un peu en privé ?

– Pas moi, répondit Leaphorn.

Chee fit non de la tête.

– Ce que vous voulez dire, c'est que c'est partiellement exact ? Si j'en crois ce qu'on m'a raconté, vous vous êtes rendu chez ce Jorie, vous l'avez trouvé mort, vous avez appelé pour signaler qu'il s'était suicidé et vous avez communiqué aux fédéraux le nom de ses complices. Est-ce que vous pourriez me préciser ce qu'il y a de vrai là-dedans ?

– Vous travaillez sur cette affaire, je suppose, dit Leaphorn. Qu'est-ce qu'ils ont accepté de vous confier ?

– Pas grand-chose, répondit Chee avant de le lui exposer.

– Ils ne vous ont pas parlé du message qu'il a laissé juste avant de se tuer ?

– Non, absolument pas.

Leaphorn secoua la tête et prit l'air déçu.

– Il y a beaucoup de gens bien qui travaillent au FBI. Beaucoup d'idiots aussi, et la façon dont ça fonctionne quand un système bureaucratique grossit encore et encore, c'est que plus on est idiot, plus on monte en grade. Ils se laissent embarquer dans les rivalités washingtoniennes où le savoir est synonyme de pouvoir. Le résultat c'est que le secret devient pour eux une obsession.

– Ça doit être ça, dit Chee.

– Cette obsession du secret, reprit Leaphorn en secouant la tête.

Il cessa de sourire et poursuivit.

– Moi, je travaillais avec un agent spécial appelé Kennedy. Un remarquable policier, Kennedy. Il m'avait expliqué que c'était dû aux guerres de territoire à Washington. Le Bureau, les policiers du Trésor, la CIA, les Services secrets gouvernementaux, le Bureau du Marshal des États-Unis, le BIA, les gens de l'Immigration et de la Naturalisation, plus une quinzaine d'agences fédérales, chargées de faire appliquer les lois, qui se poussent et se bousculent les unes les autres pour obtenir davantage de crédits et des domaines d'intervention plus vastes. « Le savoir est synonyme de pouvoir », me disait Kennedy, alors on se retrouve conditionné à ne rien dire à personne. Pour que l'agence à laquelle on appartient ne se fasse pas voler les gros titres et le temps d'antenne.

Chee hocha la tête.

– Ce dernier message, dit-il. Il y avait quelque chose dedans que je devrais savoir ?

Leaphorn, se disait-il, devait commencer à faire son âge, à moins qu'il ne faille accuser une existence trop solitaire. Il n'était pas dans ses habitudes de se complaire dans pareilles digressions.

– Peut-être. Peut-être pas. Mais comment vous pouvez être sûr que vous ne savez pas ce qu'il y a dedans ?

– Eh bien, en tout cas j'ai une question, sur ce Jorie. J'aimerais comprendre comment il est rentré chez lui de l'endroit où lui et ses complices ont abandonné le camion. Et j'aimerais savoir pourquoi, s'il était prévu qu'il rentre chez lui, il ne s'est pas fait déposer par eux ?

Leaphorn parut songeur.

– Il n'y avait que deux hommes dans le camion quand il a été abandonné, c'est ça ? Vous avez trouvé les traces ?

– Pas moi, dit Chee. Je n'étais pas rentré de congé. Les hommes du shérif. Cowboy Dashee, en fait. Vous vous souvenez de lui ?

– Bien sûr. Et Cowboy vous a dit qu'il y avait deux séries d'empreintes autour du camion ?

– Il m'a dit qu'il n'en avait trouvé que deux. Il les a photographiées. Une, laissée par des bottes à semelles lisses avec talons de cowboy, et une qui ressemblait à des chaussures de randonnée antidérapantes.

Leaphorn réfléchit.

– Qu'est-ce qu'il a trouvé d'autre ?

– Autour du camion ?

– Ou dedans. Tout ce qui peut être intéressant.

– Il a été dérobé sur un champ de pétrole. Il y avait le genre de trucs à quoi on peut s'attendre dans ces endroits-là. Des clefs, des chiffons maculés de cambouis, etc.

Leaphorn attendait davantage, il eut une mimique d'excuses.

– Vous ne vous rappelez pas comment je faisais avant ? Je vous harcelais toujours pour que vous me donniez tous les détails. Que vous ne gardiez rien sous silence. Même si ça ne semblait avoir aucune signification.

Chee eut un sourire crispé.

– Si, confirma-t-il. Et je me souviens que je n'appréciais pas du tout. Pour moi, cela sous-entendait que je n'étais pas capable de réfléchir tout seul. Maintenant que j'y repense, ça n'a pas changé.

– Ce n'était pas ça, corrigea Leaphorn dont le visage s'était légèrement empourpré. C'était simplement que, souvent, j'avais accès à des renseignements dont vous ne disposiez pas.

– Enfin bon, je n'ai pas mentionné un magazine pour hommes dans un vide-poche, plusieurs reçus d'essence, une radio cassée sur le plateau du camion, un chiffon maculé d'huile et une boîte de Dr Pepper vide.

Leaphorn réfléchit.

– Parlez-moi de la radio, dit-il.

– La radio ? Dashee m'a dit qu'elle ne fonctionnait pas. Elle avait l'air neuve. Chère. Mais elle ne marchait pas. Il a pensé que les piles devaient être mortes.

Leaphorn réfléchit à nouveau.

– Ça paraît bizarre qu'ils partent en laissant ce genre d'objet. Ils devaient avoir une raison de l'emporter. Ils voulaient probablement s'en servir pour se tenir au courant de ce que faisaient les forces de l'ordre. Est-ce qu'elle avait une antenne pour intercepter les messages radio de la police ?

– Merde, fit Chee. Dashee ne me l'a pas dit et je n'ai pas pensé à le lui demander.

Leaphorn tourna un regard d'excuses vers le professeur Bourebonette.

– Continuez, dit-elle. Je me suis toujours demandé comment vous travailliez.

– Pas dans un restaurant, d'habitude, lui répondit Leaphorn. Mais j'aimerais bien disposer d'une carte.

– Lieutenant, dit Chee en plongeant la main dans sa poche de veste, vous me voyez venir vous parler sans en apporter une ?

La serveuse arriva au moment où Leaphorn dépliait la carte sur la table. Elle fit preuve de patience, nota leur commande et s'éloigna.

– Bien, fit Leaphorn en traçant un petit x précis. La maison de Jorie est là. Bon, alors, où les voleurs sont-ils descendus du camion ?

– Je dirais exactement ici, fit Chee en montrant l'endroit avec une des dents de sa fourchette.

– Juste à côté de cette route dégradée ?

– Non. Plusieurs centaines de mètres plus bas sur la pente. Vers ce goulet par où les eaux de ruissellement rejoignent Gothic Creek.

La carte qu'ils utilisaient était LA carte, imprimée des années auparavant par l'Automobile Club du Sud de la Californie, adoptée par l'Association Automobile américaine comme étant son « Guide du Pays Indien », révisée méticuleusement et modifiée année après année au fur et à mesure que la faillite contraignait un autre comptoir d'échanges à fermer ses portes, que des routes de terre étaient goudronnées, que des torrents soudains transformaient des voies « défoncées » en pistes « non carrossables » et ainsi de suite. Leaphorn la replia pour regarder l'échelle kilométrique, reproduisit celle-ci sur le bord de sa serviette en papier et l'appliqua afin de mesurer la distance séparant les deux x.

– Une bonne trentaine de kilomètres à vol d'oiseau, dit-il. Disons une petite cinquantaine à pied parce qu'il y a des canyons à contourner.

– Ça m'a donné l'impression de faire une sacrée distance à parcourir à pied pour quelqu'un qui n'y serait pas obligé, commenta Chee. Et j'ai d'autres questions.

– Je pense que j'ai la réponse à l'une d'elles, déclara Leaphorn. Si vous êtes prêt à le croire.

– En réalité, c'est comme un lot de questions qui vont ensemble. Jorie est rentré chez lui. On doit donc pouvoir en déduire qu'il était certain que la police ne viendrait pas l'y chercher. Qu'elle ne l'avait pas identifié. Et cetera. Alors comment l'a-t-il été ? Et comment a-t-il su qu'il l'était ? Pourquoi les deux autres membres de l'expédition n'ont pas adopté le même comportement ? Pourquoi ne sont-ils pas rentrés chez eux ? Et... et plein d'autres.

Leaphorn avait sorti de sa poche de veste une feuille de papier pliée. Il l'ouvrit, y jeta un coup d'œil.

– Le message laissé par Jorie avant de se suicider, expliqua-t-il. Ça semble répondre à certaines de ces questions.

Chee, qui s'était fait le serment de ne plus jamais être surpris par Leaphorn, l'était une fois de plus. Est-ce que le Légendaire Lieutenant était sorti de la maison en emportant tout simplement le message ? Ce n'était assurément pas le FBI qui lui en avait remis un exemplaire. Chee tenta de se représenter la scène mais n'y parvint pas. Légendaire ou non, Leaphorn n'était plus qu'un simple citoyen. Mais le papier qu'il lui tendait était sans conteste une lettre de suicide, et le nom qui figurait au bas était celui de Jorie.

– Pas de signature, commenta Chee.

– C'était sur l'écran d'ordinateur de Jorie, expliqua Leaphorn. C'est un tirage d'imprimante.

Oui, Chee pouvait se représenter Leaphorn agissant de la sorte. Est-ce que le FBI était au courant? C'était extrêmement improbable. Il lut le message.

– Eh bien dites donc, s'exclama-t-il. Voilà qui demande réflexion.

Il posa un regard sur le professeur Bourebonette qui l'observait. Guettait sa réaction, supposa-t-il. Elle l'avait lu, elle aussi. Après tout, pourquoi pas?

– Il y a des éléments surprenants, reconnut Leaphorn. D'après ce que Dashee a découvert, deux séries d'empreintes de pas uniquement, Jorie semble s'être séparé des autres ailleurs. Assez près de chez lui pour y retourner à pied? Mais si on regarde la carte, on s'aperçoit que l'itinéraire de leur fuite ne passait pas par là. Ça leur aurait fait effectuer un détour. Il dit dans son message qu'ils avaient l'intention de le tuer. Qu'il leur a faussé compagnie. Ce qui laisse penser qu'ils ont fait une halte ailleurs. Mais où? Et pourquoi?

– Bonnes questions, dit Chee.

– J'ai essayé de recréer la situation d'après le peu que je sais. Jorie, une sorte d'intellectuel. Un idéologue politique. Un fanatique. Qui se livre à un braquage pour financer sa cause. Mais ça tourne mal pour lui. Il y a des morts qui n'étaient pas prévus. En tout cas, pas par lui. La prise de conscience que ses recrues vont s'emparer du butin. Il a dû y avoir une prise de bec. Ou au moins un échange un peu vif. Jorie a dû se rendre compte que s'ils le laissaient partir de son côté, cela représentait une menace pour eux. Comment est-il parvenu à leur fausser compagnie?

– Aucune idée, répondit Chee.

– Supposons qu'il était encore avec eux quand ils ont abandonné le camion. Vous pensez que ses traces auraient pu échapper à Dashee?

– Ils se sont arrêtés dans un endroit plat assez vaste. Surtout recouvert de vieille terre poussée là par le vent. Dashee connaît son métier et il ne serait pas facile de rater des empreintes récentes sur ce genre de terrain.

– Une cachette? Un endroit où il aurait pu se dissimuler?

– Non, assura Chee. Un bouquet de genévriers dissimulait à peu près le camion lui-même depuis la route. Mais à proximité, je n'ai pas vu un seul endroit où se cacher. Il n'y en avait pas. Certainement pas s'ils étaient à sa recherche.

– Je suppose qu'il était armé. Il les a peut-être tenus en respect. Vous savez : « Moi, je m'arrête là. Vous me laissez partir ou je vous descends. »

– Ça pourrait être ça.

La serveuse revint. Leaphorn repoussa la carte pour laisser de la place aux assiettes. Il regarda Chee.

– Vous aviez quelque chose à me dire.

– Hein ? Oh, oui. C'est vrai. À propos de Main de Fer. Qu'est-ce que vous savez sur lui ?

– Très peu de choses.

Chee attendit, espérant qu'il allait préciser. D'après ce que Dashee lui avait dit, Leaphorn en savait assez sur George Main de Fer pour le faire figurer sur la liste de noms qu'il avait soumise à Potts. Mais il était visible que le Légendaire Lieutenant n'était pas disposé à s'en expliquer.

– Il paraît qu'un Ute qui portait le même nom, il y a environ quatre-vingt-dix ans, commandait un petit groupe de pillards qui traversaient la San Juan pour mener des raids sur nos terres. Voler des chevaux, des moutons, tout ce qu'ils pouvaient trouver, tuer des gens, etc. Les Navajos les prenaient en chasse, mais ils disparaissaient dans la région accidentée le long de Nokaito Bench. Peut-être dans Chinle Wash ou Gothic Creek. Cela a donné naissance à une légende selon laquelle Main de Fer était une espèce de sorcier ute. Il pouvait voler dans les airs. Nos ancêtres le voyaient en bas, dans le fond, et après ils le voyaient en haut, sur le rebord qui domine le canyon, sans aucun moyen pour y accéder. Ou parfois c'était l'inverse. Du sommet vers le bas. En tout cas, Main de Fer n'a jamais été rattrapé.

Leaphorn mangea une petite bouchée du steak haché qu'il avait commandé et prit un air songeur.

– Louisa, dit-il, est-ce que tu as déjà rencontré quelque chose qui te fasse penser à ça, en compilant tes légendes ?

– J'ai lu quelque chose qui en était assez proche, répondit-elle. Un homme nommé Dobby menait des raids d'un côté à l'autre de la San Juan, à peu près à la même époque. Mais c'était plus à l'ouest. Plus bas, dans la région de Monument Valley. Je crois que ça doit être établi officiellement dans les annales. Un Navajo appelé Petit-Homme a fini par lui tendre une embuscade dans le canyon de la San Juan. Si l'on en croit le récit qui en est fait, il a tué Dobby et deux de ses hommes. Mais c'étaient des Paiutes, et cela date d'avant... dans les années 1890, je crois bien.

Leaphorn hocha la tête.

– J'ai entendu les gens âgés de ma famille en parler. Petit-Homme appartenait au *Dine'* du Front Rouge, le clan de ma mère.

– Cela aussi a engendré une histoire de sorcier. Dobby était capable de rendre ses hommes invisibles.

Leaphorn posa sa fourchette.

– Cette vieille Ute à qui tu vas poser des questions à Towaoc demain. Pourquoi ne pas essayer de voir ce dont elle se souvient concernant le légendaire Main de Fer ?

– Pourquoi pas, acquiesça le professeur Bourebonette. Ça tombe en plein dans mon domaine de recherche. Et l'homme que vous essayez de retrouver est sans doute Main de Fer Junior. À moins que ça ne soit Main de Fer II ou III.

Elle se tourna vers Chee en souriant.

– Rien ne change. Un siècle plus tard, et vous avez le même problème dans les mêmes canyons.

Chee hocha la tête et lui rendit son sourire, mais il pensait qu'il y avait une différence majeure. Dans les années 1890, 1910 ou autre, les poursuivants, originaires de la région, n'avaient pas les citadins du FBI pour venir leur dire comment ils devaient organiser leur chasse à l'homme.

14

De l'endroit où il était assis, Joe Leaphorn voyait par une fenêtre la forme étrange de la Montagne du Ute qui Dort et, par une autre, le Casino Ute à quinze cents mètres environ en contrebas. S'il regardait droit devant lui, il pouvait observer Louisa et Conrad Becenti, son interprète. Ils étaient assis à une table à jouer et ils mettaient une nouvelle bande magnétique dans leur appareil d'enregistrement. Derrière eux, sur un sofa en plastique bleu vif, contre le mur, était assise une femme ute immensément vieille et frêle appelée Bashe Lady, avec sa petite-fille rondelette, âgée d'une quarantaine d'années, et une gamine d'environ douze ans qu'il supposa être l'arrière-petite-fille. Leaphorn lui-même était perché sur une chaise à dossier droit, et perché là depuis beaucoup trop longtemps, sans fin perceptible en vue.

Seules Bashe Lady et Louisa semblaient prendre plaisir à cette séance : la vieille femme visiblement très fière de l'attention dont elle était l'objet, et Louisa dans son rôle de chasseuse de mythes satisfaite de sa récolte. Leaphorn luttait contre le sommeil, et les autres occupantes du sofa présentaient le visage de personnes ayant déjà entendu tout cela, bien trop souvent.

Ils venaient d'écouter Bashe Lady leur raconter qu'elle était née dans le groupe Mogche des Utes du Sud mais qu'elle s'était mariée dans le groupe Kapot. Ce point une fois réglé, elle avait pratiquement passé l'heure suivante à relater avec enthousiasme à Louisa l'histoire des origines de ces deux groupes. L'intérêt de Leaphorn avait résisté une trentaine de minutes, surtout maintenu par les connaissances techniques du professeur Bourebonette : les questions qu'elle choisissait pour mener son interview et la façon dont elle s'assurait qu'elle comprenait la traduction de Becenti. Il était en partie Ute, en partie Navajo et vraisemblablement en partie autre chose. Il avait suivi les cours de mythologie dispensés par Louisa à Arizona Nord et semblait avoir conservé cette attitude de crainte et d'admiration mêlées que nourrissent les étudiants à l'égard de leurs professeurs.

Leaphorn se tortilla sur son siège pour trouver une position un peu moins inconfortable. Il regarda un camion qui tractait un fourgon à chevaux se garer sur le parking du Casino Ute, vit ses occupants humains mettre pied à terre et prendre la direction des tables de jeux, remarqua une longue colonne de véhicules qui se traînait lentement vers le sud sur l'U.S. 666 ; ce bouchon était causé par un semi-remorque plateau en surcharge, transportant ce qui semblait être une plate-forme de forage. Il en vint à se demander si la campagne orchestrée par les intégristes catholiques pour faire remplacer le numéro de cette voie de circulation, qui correspondait au « chiffre de la bête », par quelque chose de moins épouvantable (certains avaient suggéré de retourner les panneaux afin d'obtenir 999) avait le moindre effet sur la clientèle du casino. Probablement pas. Puis il tenta de deviner comment les dirigeants de l'établissement résolvaient le problème des jetons qui avaient dû être prélevés sur les tables de roulette quand les lumières s'étaient éteintes durant le vol. Ils en avaient sans doute emprunté un jeu différent à un autre casino. Mais l'inconfort que lui causait le bois de la chaise chassa cette pensée. Il changea de position, se prépara à se lever, tendit la main vers son verre vide... dans l'intention de s'éclipser vers la cuisine sans se montrer impoli.

Pas de chance. L'arrière petite-fille le regardait depuis un moment et, apparemment, cherchait une excuse pour s'échapper. Elle se leva d'un bond et vint se poster devant lui.

– Je vais vous resservir du thé glacé, dit-elle avant de lui prendre le verre des mains et de disparaître.

Il reprit sa position et, à ce moment précis, la conversation devint intéressante.

– ... et alors elle a dit qu'à cette époque-là, quand les Couteaux Rouges venaient tout le temps voler et tuer les gens, il y avait un jeune homme nommé Ouraynad chez les Mogche, mais les gens l'appelaient Main de Fer ou, parfois, le Blaireau. Et il était très fort pour tuer les Couteaux Rouges. Il conduisait nos jeunes hommes de l'autre côté de la San Juan et ils reprenaient les bêtes que les Couteaux Rouges nous avaient volées.

– D'accord, Conrad, dit Louisa. Demandez-lui si Ouraynad avait un lien de parenté avec Ouray * ?

Becenti posa la question. Bashe Lady répondit par un discours incompréhensible pour Leaphorn, à l'exception des références aux Couteaux Rouges, qui était le surnom donné par les Utes aux Navajos honnis. Au début, cela ne l'avait pas ennuyé. Après tout, le cérémonial guérisseur des Navajos se référait aux Utes pour symboliser les ennemis du peuple, et l'expression que les Hopis utilisaient pour désigner les Navajos était « Briseurs de Crânes », impliquant que ses lointains ancêtres tuaient les gens en les frappant avec des pierres. Mais cela faisait maintenant à peu près deux heures qu'il entendait l'interprète débiter des remarques peu flatteuses sur le *dine'*. Ça commençait à l'agacer.

Bashe Lady s'arrêta de parler, posa sur Leaphorn un regard impénétrable et fit un grand geste avec ses mains.

– Beaucoup de choses concernant l'héroïsme et la bravoure du Grand Chef Ouray, résuma Becenti, mais rien qui n'ait déjà été publié. Pour résumer, elle pense que ce Main de Fer avait un lien de parenté quelconque avec Ouray, mais elle n'en est pas certaine.

Leaphorn se pencha et intervint.

– Est-ce que vous pourriez lui demander si ce Main de Fer a eu des descendants qui ont porté le même nom ?

Becenti consulta Louisa du regard. Elle se tourna vers Leaphorn en fronçant les sourcils.

– Plus tard, lui dit-elle. Je ne veux pas interrompre le fil de ses pensées.

Puis, à Becenti :

– Demandez-lui si ce héros, Main de Fer, disposait de pouvoirs magiques. Est-ce que c'était un sorcier ? Est-ce qu'il avait une dimension mystique ?

Becenti posa la question tandis que Bashe Lady l'observait avec un large sourire. Ce sourire se transforma en un gloussement de rire, qui se mua en un long discours ponctué d'autres éclats de rire et de gestes de la main.

– Elle dit que les Navajos (Becenti avait cessé de traduire le terme par Couteaux Rouges par considération envers Leaphorn qui était assis derrière lui) avaient été bernés si souvent par Main de Fer qu'ils se seraient mis à croire qu'il était comme un de leurs sorciers... comme un porteur-de-peau * capable de se changer en chouette et de s'envoler, ou en chien qui court sous les broussailles. Elle dit qu'on leur a souvent rapporté les histoires des Navajos racontant la façon dont il pouvait sauter du bas du canyon jusqu'en haut, sur la corniche, puis redescendre d'un bond. Mais elle a ajouté que les membres du groupe Mogche savaient bien qu'il n'était qu'un homme. Seulement beaucoup plus malin que les Navajos qui le pourchassaient. C'est vers ce moment-là qu'ils ont commencé à l'appeler Blaireau. À cause de la façon dont il bernait les Navajos.

Leaphorn se pencha à nouveau, dans le silence qui fit suite à ces paroles.

– Demandez-lui si cet homme avait un fils.

Louisa lui jeta un regard par-dessus son épaule.

– Patience. Nous allons y venir.

Puis elle haussa les épaules et se tourna à nouveau vers Becenti.

– Demandez-lui si Main de Fer avait des enfants.

Il en avait eu plusieurs, des fils comme des filles, leur répondit Bashe Lady. Il avait eu deux femmes, la première une Ute Kapot, l'autre une Paiute. Pendant que Becenti traduisait ces renseignements, elle se lança une nouvelle fois dans un discours enthousiaste, à nouveau accompagné de rires et de gestes. Becenti l'écouta puis traduisit.

– Elle dit qu'il a pris cette femme paiute quand il était vieux, après la mort de sa première femme, et qu'elle était la fille d'un Paiute appelé Dobby. Et Dobby était comme Main de Fer lui-même. Il avait tué beaucoup de Navajos et ils ne réussissaient pas à l'attraper non plus. Et Main de Fer, alors qu'il était un vieux, un très vieux monsieur même, a eu un fils de cette femme paiute, et ce fils est devenu un héros lui aussi.

Louisa reporta son regard sur Leaphorn puis se tourna vers Becenti.

– Demandez-lui ce qu'il a fait pour devenir un héros.

Bashe Lady parla. Becenti écouta, glissa une question rapide, écouta à nouveau.

– Il a fait la guerre. Il était dans les soldats qui portaient les chapeaux verts. Elle dit qu'il a tué beaucoup d'hommes et qu'il a lui-même été blessé deux fois par balles, et qu'on lui a décerné des médailles et des décorations. Je lui ai demandé dans quelle guerre. Elle m'a dit qu'elle n'en savait rien, mais qu'il en était revenu à peu près quand on a foré les nouveaux puits de pétrole à Aneth. Donc ça devait être le Viêt-nam.

Pendant tout ce temps, Arrière-Petite-Fille était revenue de la cuisine et avait tendu à Leaphorn son verre rempli de thé glacé... désormais sans glaçons. Ce que relatait Bashe Lady avait tiré Petite-Fille de sa léthargie. Elle prêta une oreille attentive à la traduction de Becenti puis se pencha en avant.

– Il était dans l'armée, précisa-t-elle. Dans les Unités spéciales, et ils l'ont envoyé sur la frontière cambodgienne, chez les tribus des hauteurs. Les « Montegnards ». Et après, ils l'ont fait entrer au Cambodge. (Elle rit.) Il disait qu'il n'était pas autorisé à en parler.

Elle se tut, comme éprouvant de la gêne à s'être immiscée dans la conversation. Leaphorn profita de ce silence. Petite-Fille savait à l'évidence beaucoup de choses sur Main de Fer, version jeune. Il oublia volontairement ses bonnes manières et s'imposa dans la conversation.

– Qu'est-ce qu'il faisait dans l'armée ? Il avait reçu une formation particulière ?

– Il était tireur d'élite. On l'a décoré de la Silver Star pour avoir abattu cinquante-trois soldats ennemis, et après il a été blessé, ce qui fait qu'il a aussi reçu la Purple Heart.

– Cinquante-trois, répéta Leaphorn en se disant que ça devait être le Main de Fer du vol du casino et qu'il n'aimerait pas être obligé de battre les canyons à sa recherche.

– Vous savez où il habite ?

L'expression de Petite-Fille laissa entendre que cette question ne lui plaisait pas beaucoup. Elle le scruta, fit non de la tête.

Becenti se retourna vers lui, dit quelque chose à Bashe Lady. Elle répondit par quelques mots et deux gestes des mains. En bref, elle disait que Main de Fer élevait des bovins au nord de Montezuma Creek : approximativement à l'endroit que Potts lui avait signalé et qui était indiqué dans le dernier message de Jorie.

Leaphorn les interrompit à nouveau.

– Louisa, est-ce que tu pourrais lui demander si quelqu'un sait comment le premier Main de Fer échappait aux Navajos ?

Becenti commençait à se passionner pour le sujet lui aussi. Il n'attendit pas l'approbation du professeur. Il posa la question. Bashe Lady rit, répondit et rit à nouveau. Becenti haussa les épaules.

– Elle a dit que les Navajos pensaient qu'il leur échappait comme un oiseau alors qu'en fait c'était comme un blaireau.

C'est vers ce moment-là que Petite-Fille prononça quelques mots rapides en langue ute à destination de Bashe Lady qui prit une expression de colère, puis de honte, et décréta qu'elle ne savait rien d'autre sur Main de Fer.

Quand l'interview fut achevée et qu'ils eurent pris le chemin du retour vers Shiprock, Louisa voulut parler de Main de Fer Junior, comme elle avait choisi de l'appeler. L'entretien s'était bien passé, affirma-t-elle. Beaucoup des éléments qui concernaient la mythologie, la religion et les coutumes utes, correspondaient à ce qui avait déjà été collecté. Mais plusieurs points, selon ses termes, « jetaient une certaine lumière sur la manière dont les mythes des cultures dénuées de tradition écrite évoluent en fonction des modifications inhérentes aux générations ». Et les renseignements sur Main de Fer étaient intéressants.

Ayant prononcé ces paroles, elle jeta un regard vers Leaphorn qu'elle surprit à sourire.

– Quoi ? demanda-t-elle d'un ton soupçonneux.

Le sourire se mua en un rire étouffé.

– Ne te fâche pas, mais quand tu t'exprimes comme ça, ça me ramène tout droit à Tempe, Arizona, aux après-midi passés à somnoler dans les salles de cours à la climatisation défaillante d'Arizona State, et à la voix de mes professeurs d'anthropologie.

– Eh oui, c'est ce que je suis.

Mais elle rit aussi avant de poursuivre.

– Il faut croire que ça finit par devenir une habitude. Et ça ne s'arrange pas. Le postmodernisme est à la mode, maintenant, avec son jargon particulier. N'empêche que Bashe Lady a été une bonne source d'informations. Ça montre au moins, et c'est déjà ça, que l'hostilité ressentie à votre égard à vous, les Couteaux Rouges, reste bien présente, comme celle qui oppose Serbes et Croates.

– Sauf que de nos jours nous sommes bien trop civilisés pour nous entretuer. Nous nous marions les uns avec les autres, nous nous revendons nos voitures d'occasion, et le seul moment où nous les envahissons c'est quand nous essayons de vaincre leurs machines à sous.

– C'est bon, je dépose les armes.

Mais Leaphorn était encore un peu irrité d'avoir passé une longue journée à entendre ceux de son peuple décrits comme des envahisseurs cruels.

– Et comme le sait parfaitement le professeur que tu es, c'étaient les Utes, les agresseurs. Ils sont d'origine shoshone *. Des guerriers venus des Grandes Plaines pour nous envahir, nous autres paisibles cultivateurs et bergers athabascans.

– Des bergers paisibles qui volaient les moutons à qui ? À moins qu'il ne faille dire les moutons de qui ? En tout cas, j'essaye de calculer la chronologie de ce second Main de Fer. Il ne serait pas trop vieux, maintenant, pour être le bandit que tout le monde recherche ?

– Peut-être pas. Le premier a dû poursuivre ses exactions jusqu'en 1910, ce qui correspond à la date à laquelle nous avons commencé à disposer de forces de l'ordre un peu sérieuses par ici. Elle a dit que le Main de Fer actuel était l'enfant qu'il avait eu sur ses vieux jours. On va dire que Junior est né au début des années quarante. C'est biologiquement possible, et ça lui donnerait l'âge voulu pour avoir participé à la Guerre du Viêt-nam.

– C'est possible. D'après ce qu'elle nous a dit de lui, si j'étais un des hommes qui sont à ses trousses dans la nature, je préférerais être ailleurs.

Leaphorn hocha la tête. Il se demanda ce que le FBI savait sur Main de Fer. Et, s'ils étaient au courant, quels renseignements ils avaient bien pu transmettre aux policiers locaux. Il repensa à ce que Bashe Lady avait dit sur la façon dont le premier Main de Fer échappait aux Navajos lancés à sa poursuite. Pas comme un oiseau, mais comme un blaireau. Quand ils ne livrent pas combat sur place, les blaireaux prennent la fuite en s'enfonçant dans leur terrier. Et les terriers des blaireaux ont une sortie, au même titre qu'ils ont une entrée. Voilà qui devenait une idée intéressante quand le terrain de chasse était une région de canyons et une zone d'exploitations minières.

15

Sur les cartes établies par les géographes, on trouve le terme de Plateau du Colorado, avec ses trois cent quarante-cinq mille kilomètres carrés, qui recouvre une partie de l'Arizona, du Colorado, du Nouveau-Mexique et de l'Utah. Un territoire plus vaste que n'importe lequel de ces États ; essentiellement composé d'un relief aride, entrecoupé d'innombrables canyons creusés il y a des millions et des millions d'années, quand les glaciers fondaient et que la pluie tombait, sans interruption, durant plusieurs millénaires. Les rares personnes qui y vivent appellent cette région les Four Corners, les Hauteurs Arides, le Pays des Canyons, la Terre des Roches Lisses, les Étendues Inhabitées. Un écrivain, à une époque davantage portée vers la poésie, l'a nommée le Pays du Temps et de l'Espace Illimités.

Par ce chaud après-midi, le sergent Jim Chee, de la Police tribale navajo, avait d'autres noms à lui donner, tous peu flatteurs et certains, après qu'il eut glissé dans un buisson de chardons, franchement obscènes. Il avait passé la journée avec l'agent Jackson Nez à quadriller avec prudence le fond de l'un de ces canyons, transpirant à profusion sous les protections pare-balles fournies par le FBI, alourdi par un appareil à infrarouges permettant de repérer la chaleur des corps, un détecteur de position électronique par satellite et un fusil muni d'une lunette de visée. Ce qui l'alourdissait plus encore que tout cet équipement était la certitude absolue que l'agent Nez et lui perdaient leur temps.

– Ce n'est pas une perte de temps complète, remarqua Nez, parce que quand les fédéraux auront rayé un nombre suffisant de canyons passés au peigne fin, ils pourront annoncer que ces individus sont morts et mettre un terme à l'opération.

– N'y compte pas, lui répondit Chee.

– Ou alors, les auteurs du méfait nous verront arriver, ils nous descendront, les fédéraux observeront les charognards et, quand ils découvriront nos corps, ils feront appel à leurs équipes de scientifiques pour qu'ils déterminent d'où provenaient les coups de feu, et à ce moment-là, ils trouveront les méchants.

– Me voilà un peu rasséréné. C'est agréable de travailler avec un optimiste.

Pendant qu'il disait tout cela, Nez était assis sur une plaque de grès à l'ombre, avec son gilet pare-balles en guise de coussin. Il exhibait un large sourire, goûtant l'humour de ses propres remarques. Chee se tenait sur le lit sablonneux de Gothic Creek, gilet pare-balles sur le dos, et il manipulait le détecteur de position. Ici, à l'écart des falaises, il était censé être en contact direct avec le satellite, et les chiffres correspondant à sa latitude et à sa longitude exactes devaient apparaître sur son minuscule écran.

Parfois cela fonctionnait, et c'était précisément le cas. Chee appuya sur le bouton de transmission, lut les chiffres dans le micro incorporé, arrêta le gadget et consulta sa montre.

– Rentrons, dit-il. À moins que tu n'aimes accumuler les heures supplémentaires.

– Je saurais quoi faire de l'argent.

Chee rit.

– Ils l'ajouteront peut-être à ton chèque de retraite. Nous essayons encore de toucher nos heures supplémentaires du Grand Marathon Grimpe-Canyons de 98. Sortons de là avant qu'il fasse nuit.

Ils y parvinrent, mais le temps que Chee rejoigne Bluff et sa chambre à Recapture Lodge, les étoiles s'étaient levées. Il se sentait sale et fatigué. Il ôta ses chaussures, ses chaussettes, sa chemise et son pantalon, s'écroula sur le lit et tira de son emballage le sandwich jambon-fromage qu'il avait acheté à la station-service, de l'autre côté de la route. Il allait se reposer un peu, prendre une douche, se pieuter et dormir, dormir, dormir. Il ne penserait pas à cette chasse à l'homme, à Janet Pete ni à rien d'autre. Il ne penserait pas non plus à Bernie Manuelito. Il allait régler son réveil sur six heures du matin et dormir. Il mordit dans le sandwich. Délicieux. Il en avait un autre dans son sac. Il aurait dû en acheter deux de plus pour son petit déjeuner. Il finit de mastiquer, avala, bâilla à s'en décrocher la mâchoire, s'apprêta à mordre une seconde fois.

Il y eut un bruit à la porte : *tap, tap, tap, tap*.

Il s'immobilisa, le sandwich dans les airs, le regard fixé sur l'entrée. *Peut-être une erreur*, pensa-t-il. *Peut-être qu'ils vont s'en aller.*

Tap, tap, tap. Suivi de :

– Jim. Vous êtes là ?

La voix du Légendaire Lieutenant.

Il remballa son sandwich, le posa sur la table de chevet, soupira, alla ouvrir en traînant la jambe.

Leaphorn se tenait sur le seuil, l'air confus. La femme professeur était à ses côté. Elle lui souriait.

– *Oups*, fit Chee en s'écartant de leur champ de vision et en tendant la main vers son pantalon. Désolé. Je vais enfiler quelque chose.

Pendant qu'il le faisait, Leaphorn lui présenta ses excuses, l'assurant qu'ils n'allaient rester qu'une minute. Chee leur désigna du bras les deux fauteuils et s'assit sur le lit.

– Vous paraissez épuisé, lui dit le professeur. Votre collègue féminine qui se trouvait au barrage routier nous a dit que vous seriez probablement occupé toute la journée à passer un des canyons au crible. Mais Joe a appris quelque chose et a pensé qu'il fallait vous en avertir. (Elle fit une petite grimace.) Je lui ai dit que vous étiez probablement déjà au courant.

– Deux précautions valent mieux qu'une, affirma Chee en regardant Leaphorn qui, mal à l'aise, était assis au bord de son siège.

– Deux petites choses concernant ce George Main de Fer, dit-il. Vous saviez sans doute que c'est un ancien du Viêt-nam, mais nous avons appris aujourd'hui qu'il était dans les Bérets Verts. Tireur d'élite. Et qu'il avait gagné une Silver Star. Il aurait tué cinquante-trois soldats nord-vietnamiens au Cambodge.

Il se tut.

Chee réfléchit un moment à ces informations.

– Cinquante-trois, répéta-t-il enfin. Je vous remercie de me prévenir. Je crois que si le FBI nous avait mis au courant de ce petit secret, l'agent Nez aurait gardé son gilet pare-balles dans le canyon.

– J'imagine que le FBI ne peut manquer de savoir que cet individu est un ancien combattant, poursuivit Leaphorn. Ils sont très pointilleux pour ce qui est d'aller vérifier dans leurs dossiers. Mais il est possible qu'ils ignorent le reste. Pour le savoir, il faudrait qu'ils dénichent cette histoire de décoration.

– Ou alors ils seraient obligés de nous transmettre le renseignement s'ils le connaissaient, compléta Chee dont la voix reflétait maintenant davantage la colère que la fatigue. À cause de nous, il pourrait se produire une fuite en direction des journaux : les fédéraux ne tiendraient vraiment pas à ce que le public sache que nous traquons un héros de guerre officiellement reconnu.

– Enfin bon, dit Leaphorn, ils n'ont probablement pas découvert cette histoire de tireur embusqué. Les archives militaires doivent uniquement stipuler qu'il a reçu cette distinction, et rester dans le vague. Pour être allé au-delà de ce qu'exigeait son devoir, au péril de sa vie. Quelque chose dans le genre.

– D'accord, reconnut Chee. Ce n'était sans doute pas juste de ma part.

– De toute façon, intervint le professeur, cela n'empêche pas qu'ils auraient dû vous informer qu'il s'agit d'un ancien combattant.

– C'est aussi ce que je pense, dit Chee. Mais il faut croire que personne n'est parfait. Je sais que nous ne l'avons pas été aujourd'hui. Tout ce que nous y avons gagné, à cette journée, c'est d'avoir fait beaucoup d'exercice.

– Pas de traces ?

Chee agita les mains dans les airs.

– Plein. Coyotes, chèvres, lapins, lézards, serpents, toutes sortes d'oiseaux, partout où il y avait un suintement d'eau. Mais pas trace d'un seul être humain. Nous avons même trouvé ce qui pourrait être des empreintes de puma. Soit ça, soit un lynx gigantesque avec des pattes énormes. Un passage de porc-épic, des rongeurs à la pelle, des rats kangourous aux chiens de prairie en passant par les souris à pattes blanches.

– Est-ce que vous pourriez affirmer qu'il n'y a eu aucun humain ?

– Pas vraiment. Trop de roches lisses. Sur les huit kilomètres, peut-être, que nous avons inspectés, nous n'avons pas trouvé un seul endroit où, en y prêtant attention, quelqu'un n'aurait pas pu trouver des rochers sur lesquels marcher.

– Par conséquent cette traque ne mène nulle part, conclut Leaphorn. Et, à mon avis, aussi longtemps que personne n'aura trouvé une meilleure explication concernant l'endroit où ils ont abandonné le véhicule dans lequel ils ont pris la fuite.

– Vous voulez dire, une meilleure raison que de foncer se cacher dans Gothic Canyon ? fit Chee en riant. Je trouve que c'est déjà mieux que l'idée initiale. S'imaginer qu'ils avaient couru jusque chez Timms pour s'envoler dans son vieil avion. (Il se tut un instant.) Attendez une minute. Vous m'avez dit que vous aviez deux choses à me dire, lieutenant. Quelle est la seconde ? Vous avez une meilleure idée ?

Leaphorn prit l'air un peu embarrassé et secoua la tête.

– Pas vraiment. Ce sont juste des renseignements supplémentaires sur George Main de Fer. Ils peuvent peut-être nous donner des indications.

Il se tourna vers Louisa.

– Par où je commence ?

– Par le début. Parle-lui d'abord du premier Main de Fer.

Il relata donc les hauts faits du légendaire héros/bandit des Utes, les efforts futiles des Navajos pour le rattraper, incluant le récit de Bashe Lady sur la façon dont ses poursuivants pensaient qu'il était peut-être sorcier parce qu'il semblait capable de disparaître dans le fond d'un canyon et de réapparaître par magie sur la falaise qui le dominait.

– Elle nous a dit que les Navajos pensaient qu'il leur échappait comme un oiseau mais qu'en réalité c'était comme un blaireau.

Leaphorn marqua une pause après ces mots, guettant la réaction de Chee.

Celui-ci se frottait le menton en réfléchissant.

– Comme un blaireau, dit-il enfin. Ou un chien de prairie. Qui entre par un trou et qui ressort par un autre. Est-ce qu'elle vous a donné une indication sur l'endroit où cela se passait ? Le nom d'un canyon, quelque chose comme ça ?

– Rien.

– Est-ce que vous croyez qu'elle le sait ?

– Probablement. Au minimum, je crois qu'elle a une assez bonne idée générale. Elle en savait beaucoup plus qu'elle n'était disposée à nous le dire.

Le professeur Bourebonette souriait.

– Elle n'a pas fait preuve d'affection à votre égard, à vous, les Navajos. Les « Couteaux Rouges ». J'ai eu l'impression qu'au bout de quelque chose comme quatre heures passées à vous affubler de ce surnom, elle commençait sérieusement à agacer Joe. N'est-ce pas, Joe ? De quoi stimuler tes instincts de compétition nationalistes et machos, peut-être ?

Leaphorn laissa échapper un petite rire contraint.

– C'est bon, je plaide coupable. Je m'imaginais Bashe Lady dans un film style John Wayne. Des tipis partout, des poneys peints ici et là, des chiens, des feux de cuisson, des jeunes hommes avec des têtes d'Italiens et des peintures de guerre cheyennes qui couraient dans tous les sens en jappant et en tapant sur des tambours, et tout d'un coup voilà Bashe Lady qui apparaît avec un couteau couvert de sang à la main et qui torture des prisonniers ligotés. Et je repense à comment ça s'est vraiment passé en 1863, quand les Utes se sont rangés aux côtés de l'armée U.S., des Hispaniques, des tribus pueblo *, qu'ils se sont tous rués sur nous en hurlant et...

Le professeur Bourebonette leva la main.

Leaphorn s'arrêta dans son élan, eut une grimace et un geste pour écarter tout cela.

– Désolé, dit-il. La vieille dame m'a tapé sur les nerfs. Et je dois reconnaître que je serais ravi de voir la Police tribale navajo mettre la main sur cette version moderne de Main de Fer et l'enfermer dans une prison.

– Le point important dans tout ça c'est que le George Main de Fer que vous recherchez est vraisemblablement le fils du précédent, résuma le professeur Bourebonette. Le père a pris une deuxième femme alors qu'il était âgé. Le laps de temps écoulé correspond. Il aurait eu l'âge voulu pour la guerre du Viêt-nam.

Chee acquiesça.

– Donc l'homme que nous recherchons aurait de grandes chances de connaître le coup du blaireau que pratiquait son père pour s'échapper. Et l'endroit où il le faisait. (Il se tourna vers Leaphorn.) Est-ce que vous avez une idée là-dessus ?

– Il est possible que l'itinéraire invisible de Main de Fer remonte le long d'une étroite ravine secondaire, avança Leaphorn. D'après ce que la vieille dame nous a raconté, il fallait obligatoirement qu'il y ait un trajet rapide pour escalader la paroi du canyon ou en descendre. Est-ce que vous avez vu des petites entailles qui correspondraient à ça ? Peut-être même une fissure qu'un homme pourrait escalader ?

– Pas dans la section que nous avons explorée. On en trouvera peut-être une plus bas vers le canyon de la San Juan.

– S'ils disposent d'une cachette secrète, je crois que vous devriez la trouver non loin de l'endroit où ils ont abandonné le camion. Ils devaient être lourdement chargés. En nourriture et en eau, probablement, à moins qu'ils n'aient constitué des réserves à l'avance. Et quatre cent mille dollars et des poussières. Comme ils provenaient du casino, ça devait être surtout en petites coupures. Ça doit faire son poids. Sans oublier les armes. Apparemment, ce sont des fusils d'assaut qu'ils ont utilisés au casino. C'est lourd.

Ce qui fit surgir une nouvelle idée dans la tête de Chee : une inquiétude qui n'avait pas cessé de réclamer son attention.

– Vous avez mentionné un barrage routier sur le parcours que vous avez suivi pour venir de la Réserve Ute. Un barrage de la Police tribale navajo, il me semble vous avoir entendu dire. Et que vous aviez parlé à une collègue.

– C'était une voiture de patrouille de chez nous, mais l'homme qui était assis à l'intérieur portait l'uniforme d'adjoint au shérif du comté de San Juan. La femme, elle, avait l'uniforme de la Police navajo. Par ici, c'était vraisemblablement quelqu'un de votre agence de Shiprock.

Chee se livrait à un rapide inventaire des femmes policiers travaillant à Shiprock. Il n'y en avait pas beaucoup.

– Quel âge ? demanda-t-il. Quelle stature ?

Leaphorn comprenait exactement le sens de ces questions.

– Je ne l'ai vue qu'une fois ou deux, dit-il. Mais je crois que c'était Bernadette Manuelito.

– Bordel de merde ! s'exclama Chee d'une voix véhémente. Mais qu'est-ce qu'ils ont dans le crâne ? (Il enfilait ses chaussettes.) Qu'est-ce qu'elle peut y connaître, aux précautions à prendre pour rester en vie à un barrage routier ?

16

Le barrage routier tel que Leaphorn l'avait décrit se trouvait sur l'Utah 163, environ à mi-chemin entre Recapture Creek et le pont de Montezuma Creek. Un emplacement judicieux, pensa Chee, puisqu'un fugitif qui le remarquerait ne disposerait d'aucune voie secondaire pour le contourner. Il n'y avait que les bosquets de broussailles de la San Juan au sud, et les falaises de pierre à pic de McCracken Mesa au nord. Ce qui n'était pas judicieux, c'était d'assigner à Bernie une tâche aussi dangereuse. C'était de la folie. Bernie devait certainement être placée en couverture. Mais même, ce serait au mieux un barrage composé de trois voitures. Les policiers qui y étaient affectés seraient confrontés à des hommes ayant déjà démontré qu'ils étaient prêts à tuer et qu'ils en étaient capables. Au casino, ils avaient tiré avec un fusil automatique, et une rumeur circulait selon laquelle ils disposaient également de lunettes de visée nocturne à infrarouges qui avaient été dérobées dans une armurerie de la garde nationale de l'Utah.

Chee se représenta un carnage et couvrit les treize premiers kilomètres du trajet beaucoup plus vite que la loi ne l'y autorisait. Puis, brutalement, il ralentit. Une pensée tardive s'insinuait dans son esprit et prenait le pas sur la colère. Qu'allait-il dire en arrivant sur place ? Que dirait-il au policier qui commandait le barrage ? Ce serait sans doute un membre de la police de l'Utah, ou un adjoint du comté de San Juan. Il tenta d'imaginer la conversation. Il se présenterait en tant que policier navajo basé à Shiprock, parlerait peut-être un peu du temps qu'il faisait, discuterait de la chasse à l'homme durant une ou deux minutes. Et après ? Ils voudraient savoir ce qu'il voulait. Il leur dirait qu'il ne pensait pas que Bernie eût reçu la moindre formation se rapportant aux barrages routiers.

Plus bas sur la pente, ses phares illuminèrent un panneau rouge lui intimant de RALENTIR.

Que diraient-ils à ce moment-là ? Il retira son pied de l'accélérateur, laissa la voiture poursuivre sur son élan, imaginant un policier de l'Utah à l'air peu engageant qui lui disait : « C'est votre dame ? Bon, soyez tranquille, on va être aux petits soins pour elle. » Et un adjoint au shérif qui se tenait derrière lui et qui ricanait. Une pensée plus redoutable encore se fit jour. L'étape suivante. Ils diraient à Bernie qu'il fallait qu'elle reste dans sa voiture, qu'elle coure se cacher chaque fois que l'arrêt d'un véhicule paraîtrait imminent. Bernie serait indignée, furieuse, elle lui en voudrait à mort. Et à juste titre.

La voiture roulait lentement désormais. Chee se rangea sur l'accotement, enclencha la marche arrière d'un geste brusque, exécuta un demi-tour sur place comme s'il se lançait à la poursuite de quelqu'un et reprit la direction de Bluff, soumettant son idée de sauver l'agent Bernadette Manuelito à un examen plus approfondi.

Lequel fut rapidement interrompu. Le son d'une sirène dans son oreille, le signal lumineux clignotant sur le toit d'une voiture de la police de l'Utah qui se réfléchissait dans son rétroviseur. Chee grogna la version navajo d'un juron, se frappa le front de sa main libre et obliqua vers le bas-côté. Bien sûr. Il avait fait exactement ce qu'il faut pour déclencher une poursuite, à n'importe quel barrage routier situé entre l'Argentine et Zanzibar. Il serra le frein à main, sortit ses papiers officiels, alluma son plafonnier, fit tout ce à quoi il put penser pour faciliter la tâche du policier qui allait se présenter à côté de sa vitre.

Pour une fois, il avait deviné juste. Il s'avéra qu'il s'agissait bien d'un membre de la police de l'Utah.

Il dirigea le faisceau de sa lampe torche sur Chee, regarda les documents qu'il lui tendait, ordonna : « Veuillez sortir du véhicule, je vous prie », et recula d'un pas.

Chee ouvrit la portière et descendit.

– Veuillez vous tourner vers la voiture et poser les mains sur le toit.

Chee s'exécuta, content d'avoir laissé son étui et sa ceinture sur son lit, au motel, et il fut fouillé à corps.

– C'est bon, lui dit le policier de l'État.

Puis une autre voix, celle de Bernie, intervint :

– C'est le sergent Chee. Jim, qu'est-ce que vous faites ici ?

Et Chee resta là, toujours appuyé sur la voiture, une grimace sur la figure, se demandant s'il pouvait exister un moyen de rendre les choses pires encore.

17

À l'est, le ciel illuminait de rose et de rouge les à-pics qui donnent leur nom à la ville de Bluff, dans l'Utah, quand Jim Chee grimpa dans sa voiture de patrouille. Il inséra la clef de contact, lança le moteur, fit ce que font par habitude tous les conducteurs des contrées désertiques : il vérifia le niveau d'essence. L'aiguille pointait entre la moitié et le quart du réservoir. Amplement de quoi retourner au point de rendez-vous sur Casa Del Eco Mesa, où Nez et lui devaient reprendre l'inspection de leur canyon. Mais pas assez pour avoir l'esprit tranquille quand on part loin des chaussées goudronnées et des stations-service. Il consulta sa montre, quitta le parking de Recapture Lodge pour s'engager sur l'U.S. 163. La station-service-snack Chevron devant laquelle il était passé devrait ouvrir à peu près maintenant. Il allait s'y arrêter, remplir le réservoir, acheter quelques rations d'urgence sous la forme de barres chocolatées qu'il partagerait avec Nez, et poursuivre sa route sans repenser à l'image stupide qu'il avait donnée de lui-même la veille au soir.

Parfait. La station devait être ouverte. Il ne voyait pas si les lumières étaient allumées ou non, mais un pick-up en repartait. Chee s'arrêta aux pompes, descendit de voiture. Un homme était assis sur les gravillons à côté de la porte du magasin, le dos appuyé contre le mur. Si Chee avait compté le nombre d'ivrognes auxquels il avait eu affaire depuis qu'il s'était engagé dans la Police tribale navajo, il approcherait les 999. Il s'éloigna de sa voiture, se demandant ce que l'employé de la station pouvait bien fabriquer, et posa un regard plus attentif sur l'ivrogne.

Un filet de sang coulait de son front. Chee s'accroupit à côté de lui. Il semblait âgé d'une soixantaine d'années, cheveux grisonnants, vêtu d'une chemise kaki sur laquelle le nom LEROY DELL était brodé. Il avait la respiration laborieuse. Le sang provenait d'une coupure, au-dessus de son œil droit. Chee retourna vers sa voiture pour signaler l'incident par radio et appeler une ambulance. Déclencher la poursuite.

– Quoi ? Qu'est-ce que vous faites ? Oh !

Chee pivota sur les talons. L'homme le fixait avec des yeux fous, il se relevait.

– Qu'est-ce qui s'est passé ? demanda le blessé. Où il est ? Il s'est enfui ?

Chee l'aida à se remettre debout.

– Dites-moi qui vous a frappé. Je vais le signaler par radio, appeler une ambulance et on va voir si on peut l'arrêter.

– Le salopard, fit le blessé en agitant les mains. Regardez un peu ce foutoir.

De l'autre côté de l'entrée, sous un panneau indiquant TOILETTES RÉSERVÉES AUX CLIENTS, une poubelle était couchée sur le flanc, entourée de boîtes de boissons, de bouteilles, de journaux, de sacs, de serviettes chiffonnées éparpillés : autant d'objets que les gens jettent dans les stations-service. Tout près, un distributeur de journaux automatique gisait à la renverse.

– C'était qui ? interrogea Chee. Je veux transmettre les renseignements au poste. Ça nous donnera une meilleure chance de l'attraper.

– Je ne le connais pas. Un costaud avec le type indien. Navajo, probablement, ou peut-être Ute. Grand. Peut-être dans les quarante ans.

– Il conduisait un pick-up bleu ?

– Je n'ai pas vu son camion. Je ne l'ai pas remarqué.

– Il avait une arme ?

– C'est avec elle qu'il m'a frappé. Un pistolet.

– Bon. Rentrez vous asseoir à l'intérieur. Je préviens la police.

La standardiste parut somnoler jusqu'à ce que Chee mentionne le pistolet.

– Signalez qu'il s'agit d'un homme armé et dangereux, suggéra-t-il. Vous pouvez dire que c'est dans la zone où nous tentons de retrouver les auteurs du vol du Casino Ute.

Elle fit entendre un petit rire.

– Les fameux individus dont les fédéraux disaient qu'ils étaient loin depuis longtemps? Envolés?

– Si ça pouvait être vrai, répondit-il avant de retourner à la station-service afin de découvrir ce qui s'était passé exactement.

Leroy Dell était assis derrière la caisse, il se tenait la tête.

– Ils vont vous envoyer une ambulance, le rassura Chee.

– De Blanding. Dans les quarante kilomètres pour venir de la clinique et autant pour y retourner.

Dell gémit, grimaça et lui relata ce qui s'était passé. Quand il était sorti de sa maison qui se trouvait derrière la station, pour venir ouvrir, il avait entendu un bruit, comme quelque chose qui tombe par terre. Il s'était hâté de tourner le coin et avait vu un homme qui fouillait dans les ordures. Il l'avait apostrophé et l'individu lui avait répondu qu'il voulait seulement se procurer des vieux journaux.

– Des journaux, c'est tout?

– C'est ce qu'il m'a dit. Et moi je lui ai répliqué, « Eh bien, il va aussi falloir que vous nettoyiez ce foutoir. » C'est à ce moment-là que j'ai remarqué que le distributeur de journaux était par terre, alors je suis allé voir et j'ai remarqué qu'il l'avait forcé. Je me suis retourné pour lui dire qu'il allait devoir payer les dégâts, mais il avait son arme à la main et il m'a frappé.

– Quel genre d'arme?

– Un pistolet. Je ne sais pas quel genre. Ce n'était pas un revolver.

– Il y a quelque chose qui a disparu?

– Je ne sais pas, répondit Dell en grimaçant à nouveau. Pour vous dire la vérité, je m'en fous complètement. J'ai un mal de crâne terrible. Allez jeter un coup d'œil si vous voulez.

Chee le fit. Il ouvrit le tiroir-caisse.

– Vide.
– J'emporte l'argent chez moi la nuit, expliqua Dell.
– Vous feriez bien d'appeler quelqu'un qui vienne s'occuper de vous, lui conseilla Chee. Je vais me servir en essence et voir si je peux retrouver ce pick-up.

Il lui fallut la plus grande partie de la journée pour y parvenir. Un policier du Bureau des Affaires Indiennes, détaché de la Réserve Apache Jicarilla, au Nouveau-Mexique, le repéra sur le champ pétrolifère d'Aneth à l'approche du crépuscule. Il était ensablé dans le lit d'un arroyo non loin d'une route abandonnée. Au sud de Montezuma Creek. À l'ouest du Highway 35. De retour sur l'étendue désertique de Casa Del Eco Mesa. Une fois de plus, à une faible distance à pied du canyon de Gothic Creek, de Desert Creek, ou de tout autre lieu, pour un individu qui n'aurait pour seule charge qu'un vieux journal à porter.

C'était plus loin, néanmoins, que le sergent Jim Chee n'aurait pu marcher ce soir-là. Il s'était foulé la cheville gauche en descendant sur une pente rocailleuse au cours de cette recherche infructueuse. Ça avait été l'un de ces accidents qui sont imputables à l'étourderie. Il avait mis son poids sur une plaque de grès qui dépassait et qui lui avait paru stable mais qui ne l'était pas. Puis, au lieu d'accepter la loi inéluctable de la gravitation universelle et d'accompagner sa chute en roulant sur les rochers, il avait tenté de préserver sa dignité, exécuté un saut en déséquilibre et il s'était mal reçu. Ça lui avait fait mal, et plus mal encore de quémander l'aide d'un adjoint au shérif et d'un agent du FBI pour se faire porter jusqu'à sa voiture.

18

La voix, au téléphone, appartenait à Largo qui ne perdait pas de temps en mots inutiles.

– Non, capitaine, répondit Chee, je ne peux pas encore poser mon poids dessus.

Il écouta quelques instants, dit « Oui, capitaine », écouta encore, fit un autre « Oui, capitaine », puis coupa la communication. Résultat global : Largo voulait savoir s'il pouvait reprendre son travail de ratissage du canyon, immédiatement de préférence; Largo lui donnait l'ordre de remplir un formulaire d'accident du travail et avait déjà envoyé quelqu'un pour le lui apporter à sa caravane. Devraient y figurer le nom, le numéro de téléphone, etc., du médecin qui avait effectué les radios de la cheville. Chee devait compléter le tout sur-le-champ et renvoyer aussitôt le rapport. Largo était à court d'effectifs et Chee ne devait pas faire perdre de temps au messager en conversations.

Il remit en place la poche de glace, tenta de trouver le terme, soit en navajo soit en anglais, qui pourrait décrire la couleur que sa cheville enflée avait prise, et se rabattit sur « prune ». Il se demanda s'il devait s'offusquer du manque de compréhension ou de confiance que l'appel du capitaine avait révélé. Le temps qu'il décide de mettre ça sur le compte d'une manifestation parmi d'autres du mauvais caractère de Largo, le messager arrivait.

– Entrez, dit-il, et l'agent Bernadette Manuelito pénétra dans sa caravane en grand uniforme, l'air plus soigné que d'habitude.

– Eh bien, dites donc ! s'exclama-t-elle. Sacrée cheville.

Elle fit la grimace :

– Je parie que ça doit vous faire mal.

– Exact.

– Vous avez de la chance de ne pas vous être fait tirer dessus, ajouta-t-elle d'un ton désapprobateur. Quelle idée de débarquer comme ça, sans prendre de précaution.

– Je n'ai pas « débarqué comme ça ». Je venais chercher de l'essence. J'ai remarqué un pick-up qui s'éloignait. Après, j'ai vu la victime assise contre le mur. D'ailleurs, vous ne deviez pas m'apporter un formulaire à remplir et le rapporter tout de suite au capitaine, sans perdre de temps à bavarder ?

– Je pense quand même que vous avez eu de la chance. Ça vous va bien de penser que je n'avais pas les compétences pour travailler sur un barrage routier.

Chee eut conscience qu'il rougissait. Il la regarda, trouva son expression bizarre mais indéchiffrable... pour lui en tout cas.

– D'où vous sortez ça ?

– C'est le professeur Bourebonette qui me l'a dit.

– Je n'y crois pas. Quand est-ce qu'elle vous l'a dit ? Et pourquoi est-ce qu'elle serait allée raconter une chose pareille ?

– Au barrage routier. Le lieutenant Leaphorn et elle sont venus à peu près une heure après votre...

Elle hésita, cherchant une manière de décrire l'arrivée de Chee.

– ... votre passage. Ils se sont arrêtés pour discuter un instant. C'est à ce moment-là qu'elle l'a dit. Elle m'a demandé si vous étiez passé, et j'ai dit oui, alors elle m'a demandé ce que vous aviez dit et j'ai répondu pas grand-chose. Et comme elle avait l'air surprise, je lui ai demandé pourquoi, alors elle m'a dit que vous vous étiez énervé et mis très en colère quand ils vous avaient appris qu'ils m'avaient vue au barrage, et après, que vous aviez couru vers votre voiture et que vous aviez démarré aussitôt.

Chee essayait toujours de déchiffrer son expression. Était-ce de l'affection, ou de l'amusement ? Ou les deux ?

– Je n'ai pas dit que vous étiez incompétente.

L'agent Manuelito fit : « Bon, d'accord », et haussa les épaules.

– J'ai juste pensé que c'était trop dangereux. Ces individus ont déjà tué deux policiers, et tiré sur un autre, et le dénommé Main de Fer a déjà tué beaucoup de personnes au Viêt-nam, lui.

– Bon, merci, alors.

L'expression de son visage était facile à déchiffrer maintenant. Elle lui souriait.

– Le capitaine m'a dit qu'il fallait que vous vous dépêchiez de lui rapporter ces papiers, dit-il en tendant la main.

Elle lui remit le document, maintenu sur une planchette à pince d'où un stylo pendait dans le vide.

– Lequel était-ce ? Main de Fer ou Baker ?

– Un grand Indien d'une quarantaine d'années. On dirait bien Main de Fer.

– Et il n'a pris que des journaux ? Comme ils l'ont annoncé à la radio ce matin ?

Chee essayait de compléter le formulaire avec la planchette posée en équilibre sur son genou droit.

– Apparemment. Le blessé n'avait pas l'impression qu'autre chose avait disparu. Mais il faut dire qu'il était sérieusement assommé.

– Je pense que vous devriez appeler le lieutenant Leaphorn. Ça mc paraît drôlement bizarre.

Chee leva les yeux vers elle.

– Pourquoi ?

– Parce que, vous savez, courir un tel risque rien que pour se procurer un journal...

– Je voulais dire, pourquoi appeler Leaphorn ?

– Ben, vous savez, je pense que ça l'intéresserait. Au barrage, il nous a dit que nous devions être d'autant plus prudents que d'après lui, ça devrait être à peu près maintenant, si ces types se cachent dans les canyons, à peu près maintenant qu'ils vont tenter quelque chose. Et l'adjoint avec qui je travaillais a répondu qu'il y avait davantage de chances qu'ils restent planqués jusqu'à ce que tout le monde en ait assez de surveiller, plutôt que de faire une tentative pour s'enfuir, alors le lieutenant lui a dit peut-être, mais que leur radio était cassée. Qu'ils ne pouvaient pas savoir ce qui se passait. Ils devaient commencer à avoir un besoin crucial d'informations.

– Il a dit ça? demanda Chee d'un ton d'incrédulité. Que c'était à peu près maintenant qu'ils allaient tenter quelque chose? Comment il a bien pu s'y prendre pour deviner ça?

Manuelito haussa les épaules.

– Et c'est pour ça que vous pensez que je devrais l'appeler?

Maintenant c'était au tour de Bernie de paraître légèrement embarrassée. Elle hésita.

– Je l'aime bien, dit-elle. Et lui il vous aime bien. Et je crois que c'est un homme très solitaire et...

La sonnerie du téléphone la coupa dans sa phrase. Le capitaine Largo à nouveau.

– Qu'est-ce que vous fabriquez, nom d'un chien, Manuelito et vous? Renvoyez-la-moi tout de suite avec les papiers.

– Elle est partie il y a à peine une minute, mentit Chee.

Il raccrocha, remplit le dernier espace, signa le formulaire, le remit à Bernie. Leaphorn l'aimait bien? Personne n'avait jamais émis pareille suggestion à ce jour. Lui-même ne s'était même jamais posé la question. N'avait même jamais envisagé que Leaphorn puisse aimer qui que ce soit. Leaphorn était... Enfin bon, il était Leaphorn, un point c'est tout.

– Vous savez, Bernie. Je crois que je vais appeler le lieutenant. J'aimerais bien savoir ce qu'il pense.

19

S'étant résigné à passer à nouveau de longues heures à écouter des Utes d'un âge certain raconter leur mythologie tribale, Joe Leaphorn tendait la main vers sa casquette quand le téléphone sonna.

– Allô, dit-il d'un ton qui parut morose à ses propres oreilles.

La voix qu'il entendit était celle de Jim Chee. Son visage s'éclaira.

– Lieutenant, si vous avez une minute ou deux, j'aimerais vous tenir au courant de ce qui s'est passé à la station-service Chevron de Bluff, hier. Vous en avez entendu parler ? J'aimerais savoir ce que vous en pensez.

– J'ai le temps. Mais tout ce que je sais, c'est ce que j'ai appris par les informations télévisées. Un homme se présente à la station à peu près à l'heure de l'ouverture. Il assomme l'employé et s'enfuit dans un pick-up truck volé auparavant. Le FBI suppose qu'il s'agit de l'un des bandits du casino. Le présentateur a précisé qu'un policier navajo se trouvait sur place pour acheter de l'essence au moment où ça s'est produit, mais que le voleur s'est échappé. C'est à peu près ça ?

Un moment de silence.

– Eh bien, c'était moi, le policier qui venait prendre de l'essence, fit Chee sur un ton qui semblait quelque peu sur la défensive, mais je ne suis arrivé qu'après l'incident. L'agresseur s'en allait au moment où moi j'arrivais. Mais ce qu'il y a d'intéressant, c'est que tout ce qu'il voulait, c'était un journal. Il en a pris un dans le distributeur et quand l'employé est arrivé et l'a trouvé occupé à fouiller dans la boîte à ordures, il a dit qu'il cherchait juste un journal.

Ce fut au tour de Leaphorn d'observer un moment de silence.

– Juste un journal, dit-il. Seulement ça. Et il n'avait rien volé dans la station-service ? À manger, des cigarettes, quelque chose comme ça ?

– Elle était encore fermée. Je me suis dit qu'il avait peut-être pris les clefs de l'employé après l'avoir frappé. Qu'il était entré, qu'il avait pillé le magasin puis qu'il l'avait refermé à clef, aussi stupide que ça puisse paraître, mais apparemment non.

– Eh bien dites donc, fit Leaphorn d'un ton songeur. Tout ce qu'il voulait c'était un des journaux du distributeur.

– Ou peut-être un autre journal. À en juger d'après ce qu'il avait éparpillé en le sortant de la poubelle, il cherchait quelque chose dedans, et il a dit à l'employé que c'était un journal. Je me disais que c'était une édition plus ancienne. Une qui donnait des renseignements antérieurs sur la chasse à l'homme.

– Ça paraît raisonnable. D'où m'appelez-vous ?

– De chez moi, à Shiprock. Je me suis esquinté la cheville hier en courant après le bandit du journal. Je suis tombé, et je serai bloqué chez moi tant que je n'aurai pas réussi à la faire désenfler. J'ai appelé chez vous, à Window Rock, et j'ai eu à nouveau un de ces messages que vous laissez sur votre répondeur. C'est une bonne idée.

– Je vous demande une petite minute.

Leaphorn couvrit le micro de sa main et se tourna vers Louisa qui, l'étui du magnétophone à l'épaule, le sac à la main, attendait sur le seuil en le regardant d'un œil intéressé.

– C'est Jim Chee, à Shiprock. Tu sais, ce vol dont nous parlions, à la station-service Chevron. Il me dit que la seule chose que cherchait le voleur, c'était des journaux. Tu te souviens de ce que je disais pour la radio cassée...

– Ça paraît bizarre. Écoute, à moins que tu ne tiennes vraiment à venir entendre ce contre-interrogatoire sur la mythologie, pourquoi tu n'irais pas à Shiprock en parler avec lui ? Je me ferai conduire par monsieur Becenti.

C'était exactement comme ça qu'Emma aurait réagi, pensa-t-il. Et il prit conscience, avec une sorte de joie, qu'il était maintenant capable d'établir pareille comparaison sans en éprouver de la culpabilité.

La porte de la petite caravane où habitait Chee était ouverte quand Leaphorn arriva, et il l'entendit lancer : « Entrez, entrez », quand il claqua la portière de son pick-up. Chee était assis à côté de la table, le pied gauche soutenu par un oreiller, sur sa couchette. Pendant qu'ils échangeaient les formules de politesse appropriées, la déclaration compatissante suivie de la formule de récusation attendue et de la réponse à celle-ci, Leaphorn remarqua que la table était dégagée à l'exception d'un exemplaire de la carte du Pays Indien, dépliée pour dévoiler les Four Corners et la région des canyons.

– Je vois que vous êtes prêt pour travailler, dit-il en appliquant plusieurs fois le bout du doigt sur la carte.

– Mon oncle me disait toujours de me servir de ma tête pour économiser mes talons. Aujourd'hui, puisqu'il faut que j'économise ma cheville, il va falloir que je réfléchisse à la place.

Leaphorn s'assit.

– Qu'est-ce que ça donne jusque-là ?

– La confusion la plus totale. J'espérais que vous pourriez tout m'expliquer.

– C'est comme si nous avions un puzzle auquel manquent plusieurs pièces essentielles. Mais en venant de Farmington, j'ai commencé à réfléchir à la façon dont deux des morceaux s'emboîtent.

– La radio cassée entraînant le besoin de se procurer un journal pour apprendre ce qui a bien pu se passer pendant tout ce temps. C'est ça ?

– Absolument. Et cela peut nous fournir une indication.

Chee fronça les sourcils.

– Le fait qu'ils n'ont pas d'autre radio ? Ni de possibilité d'obtenir des nouvelles par ailleurs ? Ou encore autre chose ?

Leaphorn sourit.

– J'ai un avantage sur vous en l'occurrence, qui consiste à pouvoir rester assis à côté du téléphone en mettant à contribution le circuit des policiers à la retraite, alors que vous, vous êtes dehors à travailler.

Chee se pencha pour replacer sa poche de glace, envahi par l'impression d'avoir déjà vécu cette situation : une sorte de sentiment diffus d'inadéquation intellectuelle. Il avait assez souvent entendu ce genre de préambule dans la bouche de Leaphorn pour savoir où cela menait. C'était la manière qu'avait le Légendaire Lieutenant pour le guider lui, le débutant qu'on lui avait assigné pour vaquer aux tâches subalternes, vers une révélation, sans qu'il se sente plus stupide qu'il n'était souhaitable.

– Pour vous dire la vérité, avoua Chee, tout ce que ça m'indique c'est que ces types, sans leur radio, ont éprouvé le besoin irrépressible de découvrir ce qui pouvait bien se passer. Il fallait qu'ils sachent si le moment de fuir était venu ou non.

– Précisément. C'est ma conclusion à moi aussi. Mais laissez-moi ajouter un petit élément d'information auquel vous n'aviez pas accès. Il me semble vous avoir dit que j'allais peut-être appeler Jay Kennedy pour voir s'il pouvait nous apprendre ce que le labo du FBI avait découvert, concernant cette radio. Jay m'a rappelé hier. Son copain qui travaille là-bas lui a révélé que l'appareil avait été mis hors service délibérément.

Chee perdit tout intérêt pour le repositionnement de la poche de glace. Il dévisagea Leaphorn. Il avait demandé à Kennedy, selon ses propres termes, de « *nous* apprendre ».

– Exprès ? s'étonna Chee. Pourquoi agir de la sorte ? Ou alors, attendez une minute. Laissez-moi formuler cette question autrement. On va dire, qui a fait ça, et pourquoi ? Et comment le Bureau a-t-il pu déterminer que ça a été fait volontairement ?

– Il ne faut jamais sous-estimer les services scientifiques et techniques du FBI. Ils l'ont démontée pour voir s'ils pouvaient isoler des empreintes. Comme celles que quelqu'un pourrait laisser en changeant les piles, par exemple. Ils ont découvert que deux des fils qui assurent les connexions à l'intérieur ont été arrachés à l'aide d'un objet pointu. La pointe d'un couteau, peut-être.

Chee réfléchit un moment.

– Des empreintes digitales, dit-il. Ils en ont trouvé ?

Si oui, elles devaient appartenir à Jorie. Jorie qui, sachant qu'il était trahi, s'était livré à un acte de sabotage vengeur.

– Plusieurs, incomplètes, répondit Leaphorn. Mais elles n'appartenaient à personne qui figure dans leurs dossiers.

Chee réfléchit, s'aperçut que Leaphorn l'observait, guettait sa réaction. Quelles empreintes le FBI avait-il dans ses dossiers ? Celles de Jorie, bien sûr, puisqu'ils disposaient de son corps. Peut-être celles de Main de Fer, si l'on effectuait un relevé de celles des soldats, à l'époque de la guerre du Viêt-nam. Probablement celles de Baker. Il avait été arrêté plus d'une fois pour des délits mineurs.

– Cela n'empêche pas que ça puisse être Jorie qui ait saboté la radio, objecta Chee. Il avait peut-être enfilé des gants, utilisé un mouchoir, ou fait très attention avec son couteau.

Leaphorn hocha la tête en souriant.

Il est content que j'aie trouvé tout seul, pensa Chee. *Bernie avait peut-être raison. Peut-être qu'il m'aime bien, en fait.*

– Ces empreintes n'ont sans doute pas grande importance, acquiesça Leaphorn. Ce seront celles d'un des employés du magasin qui a mis les piles à l'intérieur. Moi aussi, je pensais à Jorie. Il représente quand même l'hypothèse la plus logique.

– Il avait un mobile, c'est certain. Il nous faut supposer qu'il a eu accès à la radio après avoir appris ce qu'ils complotaient.

Leaphorn hocha la tête.

– S'il avait décidé de les dénoncer, il ne devait pas vouloir qu'ils sachent que la police les avait identifiés. Il ne devait pas vouloir qu'ils entendent quoi que ce soit à la radio.

Chee acquiesça.

– Il reste un problème, pourtant, reprit Leaphorn.

– Oui, reconnut Chee en se demandant quel problème voyait Leaphorn. Beaucoup de questions demeurent assurément sans réponse.

– Jorie devait être persuadé de l'exactitude de ses renseignements quand, dans son ultime message, il a indiqué à la police l'endroit où on pouvait les trouver. Chez eux, a-t-il dit, ou à l'autre endroit, au nord. Le FBI est allé les arrêter mais ils n'y étaient pas. Pourquoi ?

Il regarda Chee pour voir s'il était prêt à avancer une réponse.

– Ils n'avaient pas confiance en lui.

Leaphorn fit oui de la tête.

– Ils ne risquaient pas. Pas au moment où ils le trahissaient. (Il pointa le doigt sur la carte.) Et après, pourquoi sont-ils venus sur cette mesa ?

– Là, j'ai deux réponses. À vous de choisir. La première. Je pense qu'ils avaient peut-être caché un second véhicule quelque part pour s'enfuir, à proximité de l'endroit où ils ont abandonné le pick-up. Cowboy dit qu'on n'a pas réussi à trouver d'indices allant dans ce sens, pas de traces. Rien. Mais dans cette région, ils ont pu dissimuler leurs traces, sachant qu'il le fallait, et prendre leur temps pour faire ça bien.

Leaphorn accueillit cette idée par un hochement de tête à peine perceptible.

– La seconde idée se réfère à ce que vous avez appris sur Main de Fer. Il savait où son père se dissimulait durant sa carrière de voleur. Comment il réussissait ses évasions magiques, mystiques. Alors je dis que cette cachette est quelque part dans le coin. Les voleurs y ont déposé des provisions d'eau et de nourriture. Et c'est là qu'ils ont l'intention de se cacher jusqu'à ce qu'ils puissent prendre le large en toute sécurité. C'est pour ça qu'ils ont heurté un rocher exprès avec le camion, qu'ils ont éventré le carter pour faire croire au FBI qu'ils avaient été contraints de l'abandonner à cet endroit-là. Puis ils sont allés à pied jusqu'à leur planque.

Le hochement de tête par lequel l'ancien lieutenant ponctua ces paroles fut un tout petit peu moins langoureux.

– Mais ils n'en avaient rien dit à Jorie, précisa-t-il. C'était leur secret. Ce qui signifie que la trahison était prévue bien avant le crime.

– Tout à fait.

– Je pense à cette deuxième possibilité que Jorie a indiquée à la police, pour les retrouver. C'est tout là-haut, assez près de Blanding. Loin, très loin de l'endroit où ils ont laissé le pick-up.

Chee soupira.

– Est-ce que ça n'aurait pas été merveilleux, si Cowboy avait trouvé trois séries d'empreintes près de ce foutu camion ?

Leaphorn rit.

– Mais laissons ça de côté pour le moment et revenons-en à votre seconde idée. On va dire que Baker et Main de Fer s'étaient préparé une cachette. Jorie s'était séparé d'eux, d'une façon ou d'une autre, avant qu'ils n'y parviennent. Donc, Baker et Main de Fer quittent le camion et commencent à marcher. Ça ne peut pas être un long trajet parce que, si nous pouvons prêter foi à ce que Jorie dit dans sa lettre, ils devaient porter une lourde charge en billets de banque. À condition de supposer qu'ils n'avaient pas laissé le butin ailleurs, mais pourquoi l'auraient-ils fait ?

– Lourde ? Pour moi, les billets de banque, ça n'a rien de lourd.

– J'ai considéré que le Casino Ute ne devait pas utiliser beaucoup de billets de cent dollars. Je me suis fixé sur une moyenne de dix dollars, et le calcul m'a donné quarante-cinq mille petites coupures.

– Bon sang, s'écria Chee. C'est un nouveau facteur à prendre en considération.

– Je me souviens de ce que la vieille dame ute a dit : parfois, les Utes surnommaient le premier Main de Fer Blaireau. Elle a expliqué qu'il disparaissait du lit du canyon pour réapparaître au sommet. Ou l'inverse. Vous vous souvenez de ça ? Elle a dit que ceux de notre peuple qui le pourchassaient croyaient qu'il pouvait prendre son envol.

– Oui, confirma Chee.

Mais il pensait à un énorme problème concernant cette seconde idée. Les deux idées en fait. Jorie. Si l'on se fondait sur ce qu'il disait dans son message quant au lieu où l'on pouvait trouver ses complices, il avait dû leur fausser compagnie bien avant qu'ils n'abandonnent le camion. Les distances étaient tout simplement trop grandes. Surtout s'ils trimballaient une cinquantaine de kilos en billets, en plus de leurs armes. Mais comment avait-il pu leur échapper? C'était sans doute possible. Mais dans ce cas, pourquoi aurait-il pensé que ses complices allaient rentrer chez eux? N'aurait-il pas su qu'ils s'attendaient à ce qu'il les trahisse?

Leaphorn poursuivait sa propre ligne de réflexion.

– L'idée des blaireaux m'a conduit à penser à des trous dans la terre. À des vieilles mines de charbon. Cette partie du monde en possède largement sa part. Il y a du charbon pratiquement partout. Après, quand le boom de l'uranium a commencé dans les années quarante, les géologues se sont souvenus de la façon dont les veines de charbon étaient généralement associées à des dépôts d'uranium, et ils ont recommencé à creuser en tous sens.

– Ouais, confirma Chee. Quand nous cherchions des traces, dans le canyon de Gothic Creek, nous avons remarqué trois ou quatre anciennes galeries d'exploitation.

Leaphorn parut très intéressé par cette information.

– Profondes comment? Des vraies galeries ou juste des endroits où les gens venaient remplir quelques wagonnets?

– Rien d'important. Ce que les spécialistes appellent des trous de chien. Aucune d'entre elles ne s'enfonçait sur plus de quelques mètres. Juste des gens qui sont venus extraire quelques sacs pour tenir l'hiver dans le hogan. Dans beaucoup d'endroits, cette rivière traverse des veines de charbon dont certaines sont d'une belle épaisseur. Mais nous n'avons rien vu qui fasse penser à une exploitation commerciale.

– Quand les mormons se sont installés au milieu du dix-neuvième siècle, ils ont découvert que les Navajos exploitaient déjà un peu le charbon, là où les strates étaient apparentes. Les Utes aussi. Mais les mormons en voulaient beaucoup plus que ça pour alimenter leurs fourneaux, alors ils ont creusé des mines. Puis est venue l'exploitation du champ d'Aneth et il y a eu du gaz naturel à brûler. Les mines n'étaient plus rentables. Certaines ont été comblées, certaines se sont effondrées. Mais il doit y en avoir plusieurs par là qui sont plus ou moins en état.

– Vous pensez qu'ils se cachent dans une mine ? Je ne sais pas. Là où j'ai grandi, près de Rough Rock, les gens creusaient pour avoir un peu de charbon, mais c'était presque en surface. Pas de quoi constituer une cachette pour quelqu'un.

– C'est dans les Monts Chuska, pas ici, répondit Leaphorn. Ce sont des formations volcaniques. Du côté de Gothic Creek, il y a surtout des sédiments. Strate sur strate.

– C'est vrai.

– Un vieux monsieur de Mexican Water, un homme âgé appelé Mortimer, je crois, m'avait raconté qu'il y avait un plan incliné taillé naturellement dans la falaise sur la rive sud de la San Juan, en face de Bluff. Ça partait de la corniche pour aboutir tout en bas. Il m'avait dit que sa famille allait extraire le charbon dans des veines du canyon, qu'ils le hissaient jusqu'au sommet, le chargeaient dans des chars à bœufs qu'ils vidaient sur ce plan incliné dans des charrettes, près de la rivière. Après, ils les acheminaient sur l'autre rive par un bac qui fonctionnait au moyen d'un câble.

Chee avait perdu un peu de son scepticisme.

– Ça se passait quand ?

– Il y a environ quarante ans qu'il m'a raconté ça, je dirais, mais il parlait de ses parents à l'époque où il était petit. Je dirais que ça fonctionnait dans les années 1880, par là. J'aimerais jeter un coup d'œil à cette ancienne mine, si elle existe toujours.

– Vous croyez que nous pourrions encore la trouver ? Peut-être localiser les traces des charrettes et les suivre jusqu'à leur point de départ ? La difficulté, c'est que des traces de charrettes, ça a tendance à s'effacer, en cent ans.

– Je pense que nous pourrions la trouver autrement. Est-ce que vous avez déjà regardé ces feuilles qui sont affichées sur les panneaux d'information des bâtiments administratifs ? Celles qui sont placardées par l'Agence pour la Protection de l'Environnement ? Ils ont des cartes, représentées dessus, qui indiquent les trajets que vont suivre leurs hélicoptères pour effectuer un relevé des anciens sites de mines.

– Je les ai vues. Mais leurs relevés, c'est pour établir une carte des anciens sites des mines d'uranium. Ils essayent de localiser les décharges radioactives.

– Fondamentalement, c'est ça. Mais ce que leurs écrans leur indiquent ce sont les endroits où il y a des niveaux de radiations élevés. Les veines de charbon par ici sont souvent associées à des dépôts d'uranium, et celui dont Mortimer m'avait parlé devait correspondre à une exploitation d'une certaine envergure. Cela ne me concerne pas directement, mais si c'était le cas, j'appellerais l'Agence pour la Protection de l'Environnement à Flagstaff afin de savoir s'ils possèdent une carte des dépôts miniers correspondant à cette partie de la Réserve.

– Je pourrais peut-être le faire, fit Chee d'un ton dubitatif.

– Je vais vous dire ce qui me rendrait optimiste. Par ici, les veines de charbon se situent à des profondeurs très variables. Certaines sont juste à la surface, d'autres à des dizaines de mètres sous terre, et il y en a partout entre ces deux extrêmes. Il était impossible d'acheminer le minerai par le fond du canyon jusqu'à la rivière. Trop accidenté, trop de barrières naturelles. Je me dis que les mormons ont dû se lasser de devoir le porter au sommet après l'avoir extrait et qu'ils ont décidé d'atteindre la veine en creusant depuis le plateau de la mesa. Ensuite, ils ont pu le hisser jusqu'en haut à l'aide d'une sorte de plate-forme élévatrice comme on le fait encore dans la plupart des mines à galeries.

– Ce qui expliquerait comment notre Main de Fer pouvait s'envoler du fond du canyon et arriver au sommet, dit Chee. Comment le terrier de notre Blaireau pouvait avoir deux issues.

Il décrocha le téléphone, composa le numéro des renseignements et demanda les coordonnées de l'Agence pour la Protection de l'Environnement à Flagstaff.

20

À son quatrième appel, et après avoir expliqué pour la sixième ou la septième fois ce qu'il souhaitait, à différentes personnes dans différents bureaux des agences consacrées au développement de l'environnement et à sa protection, à Las Vegas, dans le Nevada, et à Flagstaff, en Arizona, le sergent Jim Chee s'entendit renvoyer à un numéro de téléphone au Nouveau-Mexique et en reçut l'explication.

– Appelez ce numéro à Farmington, lui conseilla la personne serviable qui lui répondit à Albuquerque. C'est là que le projet est basé. Demandez soit le responsable de la base, soit le directeur du projet.

Le numéro le ramena tout droit à l'aéroport de Farmington, à moins d'une cinquantaine de kilomètres de sa cheville douloureuse.

– Bob Smith à l'appareil, lui répondit-on.

Chee déclina son identité, récita la raison qui motivait son appel.

– Vous êtes le directeur du projet ? demanda-t-il ensuite.

– Je suis pour partie le technicien qui s'occupe de l'hélicoptère et pour partie le chauffeur du camion de ravitaillement. Et ce n'est pas moi qu'il vous faut, pour répondre à votre demande. Je vais essayer de vous faire réaiguiller vers P.J. Collins.

– Il tient quel rôle, dans l'agence ?

– C'est une femme. Je pense qu'on pourrait dire celui de patron de l'équipe scientifique du projet. Ne quittez pas. Je vais vous la passer.

P.J. décrocha en prononçant le « Oui » qu'utilisent les gens très occupés. Chee expliqua à nouveau en accélérant un peu le rythme.

– Cela est-il lié au vol survenu au casino ? Au meurtre de ces policiers ?

– Euh, oui. Nous vérifions les endroits où ils pourraient se cacher. Nous savons qu'il y a une ancienne mine de charbon dans le canyon de Gothic Creek, abandonnée il y a peut-être quatre-vingts ou quatre-vingt-dix ans, et nous nous sommes dit que peut-être...

– Excellente idée. Surtout quand vous dites « peut-être ». Le charbon que l'on trouve dans cette partie du globe est uranifère. Bon, c'est vrai que tous les charbons ont tendance à être un peu radioactifs, mais cette zone est plus chaude que la majorité. Les matières radioactives ont quand même eu beaucoup d'années pour être emportées par les eaux ou pour perdre de leur virulence. Mais si vous pouvez me donner une idée générale du lieu où se trouverait la mine, je vous dirai si nous avons effectué des relevés à cet endroit. Si oui, je peux demander à Jesse d'aller vérifier sur nos cartes qui sont dans la camionnette, et de voir les pointes de radiations qu'on a repérées. À condition qu'il y en ait.

– Parfait, acquiesça Chee. Nous pensons que cette mine a été creusée dans le versant est du canyon de Gothic Creek. Elle serait quelque part sur une longueur de quinze kilomètres, vers le sud en partant de l'endroit où le canyon débouche sur la San Juan.

– Bon, très bien. C'est sur la Réserve Navajo, et c'est ce que couvre notre contrat. Le ministère de l'Énergie nous a engagés pour aider à nettoyer les horreurs qu'ils ont laissées quand ils voulaient l'uranium. Ils fournissent les hélicoptères et les pilotes, et nous, l'équipe scientifique.

– Est-ce que vous pensez avoir déjà effectué vos relevés à cet endroit-là ?

– Peut-être aujourd'hui. Nous sommes par là-bas cette semaine, au sud de Bluff et de Montezuma Creek. S'ils n'y sont pas passés aujourd'hui, ils le feront sans doute demain.

Durant la majeure partie de ses conversations téléphoniques antérieures, Chee s'était senti un peu bête car ses doutes à l'égard de cette idée reprenaient de la vigueur. Mais là, il se sentit gagné par l'excitation. P.J. semblait envisager cette possibilité sérieusement.

– Est-ce que je peux vous laisser mon numéro ? Vous demander de me rappeler ? Vous pourrez me contacter ce soir, demain, aussi longtemps qu'il vous faudra.

– D'où appelez-vous ?

– De Shiprock.

– L'hélicoptère va rentrer d'ici une heure environ. Terminer sa journée et télécharger toutes les données qui ont été collectées. Pourquoi vous ne venez pas vous rendre compte par vous-même ?

Pourquoi pas, effectivement ?

– Je serai là, affirma-t-il.

Il venait d'abandonner toute tentative d'enfiler une chaussette sur son pied gauche et le glissait dans une sandale quand il entendit un véhicule cahoter sur le chemin qui menait à son habitation. Puis se garer. Le vent d'ouest poussa un petit nuage de poussière devant la porte moustiquaire et, quelques instants plus tard, l'agent Bernadette Manuelito fit son apparition. Elle apportait ce qui ressemblait à un plateau, couvert d'un tissu blanc qu'elle maintenait en place d'une main à cause du vent tandis qu'elle tapait contre la porte moustiquaire avec l'autre main.

– *Ya'eeh te'h* *, dit-elle. Comment va cette cheville ? Est-ce que vous avez envie de manger quelque chose ?

Chee répondit que oui. Mais pas tout de suite. Il avait une course à faire qui ne pouvait attendre.

Bernie regardait depuis un instant la sandale à son pied gauche, en fronçant les sourcils. Ce n'était pas beau à voir. Elle secoua la tête.

– Vous ne pouvez aller nulle part. Vous ne pouvez pas conduire. Vous rêvez ou quoi ?

Elle posa le plateau sur la table.

– C'est seulement à l'aéroport de Farmington. Bien sûr que si que je peux conduire. Pourquoi pas ? C'est le pied droit qu'on utilise pour l'accélérateur et le frein.

– Enlevez cette sandale, lui ordonna-t-elle. Nous allons refaire votre pansement. Si vous pensez que ça ne peut pas attendre, je vais vous y conduire, moi.

Et bien sûr, il en alla ainsi.

La petite blonde au léger coup de soleil qu'il avait remarquée près de l'hélicoptère, quand il était venu parler à Jim Edgar, s'avéra être P.J. Elle se tenait à côté de l'appareil, une boîte métallique noire à la main, reliée par un câble isolant à la grosse nacelle blanche qui était montée sur le patin d'atterrissage de l'hélicoptère. Quand elle vit Chee arriver en boitant, son visage se fit dubitatif. *Rien de surprenant*, pensa-t-il. Il portait son jean d'intérieur tout râpé et fripé, et un T-shirt qu'avait éclaboussé le ragoût de mouton apporté par Bernie, lorsqu'elle avait négocié un passage bosselé à vitesse trop rapide.

Chee présenta l'agent Bernadette Manuelito, exceptionnellement soignée et élégante dans son uniforme, avant de se présenter à son tour.

P.J. sourit.

– Et moi Patti Collins. Juste une petite minute, le temps que je transfère ces données.

Jim Edgar était appuyé au chambranle de son hangar d'où il les regardait. Il leva la main pour dire bonjour.

– Alors, vous l'avez retrouvé, l'avion de Grand-père Timms, cria-t-il.

Puis il disparut dans la direction de son établi. P.J. débranchait le câble.

– Vous êtes venu vite, dit-elle. On va tout emmener dans le labo pour regarder ce qu'on a.

Le labo était une maison mobile Winnebago d'apparence normale, dont l'extérieur blanc avait grand besoin d'être nettoyé mais dont l'intérieur était immaculé.

– Asseyez-vous quelque part, leur dit P.J.

Elle relia sa boîte métallique noire à une console d'allure coûteuse insérée dans la partie arrière du véhicule, et se livra à ces manipulations incompréhensibles que maîtrisent les spécialistes.

La console émit des bruits d'ordinateur. L'imprimante en réseau entreprit de cracher un rouleau de papier. P.J. étudia le résultat.

– Eh bien, fit-elle. Je ne sais pas si cela va beaucoup vous aider, mais c'est intéressant.

Elle détacha une soixantaine de centimètres de papier qu'elle étala sur une carte à grande échelle éditée par le Service des Relevés géologiques des États-Unis, posée sur le plateau de la table à l'endroit où Chee et Bernie étaient assis.

– Regardez, dit-elle en suivant du doigt des lignes ondulées très rapprochées sur la sortie papier. Ça correspond à ceci.

Du même doigt elle parcourut Gothic Creek sur la carte d'état-major.

Pour Chee, cela ne voulait rien dire du tout.

– Oh, fit-il.

– Cela montre qu'il y a eu diffusion de matière radioactive vers l'aval à partir de ce point, expliqua-t-elle en appliquant le doigt sur le *h* de Gothic Creek figurant sur la carte.

– Cela indique-t-il que les déchets de la mine pouvaient se trouver là ? demanda Chee. Voilà qui serait intéressant.

– Oui, confirma P.J. en étudiant à nouveau le tirage papier. Maintenant, mon problème est de savoir si c'est assez intéressant pour faire effectuer un détour de trois ou quatre kilomètres à l'hélicoptère, demain, afin de réaliser un balayage plus précis.

– Ça nous aiderait énormément, l'encouragea Chee.

– Je vais en parler aux pilotes, dit-elle. Ça leur demanderait à peine une vingtaine de minutes supplémentaires. Et de toute façon, si c'est assez radioactif, il serait bon que ça figure sur la carte.

– Est-ce qu'il y aurait assez de place pour que j'aille avec eux ?

P.J. le dévisagea d'un air de doute.

– Vous boitiez en vous appuyant sur votre canne. Qu'est-ce qu'elle a, votre cheville ?

– Je me suis fait une entorse, dit-il. Elle est pratiquement guérie.

Elle gardait quand même son attitude sceptique.

– Vous êtes déjà monté en hélicoptère ?

– Deux fois. Je n'ai apprécié ni la première, ni la seconde, mais mon estomac supporte le mal des transports.

– Je vous tiendrai au courant. Donnez-moi le numéro où vous serez ce soir. Si ça marche, je vous appellerai et je vous dirai où vous pourrez retrouver le camion de ravitaillement.

21

Pour une fois, Chee s'était manifesté au moment propice. Comme promis, P.J. l'avait appelé. Oui, ils allaient opérer une légère modification concernant leur programme du lendemain et effectuer un détour de quelques kilomètres pour se livrer à un survol de contrôle à basse altitude dans le bassin de Gothic Creek. Il pouvait les accompagner. Tout avait plus ou moins été réglé et approuvé. Néanmoins, c'était l'une de ces situations où « moins ça se saura, mieux ça vaudra ». Pourquoi courir le risque qu'un personnage haut placé, loin par la distance, aille imaginer que cette interprétation rationnelle des règlements puisse causer des problèmes ? Le moment le plus économique et le mieux adapté pour effectuer ce détour serait l'ultime vol de la journée. Chee devrait se trouver à côté du camion-citerne à quatorze heures quarante, heure à laquelle celui-ci serait à l'endroit où il l'avait vu antérieurement, rangé sur le bord de la route qui conduisait au ranch de Timms sur Casa Del Eco Mesa.

– Merci, dit le policier navajo. J'y serai en avance.

Et il y était. Il s'était rendu au bureau dans la matinée, avait mis à jour ses tâches administratives, réglé diverses corvées pour le capitaine Largo, puis il avait déjeuné, s'était acheté quelques réserves (y compris une pomme supplémentaire à offrir à Rosner) et avait pris le chemin de la mesa, à l'ouest. À quatorze heures quinze, Rosner et lui étaient assis à l'ombre du camion où ils grignotaient en regardant arriver l'hélicoptère. C'était le même gros appareil Bell blanc, avec ses nacelles détecteuses de radiations montées sur les patins d'atterrissage, et le pilote se posa suffisamment loin pour leur éviter les violentes projections de poussière.

Rosner approcha le camion-citerne. Il présenta Chee au pilote et commença à remplir le réservoir.

– P.J. m'a touché un mot de ce que vous cherchez, dit le pilote. Je ne suis pas certain qu'elle ait bien compris. Une galerie qui s'ouvre dans la paroi du canyon. C'est bien ça?

Il s'appelait Tom McKissack. Il faisait la soixantaine burinée et Chee se souvint que P.J. lui avait parlé de McKissack comme de l'un de ces pilotes de l'armée qui avaient survécu aux périlleuses missions de sauvetage des hommes de la Division aéroportée blessés sur différents champs de bataille du Viêt-nam. Il présenta Chee au copilote, un gars plus jeune que lui, nommé Greg DeMoss, lui aussi ancien combattant ayant servi dans les hélicoptères, et à Jesse, qui allait être chargé du travail technique. Tous trois paraissaient fatigués, couverts de poussière et pas particulièrement enchantés par ce détour.

– Apparemment elle a bien compris, répondit Chee. Nous tentons de déterminer l'emplacement d'une ancienne mine de charbon dont les mormons ont abandonné l'exploitation dans les années 1880. Nous pensons que l'entrée se trouvait assez haut à flanc de falaise. Probablement au niveau d'une saillie, ce genre de chose. Avec peut-être aussi, au sommet, les vestiges d'une structure conçue pour hisser le charbon hors de la mine et le décharger.

McKissack hocha la tête et regarda l'appareil photo Polaroïd que Chee avait apporté.

– Il paraît que ces trucs-là sont drôlement mieux qu'avant, dit-il.

Il remit à Chee un sac pour vomir ainsi qu'un casque de vol en lui expliquant comment fonctionnait le système d'interphone.

– Vous allez être assis sur la droite, derrière DeMoss, ce qui vous donne une superbe vue de ce côté-là, mais pas grand-chose sur l'avant et sur la gauche. Par conséquent, si votre mine se trouve du côté est, votre meilleure chance de la voir sera quand nous suivrons la rivière vers la San Juan, au nord.

– D'accord.

– Normalement, nous volons à cinquante mètres au-dessus du sol, ce qui signifie que notre matériel balaie une bande de terrain de cent mètres de large. Dans un canyon, ça peut être plus bas, mais il est rare que nous descendions sous les quinze mètres. Enfin, si vous voyez quelque chose qui vous intéresse, gueulez un bon coup. Si la situation le permet, je peux rester en vol stationnaire une minute pour que vous preniez éventuellement des photos.

McKissack lança les rotors.

– Encore une chose, avertit-il d'une voix qui transitait maintenant par le système d'interphone. On s'est fait tirer dessus plusieurs fois par ici. Soit les gens nous confondent avec les hélicoptères noirs dont les commandos de la Grande Conspiration se servent pour se rendre maîtres du monde, soit c'est parce que nous effrayons leurs moutons. Qui sait ? Est-ce que nous avons des chances de servir de cible dans ce canyon particulier ?

Chee réfléchit un moment et donna une réponse franche.

– Probablement pas, dit-il.

Ils décollèrent dans un chaos associant poussière, rugissement du moteur, brassement d'air par les pales.

Par la suite, Chee ne garda que peu de souvenirs de ce vol, mais ceux qu'il conserva étaient d'une extrême précision.

Le plateau de roches multicolores creusé d'un labyrinthe de canyons finissant tous par se jeter dans l'étroite ceinture verte du lit de la San Juan. Des centaines et des centaines de kilomètres de roches sculptées, interrompus au nord par le bleu-vert des montagnes. Les rayons inclinés du soleil de l'après-midi renforçaient cette succession d'ombres denses et de grès d'un rouge éclatant. Dans son oreille, Chee entendit la voix expliquer :

– Vous voyez pourquoi les mormons appelaient les environs de Bluff, « le Trou dans le Roc ».

Et celle du technicien ajouter :

– S'il y avait un marché pour la caillasse, nous serions tous riches.

Puis ils se laissèrent descendre dans le canyon de Gothic Creek, volant vers le nord à vitesse réduite, avec le rebord de Casa Del Eco Mesa au-dessus d'eux et l'immense bosse érodée de Nokaito Bench sur leur gauche. La voix du pilote lui apprit qu'ils étaient à environ trois kilomètres en amont par rapport au point où leur carte de détection avait indiqué les traînées radioactives qui migraient dans le lit du canyon.

– Ça va être dans quelques instants à peine, prévint McKissack. Faites-moi savoir si vous apercevez quoi que ce soit.

Chee appuyait la tête contre la vitre en plexiglas et voyait les falaises de pierre défiler lentement. Ici, l'érosion due au ruissellement des eaux avait tailladé le grès. Là, un éboulement de roches avait causé un semi-barrage en contrebas. Là encore, des variations géologiques avaient engendré la formation d'une terrasse irrégulière. Par endroits, la falaise formait presque un à-pic de grès rose. À d'autres, elle était rayée, présentant les bandes sombres du charbon, le bleu des schistes, le rouge là où le minerai de fer avait coloré la roche.

– Ça devrait être tout près, avertit McKissack. Je crois qu'on peut supposer que les radiations des anciens déchets ont été emportées par le courant.

Le canyon de Gothic Creek s'était un peu élargi et l'hélicoptère s'y déplaçait à vitesse réduite, presque à la hauteur du sommet, du côté où se trouvait Chee. Il distinguait une nouvelle saillie rocheuse qui s'élevait progressivement depuis le fond du canyon, offrant une prise à un fouillis de chamisas, d'herbes-aux-serpents et d'arroches rabougries par la sécheresse. Elle montait à l'oblique vers la large traînée noirâtre d'une veine de charbon. Puis, quelques mètres à peine devant lui, juste un peu plus bas, il aperçut ce qu'il espérait.

– Il y a un trou de taille assez conséquente dans le gisement de charbon qui se trouve devant nous, annonça McKissack. Vous pensez que ça pourrait être ce que vous cherchez ?

– Ça se pourrait, confirma Chee.

Ils passèrent lentement devant tandis qu'il photographiait.

– Vous avez remarqué cette structure, en haut ? demanda McKissack. Sur la mesa ?

– Est-ce que vous pourriez prendre un tout petit peu d'altitude pour que je puisse en faire un cliché ?

L'hélicoptère grimpa dans les airs. Presque à la verticale au-dessus de l'entrée de la mine se trouvaient les vestiges d'une bâtisse en pierre, pour l'essentiel privée de toit. Certains des murs s'étaient écroulés, et un squelette de troncs de pins en forme de pyramide pointait en son centre.

– Eh bien dites donc, fit McKissack, ça vous va comme ça ?

– J'ai fini et je vous remercie, lui répondit Chee.

– Malheureusement, vous n'avez pas tout à fait fini. Nous devons continuer sur ce rythme jusqu'à la San Juan, puis revenir, et après nous retournons survoler la mesa pour finir notre travail de cartographie là-bas.

– Combien de temps à peu près ?

– À peu près une heure et trente-quatre minutes pour parcourir six kilomètres et demi vers le nord, puis virage serré en prenant de l'altitude, six kilomètres et demi vers le sud, nouveau virage serré en prenant de l'altitude et six kilomètres et demi vers le nord. On fait ça jusqu'à ce qu'on ait survolé notre carré. Après on atterrit, on remplit le réservoir de carburant et on recommence. Sauf que cette fois ce sera l'heure de débrayer et on en aura terminé pour aujourd'hui.

La voix suivante fut celle du technicien.

– Et on revient demain pour refaire la même chose sur un carré identique de six kilomètres cinq sur six kilomètres cinq. Le seul moment où il y a une rupture dans la monotonie, c'est quand quelqu'un nous tire dessus.

22

Joe Leaphorn débarrassa les affaires du petit déjeuner, se versa une deuxième tasse de café et étala sa carte sur la table de la cuisine. Il l'étudiait quand il entendit des pneus rouler sur les gravillons de la zone de stationnement devant sa maison. Il écarta le rideau et contempla un pick-up Dodge Ram vert foncé poussiéreux. Le véhicule lui était inconnu, mais l'homme qui en était descendu et qui se hâtait dans l'allée était Roy Gershwin. Ses traits n'annonçaient rien de bon.

Leaphorn ouvrit la porte, le fit pénétrer dans la cuisine.

– Qu'est-ce qui vous amène à Window Rock de si bon matin ? demanda-t-il.

– J'ai reçu un coup de téléphone hier soir. Des menaces. Un homme. Il donnait l'impression d'être assez jeune. Il m'a dit qu'ils allaient venir me rendre une petite visite.

– Qui c'était ? Et vous rendre une visite pourquoi ?

Gershwin s'était affalé sur la chaise, ses longues jambes étendues sous la table. Il paraissait nerveux et en colère.

– Je ne sais pas qui c'était. Enfin, je pourrais peut-être deviner. J'ai eu le sentiment que je connaissais sa voix, mais je crois qu'il tenait quelque chose devant sa bouche. Ou qu'il essayait de la déguiser. Si c'était celui à qui je pense, il fait partie de leur foutue milice. En tout cas, c'était une histoire de milice. Le type m'a dit qu'ils avaient appris que je les avais dénoncés et que j'allais payer pour ça.

– Eh bien, on dirait que vous aviez raison de vous méfier de ces gens-là. Je vais vous apporter une tasse de café.

– J'en veux pas, de café. Je veux savoir ce que vous avez fait pour me foutre dans la merde comme ça.

– Ce que j'ai fait ?

Leaphorn écarta la cafetière de la tasse propre, remplit la sienne.

– Voyons un peu. D'abord, j'ai simplement réfléchi à ce que vous me demandiez de faire pour vous. Je n'ai pas réussi à trouver un moyen de m'en acquitter sans me retrouver dans une situation intenable... avec le choix entre raconter au juge que vous étiez mon informateur, ou aller en prison pour refus d'obtempérer à une injonction de la cour.

Il s'assit en face de Gershwin et porta sa tasse à ses lèvres.

– Vous êtes sûr que vous n'en voulez pas ?

Gershwin secoua la tête.

– Après, je suis allé du côté de Bluff et de ses environs pour parler de ces individus avec des gens de là-bas. J'ai appris des petites choses sur tous, mais surtout sur Jorie.

Il regarda Gershwin par-dessus le bord de sa tasse avant de continuer.

– J'ai décidé d'aller voir s'il y en avait qui étaient chez eux. Jorie y était.

– Il s'est suicidé. C'est bien ça ? C'est vous, alors, qui avez découvert son corps.

Leaphorn hocha la tête.

– Le journal disait qu'il a laissé une lettre d'explication. C'est vrai ?

– Oui, confirma Leaphorn. Il y en avait une.

Il s'interrogea sur ce qu'il allait répondre quand Gershwin lui en demanderait le contenu. Mais il ne posa pas la question.

– Je me demande pourquoi... commença l'éleveur avant de s'interrompre puis de reprendre : le compte rendu du journal disait que ce message était un peu une confession. Qu'il révélait le nom des deux autres. C'est vrai ?

Leaphorn confirma de la tête.

– Dans ce cas je ne vois pas pourquoi ces salopards de la milice m'accusent de ça.

Le ton de sa voix indiquait la fureur, son regard également.

– C'est un mystère, dit Leaphorn. Vous pensez qu'ils vous soupçonnent de savoir beaucoup de choses sur leur plan, concernant le vol du casino, et d'avoir tout raconté ? Une chance que ce soit ça ?

– Je ne vois pas comment ça serait possible. Quand j'allais aux réunions, il y avait toujours quelqu'un qui parlait d'organiser une action d'éclat. Quelque chose qui attirerait l'attention sur leur petite révolution. Mais personne n'a jamais parlé d'un vol.

Leaphorn abandonna le sujet. Il but une nouvelle gorgée de café, regarda l'éleveur, attendit.

Gershwin abattit son poing sur la table.

– Bordel de merde ! s'exclama-t-il. Pourquoi les flics sont incapables d'attraper ces salauds ? Ils sont quelque part dans la nature. Ils ont leurs noms. Ils savent à quoi ils ressemblent. Ils savent où ils habitent. Ils connaissent leurs habitudes. C'est exactement comme le fiasco de 98. Vous avez des agents du FBI qui grouillent partout. Plus vous, les flics navajo, la police des frontières, des forces qui représentent quatre États différents, des shérifs de comtés, et vingt autres sortes de flics qui passent leur vie à dresser des barrages routiers. Bon Dieu, pourquoi ils sont incapables d'aboutir à un résultat ?

– Je ne sais pas. Mais il y a assez de canyons dans la région pour engloutir dix mille policiers.

– Vous avez sans doute raison. Ce n'est sûrement pas raisonnable de ma part. (Il secoua la tête.) Pour être totalement franc avec vous, j'ai peur. Je le reconnais. Ce type qui est allé à la station-service de Bluff, l'autre matin, il aurait tout aussi bien pu venir chez moi. Je pourrais être mort, à l'heure qu'il est. Mort dans mon lit. À attendre qu'il y ait quelqu'un qui passe par là et qui découvre mon corps.

Leaphorn tenta de penser à quelque chose de rassurant à dire. Le mieux qu'il put trouver fut qu'à son avis les bandits préféreraient prendre la fuite plutôt qu'en découdre. Ce qui ne sembla pas consoler Gershwin.

– Vous ne savez pas si le filet se resserre ? Est-ce qu'on a trouvé où ils pourraient bien être ?

Leaphorn fit non de la tête.

– Si je savais ça, je pourrais dormir un peu mieux. Pour l'instant, je ne dors pas du tout. Je reste assis dans mon fauteuil dans le noir avec mon fusil en travers des genoux.

Il posa un regard suppliant sur Leaphorn.

– Je parie que vous savez quelque chose. Vu tout le temps que vous êtes resté dans la police, tous les autres flics que vous connaissez et tout, et le FBI, ils doivent vous dire quelque chose.

– Les derniers renseignements qui me sont parvenus concernent des éléments qui sont largement de notoriété publique. Le camion volé a été abandonné là-bas, sur la mesa au sud de la San Juan, et à ce que je comprends, c'est là qu'on essaie de repérer des traces. Au sud de Bluff et de Montezuma Creek et jusqu'au bassin d'Aneth...

La sonnerie du téléphone, sur la table, l'interrompit.

Il décrocha.

– Leaphorn à l'appareil.

– Jim Chee. Nous avons trouvé la mine.

L'exubérance le faisait parler fort.

– Oh. Où ça ?

– Vous avez votre carte sous les yeux ?

– Une petite minute.

Leaphorn la rapprocha de lui, prit son stylo.

– Je vous écoute.

– L'entrée ne se trouve pas à plus de neuf mètres sous le rebord de la mesa. Dans les trente, trente-cinq mètres au-dessus du lit du canyon, sur une corniche assez large. Et en haut, il y a les ruines de ce qui devait être un bâtiment d'assez grande taille. La majeure partie du toit n'est plus là, mais une grande portion des murs de pierre sont toujours debout. Et l'armature de ce qui pouvait être un système destiné à hisser des trucs hors du puits dépasse au sommet.

– Ça ressemble à ce que vous espériez trouver.

– Et la raison pour laquelle ça cadre avec cette hypothèse, c'est que du bas du canyon, on ne peut pas apercevoir l'entrée de la galerie. Elle est à une trentaine de mètres de haut, dissimulée par la corniche.

– Comment l'avez-vous trouvée ?

Chee rit.

– La solution de facilité. J'ai tendu le pouce devant l'hélicoptère de l'Agence pour la Protection de l'Environnement.

Leaphorn tenait encore son stylo en suspens.

– C'est où, par rapport à l'endroit où ils ont abandonné le camion ?

– À peu près à trois kilomètres au nord... peut-être un peu moins.

Leaphorn traça un de ses petits x précis à l'endroit exact. Il jeta un coup d'œil en direction de Gershwin.

– De quoi s'agit-il ? demanda celui-ci.

L'ancien lieutenant lui adressa un geste pour lui dire « une petite seconde ».

– Est-ce que vous en avez averti le FBI ?

– Je vais appeler le capitaine Largo, là, tout de suite. Je vais le laisser expliquer ça aux fédéraux.

– Ça avait l'air intéressant, dit ensuite Gershwin. Est-ce qu'ils ont trouvé quelque chose ?

Leaphorn hésita.

– Peut-être. Peut-être pas. Ils recherchaient une ancienne mine abandonnée depuis longtemps, par là-bas. Un des milliers d'endroits où des gens pourraient se cacher.

– Une ancienne mine de charbon, répéta Gershwin. Il y en a des quantités par ici. Vous pensez que c'est quelque chose sur quoi je peux compter ? Pour recommencer à dormir tranquillement ?

Leaphorn haussa les épaules.

Vous voulez dire, est-ce que je serais prêt à parier ma vie là-dessus ?

– Ouais. Je pense que c'est ça que je veux dire.

Il se leva, prit son chapeau, baissa les yeux sur la carte.

– Ah, et puis merde à la fin. Je crois que je vous dois des excuses, Joe, à débouler comme ça chez vous. Je vais rentrer, faire mes paquets et aller m'installer dans un motel en attendant que cette histoire soit réglée.

23

Le sergent Jim Chee entra en boitant dans le bureau encombré du capitaine Largo, se sentant plus mal à l'aise encore que d'ordinaire quand il venait le voir. Et non sans raison. Quand il s'était garé sur le parking de la Police tribale navajo, il avait remarqué deux des Ford Taurus noires et rutilantes appartenant au FBI. Les relations professionnelles qu'il entretenait avec la force de l'ordre la plus nombreuse au monde en effectifs avaient souvent été marquées par des frictions. Et le coup de téléphone du capitaine Largo lui enjoignant de se présenter à cette réunion avait été encore plus sec que d'habitude.

– Chee, lui avait-il ordonné, ramenez votre cul et vite.

Le policier navajo adressa un signe de tête à l'agent spécial Cabot et à l'autre personnage bien habillé qui était assis en face de Largo, prit la chaise que le capitaine lui désignait. Il posa sa canne en travers de ses cuisses et attendit.

– Vous connaissez déjà l'agent Cabot, lui dit Largo. Et ce monsieur est l'agent spécial Smythe.

S'ensuivirent des échanges réciproques de murmures et de hochements de tête.

– J'essaye de leur expliquer pourquoi vous pensez que cette vieille mine que vous avez découverte pourrait être l'endroit où aller chercher Main de Fer et Baker. Ils me répondent qu'ils ont déjà exploré toutes les mines qui sont plus profondes que des trous de chien, sur cette mesa. Si vous en avez trouvé une qui leur a échappé, ils veulent savoir où elle se situe.

Chee le leur indiqua, estimant au plus près la distance entre l'entrée de la galerie de mine, dans la paroi du canyon, et la San Juan, et celle qui séparait la construction du bord du canyon.

– Vous avez repéré ça d'un hélicoptère ? interrogea Cabot. C'est exact ?

– C'est exact.

– Est-ce que vous saviez que nous avons interdit les vols d'appareils privés dans le périmètre de cette zone ? demanda Cabot.

– J'ai bien pensé que vous l'aviez fait. Une bonne idée. Autrement, vous auriez tous les chasseurs de primes qu'attire la récompense offerte par vos soins qui viendraient encombrer les couloirs aériens.

Cette remarque entraîna un bref silence pendant que Cabot décidait de la façon dont il allait répondre à... cette allusion à peine voilée aux déferlements de rires que le Bureau avait déclenchés durant le fiasco de 1998 en offrant une récompense de 250 000 dollars, et en la faisant promptement suivre d'une exhortation destinée aux nuées de chasseurs de primes attirés par l'argent, priant ceux-ci de bien vouloir s'en aller. Ce qu'ils n'avaient pas fait.

Cabot décida de ne pas relever la remarque.

– Il me faut le nom de la compagnie à laquelle appartient cet appareil.

– En réalité, il ne s'agit pas d'une compagnie. C'était un hélicoptère du gouvernement fédéral.

Cabot eut l'air surpris.

– De quelle agence ?

– Du ministère de l'Énergie. Je crois que sa base est sur le secteur d'essais de Tonapaw, dans le Nevada.

– Le ministère de l'Énergie ? Qu'est-ce que les gens du ministère de l'Énergie fabriquent ici ?

Chee avait décidé qu'il n'aimait pas beaucoup l'agent spécial Cabot, pas plus que ses manières, sa cravate et ses chaussures bien cirées, ou le fait que son salaire était au moins deux fois supérieur au sien, sans compter les nombreux avantages en nature dont bénéficiaient les fonctionnaires gouvernementaux.

– Je ne sais pas, répondit-il.

Le capitaine Largo le fusilla du regard.

– Je crois que le ministère de l'Énergie a prêté cet appareil à l'Agence pour la Protection de l'Environnement, précisa Chee avant d'attendre la question suivante.

– Ah, voyons, dit Cabot. Je vais formuler ma question autrement pour que vous puissiez la comprendre. Qu'est-ce que les gens de la Protection de l'Environnement fabriquent ici ?

– Ils sont à la recherche des anciennes mines qui pourraient constituer une menace pour l'environnement. Ils en établissent un relevé cartographique. Le Bureau ne le savait pas ?

Cabot, habitué à poser des questions et non à y répondre, parut surpris à nouveau. Il hésita. Lança un regard à Largo. Chee jeta lui aussi en regard en direction du capitaine. Le sourire presque contenu de celui-ci montrait qu'il n'ignorait nullement ce que Chee était en train de faire et qu'il n'était pas aussi fâché qu'il en avait donné l'impression une minute auparavant.

– Je suis certain que si, répondit Cabot dont le visage s'était légèrement empourpré. Je suis certain que si ce travail de relevé pouvait nous être d'une quelconque utilité dans cette affaire, nous nous en servirions.

Chee hocha la tête. La balle était dans le camp du FBI. Il fut plus patient que Cabot qui décocha un nouveau regard à Largo. Lequel avait trouvé quelque chose d'intéressant à observer par la fenêtre.

– Sergent Chee, reprit Cabot, le capitaine Largo nous dit que vous auriez une raison de soupçonner cette mine bien particulière d'être utilisée par les auteurs du vol commis au Casino Ute. Voulez-vous bien nous expliquer cela, je vous prie ?

C'était le moment qu'il redoutait. Il pouvait se représenter l'expression amusée de Cabot quand il essaierait de lui expliquer que cette idée s'inspirait d'une légende tribale ute, et qu'il essaierait de lui décrire un héros capable de bondir du fond des canyons jusque sur le sommet des mesas. Il prit une profonde aspiration et se lança.

Il passa rapidement sur la relation de parenté entre George Main de Fer et le premier Main de Fer, sur la façon dont les Navajos ne parvenaient pas à rattraper ce scélérat, sur l'idée que, puisque cet individu portait le nom que les Utes attribuent au blaireau, il se pourrait qu'il ait, comme cet animal, un terrier dans lequel se cacher qui comporterait une sortie au même titre qu'une entrée. Comme il s'y était attendu, Cabot et son collègue semblèrent amusés. Le capitaine Largo n'avait pas l'air de l'être, lui. Plus question de réprimer un sourire. Son visage était renfrogné. Chee se rendit compte qu'il parlait de plus en plus vite.

– Et donc, comme l'Agence pour la Protection de l'Environnement effectuait ses relevés, je me suis fait prendre en stop par leur hélico et c'est là que je l'ai vue. La vieille entrée sur une corniche, en hauteur, à flanc de canyon, avec, au-dessus, les ruines de l'ancienne mine en surface. Ça se tenait. J'ai recommandé au capitaine Largo de procéder à une vérification.

Cabot l'étudiait.

– Voyons voir, dit-il. Vous pensez que les gens qui extrayaient du charbon de la falaise, dans le canyon, ont décidé de creuser à la verticale pour atteindre le sommet ? Si je m'y connais un peu en géologie, ça leur aurait fait traverser plusieurs couches de grès épaisses et toutes sortes d'autres strates. Je me trompe ?

– En fait, moi, je me les représentais plutôt creusant du haut vers le bas, corrigea Chee.

– Est-ce que vous pouvez nous décrire la vieille construction sur cette mine ? demanda Cabot. Le bâtiment ?

– J'en ai des photos. J'avais emporté mon Polaroïd.

Il tendit à Cabot deux clichés des anciennes structures, un pris au niveau du sommet, l'autre de plus haut.

Cabot les contempla avant de les tendre à son collègue.

– C'est celle-là à laquelle tu pensais ? lui demanda-t-il.

– C'est elle, répondit Smythe. Nous l'avons localisée le jour où nous avons trouvé leur camion. Nous y avons envoyé une équipe pour l'inspecter l'après-midi même, ainsi que toutes les autres structures bâties sur cette mesa.

– Et vous avez trouvé quoi ? s'enquit Cabot qui de toute évidence connaissait déjà la réponse. Est-ce que vous y avez vu des traces suggérant que des gens pouvaient se cacher dans le puits de mine ?

Smythe parut amusé.

– Nous n'avons même pas vu un puits de mine. Ne parlons pas de gens. Juste des crottes de rongeurs en quantité, de vieilles, très vieilles ordures, un bric à brac de matériel cassé, des traces d'animaux, trois bouteilles de vin Thunderbird vides aux étiquettes usées par l'âge. Il n'y avait absolument aucun signe d'occupation humaine. Pas durant ces dernières années.

Cabot rendit les photographies à Chee avec un sourire.

– Vous voulez peut-être les ranger dans votre album, dit-il.

24

Conformément aux habitudes qu'il avait observées durant toute sa vie, Joe Leaphorn était allé se coucher tôt.

Le professeur Louisa Bourebonette était rentrée tard de son expédition de collecte des mythes ute. La portière de sa voiture, en claquant devant la fenêtre de la chambre, avait réveillé l'ancien lieutenant. Il resta allongé à l'écouter discuter d'un quelconque et ésotérique problème de traduction avec Conrad Beccnti. Il l'entendit rentrer, bouger dans la cuisine, ouvrir et refermer la porte de ce qui avait été l'espace de travail privé d'Emma et leur chambre d'amis, puis ce fut le silence. Il analysa ses sentiments par rapport à tout cet ensemble : la présence d'une autre personne dans la maison, l'utilisation par une autre femme de l'espace d'Emma ainsi que les questions afférentes. Il ne parvint pas à une conclusion. L'instant suivant, il avait le soleil en pleine figure, il entendait sa machine Mister Coffee émettre les bruits étranglés par lesquels elle signalait que son travail était accompli et que le matin était là.

Devant la cuisinière, Louisa préparait des œufs brouillés.

– Je sais que tu les aimes brouillés parce que c'est toujours ce que tu demandes.

– C'est vrai.

Il avait répondu ainsi tout en se disant que parfois il les aimait brouillés, parfois au plat, et rarement pochés. Il remplit deux tasses de café et s'assit.

– J'ai eu une journée assez productive, dit-elle en servant les œufs. Le vieux monsieur de la maison de retraite de Cortez nous a relaté une version de l'histoire de la migration ute que j'ai déjà entendue. Et toi ?

– Gershwin est venu me voir.

– Vraiment ? Qu'est-ce qu'il voulait ?

– Pour te dire la vérité, c'est la question que je continue à me poser. Je ne sais pas trop.

– Alors qu'est-ce qu'il t'a dit qu'il voulait ? Je parie qu'il n'est pas simplement venu te remercier.

Leaphorn gloussa.

– Il m'a dit qu'il avait reçu un coup de téléphone de menace. Quelqu'un qui l'accusait d'avoir renseigné la police. Il m'a dit qu'il avait peur, et ça en donnait bien l'impression. Il voulait savoir ce qui était fait pour arrêter les malfaiteurs. Si la police avait la moindre idée de l'endroit où ils étaient. Il m'a dit qu'il allait s'installer quelque part dans un motel en attendant que tout soit terminé.

– Ça pourrait lui faire une sacrée note, railla Louisa. Les deux auteurs du coup de 1998 sont toujours dans la nature, à mon avis. Il paraît que le FBI a cessé de laisser entendre qu'ils étaient morts.

– Ouais, confirma Leaphorn.

Il but du café, beurra son pain grillé, mangea les œufs brouillés qui n'étaient pas tout à fait assez baveux à son goût et essaya de déterminer ce qui l'ennuyait vraiment dans la visite de Gershwin.

– Il y a quelque chose qui te tracasse, remarqua Louisa. C'est ce crime ?

– Ça doit être ça. Ça ne me concerne plus, mais il y a des éléments qui m'intriguent.

Louisa n'avait consommé que des toasts et nettoyait autour de la cuisinière.

– Je retourne à Flagstaff, dit-elle. Reprendre toutes mes notes. Je vais m'emparer de ce vieux mythe magnifique qui, tout au long de ces générations, a flotté libre comme l'air, et je vais le stocker dans mon ordinateur. Et un de ces jours je le rappellerai sur mon disque dur et je le pétrifierai dans un article pour les éditions universitaires qui voudront bien le publier.

– La perspective n'a pas trop l'air de t'enchanter. Pourquoi tu ne laisserais pas ça en attente une journée de plus pour m'accompagner ?

Elle avait énoncé son discours face à l'évier où elle rinçait la poêle : elle se retourna, l'ustensile à la main.

– Où ça ? Faire quoi ?

Leaphorn réfléchit. Une bonne question. Comment lui expliquer ?

– En réalité, faire ce que je fais parfois quand il y a une chose que je ne parviens pas à m'expliquer. Je prends ma voiture pour aller marcher quelque part pendant un moment, ou alors je m'assieds simplement sur un rocher et j'attends que l'inspiration se manifeste. Parfois ça vient, parfois non.

L'expression de Louisa indiquait que ça lui convenait.

– En tant que spécialiste des sciences humaines, je crois que c'est une opération à laquelle j'aimerais bien assister.

Ils laissèrent donc la voiture du professeur et prirent vers le sud dans le pick-up de Leaphorn, empruntant la Route Navajo 12 avec, à droite, les falaises de grès du Manuelito Plateau, l'immense étendue désertique de Black Creek Valley sur la gauche et, droit devant, des nuages, éclairés par le soleil matinal, qui s'amoncelaient au-dessus des Falaises Peintes.

– Tu m'as dit qu'il y a des éléments qui t'intriguent, repritelle. Quoi, par exemple ?

– J'ai appelé une vieille amie à moi, à Cortez. Marci Trujillo. Avant, elle travaillait pour une banque, là-bas, qui était en affaires avec le Casino Ute. Je lui ai dit que l'estimation qui chiffre le butin à quatre cent mille dollars et des poussières me semblait un peu élevée. Elle m'a répondu que ça lui semblait correspondre assez bien à un vendredi de jour de paye en fin de mois.

– Ça fait une somme, dit Louisa. Et qui vient surtout de gens qui ne peuvent pas se permettre de perdre cet argent. Je pense que vous, les Navajos, vous avez eu bien raison de dire non aux jeux de hasard.

– Sans doute.

– En revanche, autrefois, quand les Utes vous volaient vos chevaux, il fallait qu'ils viennent jusqu'ici les chercher. Maintenant, c'est vous qui prenez la route pour leur apporter votre argent.

Leaphorn hocha la tête.

– Alors je lui ai dit qu'à mon avis le butin devait surtout se composer de petites coupures. Quelques très rares billets de cent ou de cinquante, et surtout des billets de vingt, de dix, de cinq et de un dollar. Elle m'a dit que ça lui paraissait une bonne estimation. Alors je lui ai demandé quel poids cela ferait.

– Quel poids ?

– D'après elle, si on considère que le billet moyen, dans la somme volée, se situe autour de dix dollars, ce qui à son avis doit être proche de la vérité, cela ferait quarante-cinq mille billets. Dont le poids s'élèverait pratiquement à quarante-huit kilos sept cent quatre-vingt-deux grammes, environ.

– Je n'y crois pas. Comme ça, là, sans réfléchir ?

– Non. Il a fallu qu'elle se livre à quelques calculs. Elle m'a expliqué que les banques reçoivent leurs réserves de billets par liasses précomptées. Ils les placent sur des balances spéciales pour s'assurer qu'il n'y a pas un indélicat qui prélèverait un billet ici ou là.

Louisa secoua la tête.

– Tant de choses se passent, dans le monde, dont nous autres universitaires n'avons aucune notion. (Elle se tut, réfléchit.) Par exemple, je me demande en quoi ce que tu viens de me dire suscite ta méfiance par rapport à la visite de Gershwin.

– À une époque, Ms [1] Trujillo a dirigé la banque où Everett Jorie avait son compte. Je lui ai demandé si elle pouvait me dire quelque chose sur sa situation financière. Elle m'a répondu, vraisemblablement pas, mais comme Jorie était décédé et son

1. Ms (« miz ») : abréviation neutre remplaçant Mrs et Miss afin d'abolir la discrimination entre femme mariée et célibataire. (*N.d.T.*)

compte bloqué jusqu'à ce que soit nommé un administrateur, elle pouvait peut-être me fournir des indications générales. Elle m'a signalé qu'il avait un compte courant et un compte d'épargne. Qu'il avait « un léger » solde sur le premier et « plusieurs milliers de dollars » sur le second. En plus d'une excellente solvabilité.

– Alors pourquoi diable... Mais il a dit que c'était pour contribuer au financement de leur petite révolution, non ? Je suppose que ça explique les choses. Mais ça n'explique pas comment tu as su où Jorie effectuait ses opérations bancaires.

– Le carnet de chèques était sur son bureau.

Louisa le regardait avec un grand sourire.

– Oh, vraiment ? Bien en évidence, comme ça, exactement à l'endroit où tout un chacun range ses chéquiers. C'était vraiment très commode pour toi, non ?

Il étouffa un éclat de rire.

– Bon, peut-être que j'ai dû ouvrir un tout petit peu un de ses tiroirs. Mais bon, après, je lui ai demandé si Roy Gershwin était client de sa banque, et elle m'a répondu plus maintenant, mais avant, oui. Ils lui ont refusé un prêt au printemps dernier, ce qui n'a pas plu à Gershwin qui est parti pour un autre établissement. Et j'ai voulu savoir si elle avait une idée de l'équilibre actuel de ses comptes. Elle a ri et elle m'a dit que ce n'était pas brillant au printemps dernier et qu'elle doutait fort qu'il y ait une amélioration. Je lui ai demandé pourquoi et elle m'a répondu qu'il risquait de perdre le bail correspondant à son pâturage le plus vaste. Une histoire de litige en attente d'une décision de la cour fédérale. Alors j'ai téléphoné au greffe du tribunal de Denver, dont il dépend, pour en savoir plus. On m'a rappelé pour me dire que le litige n'avait plus de raison d'être. Le plaignant est décédé.

Silence. Leaphorn obliqua pour quitter la Route Navajo 12 et prendre le Highway 134 qui s'enfonçait à l'intérieur du Nouveau-Mexique.

– Nous franchissons en ce moment le col Washington, annonça-t-il. Il porte le nom du gouverneur du Nouveau-

Mexique qui croyait que cette partie du monde était pleine d'or, d'argent, etc., et qui était un adepte précoce de la purification ethnique. C'est lui qui a envoyé Kit Carson, les Hispaniques du Nouveau-Mexique et les Utes pour nous regrouper et se débarrasser de nous... une bonne fois pour toutes. Il y a quelques années, le Conseil * tribal a obtenu du gouvernement qu'il accepte de changer ce nom, mais tout le monde continue à l'appeler le col Washington. Je suppose que ça prouve que nous autres Navajos, nous ne sommes pas rancuniers. Mais tolérants.

– Pas moi. J'en ai assez d'attendre que tu me donnes le nom du plaignant défunt.

– Je parie que tu as déjà deviné.

– Everett Jorie ?

– Exactement. Intéressant, non ?

– Oui. Laisse-moi y réfléchir.

Ce qu'elle fit :

– Ça pourrait constituer un mobile d'assassinat, non ?

– Ça serait suffisant, je dirais.

– Et il y aurait plein d'ironie à ça, si le terme d'ironie est celui qui convient. Ça fait penser à ces films sur la vie sauvage qu'on voit tout le temps à la télévision. Les lions plaquent les zèbres au sol, puis les chacals et les vautours arrivent pour tirer parti de la situation. Sauf que cette fois, c'est le vieux monsieur Timms qui essaye de gruger sa compagnie d'assurances et monsieur Gershwin qui tente de s'affranchir d'une action en justice.

– Ce n'est pas cela qui va contribuer à améliorer grandement l'opinion que l'on se fait de l'humanité.

Louisa paraissait toujours songeuse.

– Je parie que tu connais bien la personne que tu as appelée au greffe du tribunal, pas vrai ? Si moi, je téléphonais au tribunal du district en demandant le responsable du greffe, je me ferais renvoyer à quatre ou cinq reprises, de poste en poste, on me mettrait en attente et je finirais par parler à quelqu'un qui me dirait qu'il ne peut pas divulguer cette information, ou alors il faudrait que je me rende à Denver pour l'obtenir du juge ou quelque chose d'approchant.

Le ton de Louisa exprimait un léger ressentiment. Elle conclut :

– Le perpétuel, l'éternel, l'universel réseau réservé aux mecs, dans tous les domaines.

– J'avoue. Mais tu sais, le monde est petit ici, dans nos régions désertiques. Quand on est policier aussi longtemps que je l'ai été, on connaît pratiquement tous les gens qui touchent à la loi de près ou de loin.

– C'est sans doute vrai, reconnut Louisa. Alors il t'a dit qu'il allait courir te chercher ça tout de suite ?

– Je crois qu'il lui a suffi d'appuyer sur les bonnes touches de son clavier et *hop*, Jorie, Everett, plaignant, et une liste de requêtes archivées sous cette entrée. Quelque chose comme ça. Il m'a dit que ce Jorie faisait beaucoup travailler le tribunal fédéral. Et que par ailleurs, il avait attaqué notre monsieur Timms en justice. Une plainte parce qu'il enfreignait les droits des exploitants limitrophes par son utilisation illicite, comme aéroport, de terrains appartenant au Bureau de l'Attribution des Terres.

– Tiens donc. C'est sympa. Un porte-parole du ministère de la Défense appellerait ça des dommages périphériques.

– Des bénéfices périphériques, dans ce cas.

– L'expression, c'est dommages collatéraux. Mais son dernier message, alors ?

– Souviens-toi qu'il n'était pas écrit à la main sur du papier. Il était tapé sur ordinateur. N'importe qui aurait pu le faire. Et souviens-toi de la dernière chasse à l'homme. L'un des criminels a été retrouvé mort et le FBI a conclu à un suicide. Ça a pu donner à quelqu'un l'idée que les fédéraux ne manqueraient pas de foncer à nouveau sur cette conclusion.

Louisa rit.

– Tu sais ce que je me demande ? Si l'habile petit stratagème que monsieur Timms a tenté de monter suggère au lieutenant retraité Joe Leaphorn que Gershwin aurait pu y voir la même occasion de se libérer d'un procès.

Leaphorn eut un grand sourire.

– En fait, je crois bien que oui.

Près du sommet du col Washington, il quitta la chaussée pour s'engager sur une piste de terre qui s'enfonçait dans un bosquet de pins ponderosa. Il se gara au bord d'un à-pic et montra l'est du bras. Sous eux s'étalait un vaste paysage moucheté d'ombres de nuages et de rayons solaires de fin de matinée, limité au nord et à l'est par les profils des mesas et des montagnes. Ils se tenaient sur la corniche sans rien dire, à regarder.

– Sublime, dit Louisa. Je ne m'en lasse jamais.

– C'est le pays où je suis né. Emma me faisait venir ici pour le contempler, les fois où j'envisageais de prendre un poste à Washington.

Il montra le nord-est.

– Nous habitions juste là en bas, quand j'étais gosse, à une quinzaine de kilomètres, entre le comptoir d'échanges de Two Grey Hills et Toadlena. Ma mère a mis mon cordon ombilical en terre sous un pin pignon, sur la colline derrière notre hogan. (Il eut un petit rire.) Emma connaissait la légende. C'est le lien que l'enfant attiré par l'errance ne peut jamais rompre.

– Elle te manque encore, n'est-ce pas ?

– Elle me manquera toujours, répondit-il.

Louisa l'entoura de son bras et le serra contre elle.

– Plein est, dit-elle. Cet amas de nuages. Est-ce que ça pourrait être le Mont Taylor ?

– Oui, et c'est pour ça que son autre nom, je devrais dire un de ses autres noms, est Mère des Pluies. Les vents d'ouest sont obligés de monter en altitude, la brume se change en pluie au contact de l'air froid, puis les nuages reprennent leur course et répandent leur humidité avant d'arriver à Albuquerque.

– *Tsoodzil* en navajo, la Montagne Turquoise quand on traduit ça en anglais, la Montagne Sombre pour les pueblos du Rio Grande, et votre Montagne Sacrée de l'Est.

– Et droit au nord, à environ soixante-cinq kilomètres, il y a le Vaisseau de Pierre qui se dresse comme un doigt pointé sur le ciel et, plus loin, cette bosse bleue à l'horizon, c'est le nez de la Montagne du Ute qui Dort.

– Le lieu du crime.

Leaphorn ne répondit rien. Il avait les sourcils froncés, le regard braqué vers le nord. Il aspira une grande bouffée d'air, la relâcha.

– Quoi ? demanda Louisa. Pourquoi cet air inquiet, tout à coup ?

Il secoua la tête.

– Je ne suis pas sûr. On va descendre sur Two Grey Hills. Il faut que j'appelle Chee. Je veux m'assurer que le FBI a envoyé des hommes pour inspecter la vieille mine.

– Je me demande toujours pourquoi tu n'as pas un téléphone portable. Ils ne marchent pas bien par ici ?

– Jusqu'à ce que je quitte le métier, j'avais une radio dans ma voiture. Quand j'ai arrêté, je n'ai plus eu personne à appeler.

Une déclaration que Louisa trouva fort triste.

– Qu'est-ce que c'est que cette histoire de mine ? demanda-t-elle tandis qu'ils remontaient en voiture.

– Je ne t'en ai peut-être pas parlé. Chee cherchait une ancienne mine de charbon mormone, abandonnée au dix-neuvième siècle, qui avait peut-être une entrée dans le canyon et une autre au sommet de la mesa. Par où ils pouvaient extraire le charbon sans avoir à escalader en le portant. J'ai pensé que ça pouvait être la cachette utilisée par le père de Main de Fer. Cela expliquerait l'histoire que Vieille Femme Bashe te racontait, sur ses disparitions dans le canyon et ses réapparitions au sommet.

– Oui. Tu te dis que c'est là que les deux voleurs se cachent en ce moment ?

– Oui. Juste une possibilité.

Il vira sur la gauche, prit la piste de terre défoncée qui s'éloignait de la grand-route.

– Ça va secouer, prévint-il. Mais si on n'a pas de casse, il n'y a qu'une petite quinzaine de kilomètres par là. Si on fait le détour par la route, il y en a presque cinquante.

– Ce qui m'indique que tu es pressé de passer ce coup de fil. Tu veux me dire pourquoi ?

– Je veux m'assurer qu'il en a informé le FBI, répondit Leaphorn avant de rire. Il est très susceptible dans ses rapports avec les fédéraux. Il se vexe. Et s'il leur a dit, je veux savoir s'ils ont donné suite.

Louisa attendit, lui lança un regard, s'accrocha quand le petit camion s'inclina sur la pente en abordant un lit de rocailles dégagées par le ruissellement des eaux.

– Cela ne m'explique pas pourquoi tu es inquiet. Tout d'un coup.

– Parce que l'intérêt que Gershwin a montré pour l'emplacement de cette mine me revient maintenant.

Elle réfléchit.

– Ça paraît logique. Si quelqu'un te menace, tu vas te poser la question de l'endroit où il est.

– Tu as raison. Il n'y a probablement aucun motif de s'inquiéter.

Mais il ne ralentit pas.

25

Le sergent Jim Chee était dans sa maison-caravane, affalé sur une chaise, le pied maintenu par un oreiller sur sa couchette, la cheville entourée d'un sac en plastique à fermeture hermétique rempli de glace pilée. Bernadette Manuelito se tenait devant la cuisinière où elle préparait du café tout en respectant un profond silence parce qu'il n'était pas d'humeur à converser, ni rien.

Il avait revécu tout ce qui s'était passé dans le bureau de Largo, souffert une nouvelle fois de l'humiliation infligée par Cabot en lui rendant ses photos de la mine, du sourire narquois de l'agent spécial, du quasi-congé donné par le capitaine, de sa sortie piteuse du bureau sans avoir pu préserver un lambeau de dignité. Puis, l'esprit plein de rancœur, d'indignation et de mépris pour lui-même, alors qu'il ne prêtait aucune attention à l'endroit où il pouvait bien poser les pieds, il avait perdu l'équilibre en butant contre un obstacle sur le parking, était retombé de tout son poids sur sa cheville foulée avant de s'étaler de tout son long sur les graviers.

Et, bien évidemment, une nuée de policiers appartenant à chacune des forces impliquées dans la traque pour retrouver les bandits du casino s'étaient trouvés à point nommé pour assister au spectacle : deux de ses collègues de la Police tribale navajo qui venaient au rapport, la fille des communications radio qui sortait, trois ou quatre membres de la police des frontières venus d'El Paso, un agent du BIA avec lequel il avait travaillé autrefois, et deux représentants du FBI, issus de l'immense réserve en hommes de l'agence, qui traînaient là à se curer le nez en attendant que Cabot réapparaisse. Bien évidemment encore, au moment où il avait pris appui pour se relever, en tentant maladroitement d'empêcher le poids de porter sur sa cheville, Bernie était arrivée pour le saisir par le bras.

Elle était ici, maintenant, dans sa caravane, où elle jouait avec sa cafetière. Largo était sorti de son bureau et, en dépit des objections de Chee, il avait chargé la jeune femme de le conduire à la clinique pour y faire soigner sa cheville. Elle s'en était acquittée, l'avait ramené chez lui, et bien qu'ayant dépassé l'heure qui marquait la fin de son service, elle était quand même là, à mesurer la quantité de café sur son temps de loisir.

Et elle était très jolie, tandis qu'elle s'occupait de ça. Il s'efforça de détourner ses pensées de la jeune femme, n'ayant pas envie d'atténuer le sentiment d'apitoiement dont il se repaissait. Mais quand il la regardait, en contre-plongée, aussi bien de dos que de face, cela lui rappelait la comparaison avec Janet Pete. Elle n'avait pas l'éclatante élégance de Janet, sa perfection physique (qui dépendait, toutefois, de l'importance qu'on accorde à ce genre de chose) ni son raffinement. Mais, comment juger du raffinement de quelqu'un ? Est-ce qu'il fallait l'évaluer d'après les normes de l'Ivy League [1], de Stanford et du reste de la classe privilégiée politiquement correcte, ou d'après les critères de la communauté des campements à moutons dans les Monts Chuska, où le raffinement réclame l'acquis autrement exigeant et primordial de savoir marcher dans la beauté, d'être satisfait au sein d'un monde difficile ? Comme de telles pensées entraînaient une amélioration de son état moral, il fit hâtivement surgir le souvenir de Cabot lui rendant ses photos afin d'alimenter à nouveau sa colère.

À ce moment précis le téléphone sonna. C'était le Légendaire Lieutenant en personne... l'homme dont les idées sur les mythes tribaux des Utes étaient à l'origine de son humiliation.

1. Ivy League : les huit prestigieuses universités de Nouvelle-Angleterre, avec leurs murs historiques couverts de lierre. (*N.d.T.*)

– Est-ce que vous avez signalé au FBI la découverte de la mine ?

– Oui.

Silence. Leaphorn s'était attendu à une réponse plus longue.

– Quelles mesures ont-ils prises ? Vous le savez ?

– Aucune.

– Aucune ?

Le ton de l'ancien lieutenant signifiait qu'il ne pouvait le croire.

– C'est bien ça, confirma Chee.

Il comprit qu'il jouait avec Leaphorn le même jeu enfantin qu'il avait imposé à Cabot. Une prise de conscience qui ne lui fit pas plaisir. Il admirait Leaphorn. Il était bien obligé de reconnaître qu'il se comportait en ami. Il rompit donc le silence.

– L'agent spécial concerné m'a dit qu'ils avaient déjà inspecté cette mine. Qu'il n'y avait rien d'autre à l'intérieur que des traces d'animaux et des crottes de souris. Il m'a rendu les photos que j'ai prises et ils m'ont indiqué la sortie.

– Ça alors, fit Leaphorn.

Chee l'entendit respirer pendant un court instant.

– Est-ce qu'il vous a dit quand ils l'ont effectuée, cette inspection ?

– Il m'a dit que c'était juste après la découverte du camion. Ils ont passé toute la zone au peigne fin. Intégralement.

– Ouais. Qu'est-ce qu'il en restait, de la bâtisse, au sommet de la mesa ?

– Quelques murs de pierres, en partie écroulés, le toit partiellement effondré. Et il y avait un assemblage de troncs, une sorte de bâti triangulaire, qui dépassait.

– On dirait le support du système qui sert à extraire le charbon du puits et à le décharger.

– C'est l'impression que ça donne, répondit Chee en s'interrogeant sur l'intérêt que cela pouvait avoir.

Les fédéraux avaient regardé, il n'y avait personne.

– Ils ont passé toute la zone au peigne fin, vous m'avez dit ? Ce jour-là ?

– Oui, confirma Chee, comprenant où Leaphorn voulait en venir et éprouvant une manifestation diffuse d'optimisme contraire à la logique.

– Est-ce que l'adjoint Dashee n'a pas dit qu'ils avaient trouvé le camion vers le milieu de la journée ?

– Si. Et qu'ils devaient passer au crible le ranch Timms, maison, étables, dépendances, de même que toutes ces routes qui serpentent par là-bas en direction des installations de pompage de la Mobil Oil, plus...

Il se trouva à court d'éléments. Casa Del Eco Mesa était très vaste, mais il s'agissait presque exclusivement d'une immensité désertique.

– Au mieux, ils auraient eu le temps de jeter un rapide coup d'œil, insista Leaphorn.

– Oui, c'est vrai. Est-ce que ça ne suffirait pas pour prouver qu'il n'y avait personne ?

– Je crois que je vais monter là-haut pour me rendre compte par moi-même. Est-ce que la zone est toujours interdite par des barrages routiers ?

– Elle l'était hier.

Puis, en toute connaissance de cause, il ajouta précisément ce que le Légendaire Lieutenant espérait l'entendre dire.

– Je vais vous accompagner et je leur présenterai mon badge.

– Parfait. Je vous appelle de Two Grey Hills. Le professeur Bourebonette est avec moi, mais elle a rencontré par hasard deux de ses collègues de l'université qui marchandaient le prix d'une couverture. Ne quittez pas. Je vais voir s'ils peuvent la ramener à Flagstaff.

Chee patienta.

– C'est bon, annonça Leaphorn. Je passe vous prendre dès que je peux être chez vous.

– D'accord. Je serai prêt.

Bernadette Manuelito le fixait du regard.

– Attendez une minute, dit-elle. Vous partez avec qui ? Vous n'avez pas le droit d'aller où que ce soit avec votre cheville. Vous devez la maintenir en position surélevée. Et au frais.

Chee se détendit, ferma les yeux, s'aperçut qu'il se sentait mieux, beaucoup mieux. Pourquoi cela lui faisait-il cet effet, de parler avec Joe Leaphorn ? Sans oublier l'attitude qu'affichait Bernie. Elle s'inquiétait pour sa cheville. Elle le régentait. Pourquoi cela avait-il pour résultat qu'il se sentait tellement mieux ? Il ouvrit les yeux et les leva vers elle. Une jeune femme vraiment ravissante même quand elle le regardait en fronçant les sourcils.

26

Le sergent Jim Chee garda sa cheville en position surélevée en la soutenant à l'aide d'oreillers sur le siège arrière de la vieille Unité 11 délabrée de l'agent Bernie Manuelito. Et au frais grâce à un sac plastique rempli de glaçons. La cheville allait mieux, et lui aussi. Le passage à la clinique, où des mains expertes la lui avaient bandée serrée, avait fait des merveilles pour sa blessure. Le respect manifesté par son ancien supérieur avait été bon pour son moral meurtri.

Bernie roula à une vitesse régulière vers l'ouest, sur l'U.S.160, dépassa l'école de Red Mesa et poursuivit vers l'intersection avec la Navajo 35, à Mexican Water. Chee était derrière elle, appuyé contre la paroi gauche de l'habitacle, le regard posé latéralement sur la coupe en brosse grisonnante de Leaphorn. Le lieutenant n'était pas du tout aussi taciturne que Chee en avait conservé le souvenir. Il parlait à Bernie des noms que Gershwin lui avait laissés à la cafétéria de l'Auberge Navajo, de la façon dont ça l'avait conduit sur le ranch de Jorie, dont il avait appris que celui-ci avait porté plainte contre Gershwin, et tout le reste. Bernie gobait ses moindres paroles et, visiblement, Leaphorn était ravi qu'elle lui consacre toute cette attention. Il lui expliquait pourquoi il avait toujours considéré les coïncidences avec méfiance, et Chee avait si souvent entendu cet exposé, quand il servait sous ses ordres à l'agence de Window Rock, qu'il le connaissait par cœur. C'était le fondement même de la philosophie navajo. Il existe une interconnexion entre toutes choses. Pas d'effet dépourvu de cause. L'aile du scarabée affecte le mouvement de l'air, le chant de l'alouette influe sur l'humeur des guerriers, un nuage à l'ouest se déchire aux confins de l'horizon, laisse filtrer la lumière du soleil couchant, teinte d'or les montagnes et modifie l'état d'esprit et la décision du Conseil tribal navajo. Ou bien, comme l'a exprimé le poète anglais [1] : « Aucun homme n'est une île ».

Et Bernie, avec sa gentillesse, ressentait le besoin de cet homme solitaire et posait toutes les questions qu'il fallait. Quelle fille !

– Et c'est un peu comme ça que vous utilisez la carte dont me parle le sergent Chee ?

Et bien sûr, elle avait raison.

– Je crois que le cerveau de Chee fonctionne à peu près comme le mien. Et j'espère qu'il me reprendra si je me trompe. Cette affaire de casino, par exemple. Il est situé à côté de la Montagne du Ute qui Dort. Le véhicule qui leur a servi pour prendre la fuite est abandonné à cent soixante kilomètres à l'ouest, sur Casa Del Eco Mesa. Près d'une grange dans laquelle il y a un avion. Le même jour, cet appareil est volé. Proximité en temps et en lieu. Tout près se trouve une vieille mine. Les légendes utes suggèrent que le père de l'un de ces bandits l'utilisait pour échapper à ses poursuivants. Une petite accumulation de coïncidences.

Bernie fit « Oui », mais ne semblait pas convaincue.

– Il y a plus, reprit Leaphorn. Souvenez-vous de la Grande Chasse à l'Homme de 1998. Trois individus impliqués. Policier tué, véhicule volé abandonné. Début d'une immense traque. Celui que l'on présumait être le meneur est retrouvé mort. Le FBI décrète qu'il s'agit d'un suicide. Les deux autres fugitifs disparaissent dans les canyons.

Maintenant que sa cheville ne le faisait plus souffrir, Chee se sentait gagné par la somnolence. Il laissa sa tête glisser contre la

1. John Donne (1573-1631). (*N.d.T.*)

garniture du siège. Bâilla. Depuis combien de temps n'avait-il pas bien dormi ?

– Une autre coïncidence, acquiesça Bernie. Vous avez des doutes sur celle-là aussi ?

– Jim a suggéré que le premier crime pourrait avoir inspiré le second.

L'intéressé n'avait plus du tout sommeil. Qu'est-ce que cela voulait dire ? Il ne se souvenait pas d'avoir dit ça.

– Ah, fit Bernie. Ça va nécessiter une réflexion approfondie. Et ça pourrait s'appliquer aussi à d'autres délits. Par exemple, le fait qu'en voyant le camion abandonné et qu'en entendant parler du vol à la radio, monsieur Timms ait conçu un moyen de se débarrasser de son avion. Il a prétendu qu'on lui avait volé et a déposé une demande de remboursement.

– Là aussi, il y aurait relation de cause à effet, bien sûr, reconnut Leaphorn. Ou alors, c'est l'avion qui constituait la raison pour laquelle le camion a été abandonné à cet endroit-là, comme le FBI l'a conclu au tout début.

Chee se redressa. *Qu'est-ce que Leaphorn peut bien être en train d'insinuer, bon sang ?*

– Je crains d'être un peu perdue, là, dit Bernie.

– Laissez-moi vous exposer une nouvelle théorie globale du crime. On va dire que ça s'est passé de la façon suivante. Quelqu'un, dans cette région frontalière, a étudié de près le crime de 1998, et ça lui a donné une idée pour résoudre un problème. Deux problèmes, en fait. Ça allait lui permettre de se procurer l'argent dont il avait besoin, et d'éliminer un ennemi. On va dire que cette personne a des liens avec la milice, les survivalistes, les défenseurs de la terre ou n'importe lequel des mouvements radicaux. On va dire qu'il recrute deux ou trois hommes pour l'aider, il leur fait croire qu'ils vont s'emparer de l'argent pour financer leur combat politique. Il s'arrange pour que monsieur Timms soit impliqué dans l'histoire. Soit il lui loue son avion à l'avance pour un voyage, soit il l'intéresse au bénéfice du braquage. Il lui offre une part du butin.

– Vous parlez d'Everett Jorie, conclut Bernie.

– Je pourrais, oui. Mais dans la théorie que je propose, Jorie tient le rôle de l'ennemi à éliminer.

Chee s'éclaircit la gorge.

– Attendez une minute, lieutenant. Que faites-vous du message rédigé avant son suicide ? De tout ça ?

Leaphorn se retourna pour le regarder, eut une mimique désabusée.

– J'ai sur vous l'avantage d'y être allé. D'avoir vu cet homme dans son environnement. D'avoir vu ce qu'il lisait. Sa bibliothèque. Le genre de choses auxquelles il attachait de la valeur, qui constituaient sa vie. Quand j'y repense, ça me donne l'impression que je fais bien mon âge. Si c'était vous ou l'agent Manuelito qui aviez trouvé son cadavre, qui aviez vu tout cela, vos soupçons auraient été éveillés bien avant les miens.

Chee se disait que les siens, de soupçons, ne l'étaient pas encore.

– D'accord, demanda-t-il néanmoins. Comment ça s'organise ?

Bernie avait ralenti.

– C'est là que vous voulez que je tourne ? Sur cette piste de terre ?

– Elle est en mauvais état mais beaucoup plus courte que si on suit la 191 qui nous oblige à revenir sur nos pas.

– Je suis pour la solution courte, déclara Bernie.

L'instant d'après, ils quittaient la chaussée et s'engageaient sur la terre en cahotant.

– À mon avis, c'est l'itinéraire que les auteurs du vol du casino ont emprunté, dit Leaphorn. Ils devaient connaître cette mesa, puisqu'ils vivaient dans le coin, et ils devaient savoir que ça les conduisait dans une configuration de cul-de-sac. (Il rit.) Un argument de plus en faveur de ma théorie peu conformiste du crime. Leur faire quitter la 191 et s'égarer constituerait une coïncidence un peu grosse à mon goût.

– Lieutenant, intervint Chee, pourquoi vous ne continuez pas à nous dire ce qui s'est passé chez Jorie ?

– Ce qui s'y est peut-être passé, selon moi. Eh bien, disons que notre méchant vient frapper à la porte de Jorie, braque sur lui le pistolet fatal, l'oblige à se rendre dans son bureau, le fait asseoir devant l'ordinateur puis l'abat à bout portant pour que ça passe pour un suicide. Après, il allume l'ordinateur, se penche par-dessus le corps, tape le message, laisse l'ordinateur allumé et quitte les lieux.

– Pourquoi ? demanda Chee. En réalité, il doit y en avoir quatre ou cinq, des pourquoi. Je crois que je peux entrevoir une partie des mobiles mais le reste est brumeux.

– Jorie était un de ces individus qui se nourrissent de procédures engagées devant les tribunaux. Et comme il était avocat, inscrit au barreau de l'Utah, il pouvait intenter tous les procès qu'il voulait sans que ça lui coûte cher. Il avait deux actions en délibéré contre notre méchant. Il avait même porté plainte contre Timms. Il prétendait que son petit avion terrorisait ses vaches, entraînait des pertes de poids, des pertes de veaux, etc. Il l'accusait par ailleurs d'avoir enfreint ses droits liés aux terres d'élevage en installant sa piste d'atterrissage sans autorisation. Mais ce n'est pas Timms que je choisis comme méchant. Parmi les procès intentés par Jorie, un autre avait pour but de faire résilier le bail de notre criminel auprès du Bureau de l'Attribution des Terres.

– C'est de monsieur Gershwin dont nous parlons, bien sûr, dit Chee. Je ne me trompe pas ?

– En théorie, c'est bien de lui.

– Bon. Et maintenant, il se passe quoi ?

– Il a éliminé un de ses deux problèmes : l'ennemi avec ses embarrassantes actions en justice. Mais il reste l'autre.

– L'argent, intervint Bernie. Vous voulez dire qu'il n'allait en empocher que le tiers ?

– Selon mon hypothèse, je crois que c'est un peu plus compliqué.

Il se tourna vers Chee :

– Vous vous souvenez comment, dans son dernier message, il indiquait au FBI où trouver ses deux complices et soulignait qu'ils avaient juré de ne jamais se laisser capturer vivants. Si on les retrouvait, ils voulaient rentrer dans l'histoire grâce au nombre de policiers qu'ils allaient tuer.

– Son plan pour les éliminer, acquiesça Chee avec un petit rire ironique. Ça aurait sûrement marché. Si ces individus étaient affiliés à une des milices, ils auraient la tête remplie de la façon dont le FBI a agi à Ruby Ridge et à Waco. Franchement, si je devais investir les lieux avec les gars des forces d'intervention spéciales, je crois que je n'hésiterais pas à tirer.

– Il a quand même dû y avoir une faille dans son plan. Notre méchant était obligé de se demander comment le message du suicidé serait découvert. Personne n'avait aucune raison de soupçonner Jorie. Il n'y avait pas le moindre indice quant à l'identité des voleurs. Et donc il a résolu cette difficulté en se dégottant un flic à la retraite pas trop finaud en qui il pouvait avoir confiance pour passer le tuyau au FBI sans l'impliquer dans l'histoire.

– Ça alors, commenta Chee. Je me demandais comment il se trouvait que ce soit vous qui ayez découvert le corps de Jorie.

– Qu'est-ce qu'il y avait de si urgent ? demanda Bernie. Tôt ou tard quelqu'un aurait remarqué sa disparition. Quelqu'un serait allé voir ce qui lui était arrivé. Vous savez comment sont les gens, par ici.

– Le méchant de ma théorie pensait qu'il ne pouvait pas attendre que cela se produise. Il ne voulait pas courir le risque que la police arrête ses complices avant d'être prévenue de leur intention de tuer les flics qui viendraient les arrêter. Capturés vivants, ils sauraient exactement qui les avait dénoncés. Ils lui rendraient la monnaie de sa pièce et s'en tireraient à moindre mal en témoignant contre lui.

– Oui, reconnut Bernie. Ça se tient.

Chee était maintenant penché en avant. Il appliqua une petite tape sur l'épaule de Leaphorn.

– Ecoutez, lieutenant, je n'ai pas du tout voulu donner cette impression-là. Celle de penser que vous n'êtes pas très finaud.

– C'est vrai que je ne l'ai pas été. Il a obtenu de moi pratiquement ce qu'il voulait.

Ce qui était exact, mais Chee ne réagit pas.

– Le seul truc qui s'est mal passé, c'est que ses complices ont dû renifler quelque chose. Ils ne sont pas rentrés chez eux comme ils auraient dû le faire... avec l'idée bien arrêtée que la police n'avait pas le moindre indice sur leur identité. Ils n'ont pas attendu que les hommes des équipes d'intervention spéciale arrivent et les fauchent sur place. Ils ont pris la tangente et se sont dissimulés quelque part.

– À la vieille mine des mormons, compléta Chee. Alors pourquoi le FBI ne les y a pas trouvés ?

– Je ne sais pas. Peut-être qu'ils étaient ailleurs quand les agents fédéraux sont venus jeter un coup d'œil. Peut-être qu'ils étaient rentrés chez eux, comme notre méchant leur avait vraisemblablement dit de le faire, et qu'alors ils ont été pris d'un doute et sont revenus dans la cachette du père de Main de Fer, pour attendre de voir ce qui allait se passer. À moins que les fédéraux n'aient pas assez bien cherché. Ils n'avaient aucun moyen de savoir qu'il y a une entrée dans le canyon.

– C'est vrai. On ne peut pas l'apercevoir d'en bas. Et, bien sûr, nous ignorons si la mine dans la paroi communique avec le sommet.

Bernie rit.

– Je ne sais pas, dit-elle. J'aime bien croire aux légendes. Même si ce sont des légendes utes.

– Moi, je suis juste venu pour profiter de la balade. Juste pour aérer ma cheville. Maintenant je me demande quel est le programme. J'espère qu'il ne s'agit pas de nous rendre à pied à la mine et d'ordonner à Baker et à Main de Fer de sortir les bras en l'air.

– Non, fit Leaphorn en riant.

– Bernie serait obligée de s'en dépatouiller toute seule. Vous êtes un simple citoyen. Je suis en congé maladie, si on veut. Disons que je rallonge mes congés.

– Mais je suis sûre que vous avez quand même pris votre pistolet, dit Bernie. Vous l'avez, hein ?

– Je crois que je dois l'avoir quelque part. Vous connaissez le règlement. Ne sortez pas de chez vous sans l'emporter.

– Ce que j'aimerais faire, exposa Leaphorn, c'est rendre une petite visite impromptue à monsieur Timms. Je crois que nous pouvons le convaincre de coopérer. Et s'il accepte, et si je ne me trompe pas, l'agent Manuelito pourra se servir de sa radio pour appeler des renforts.

– Pourquoi on n'appellerait pas pour avoir du soutien, et après...

Chee s'interrompit au milieu de sa phrase. Il s'imagina Leaphorn expliquant sa théorie à l'agent spécial Cabot... lui demandant des hommes pour aller inspecter une mine que le FBI avait déjà certifiée vide de tout fugitif. Il imagina le sourire méprisant de Cabot. Il passa à une autre question.

– Est-ce que vous connaissez monsieur Timms ?

Encore une demande stupide. Bien sûr que oui. Leaphorn connaissait tout le monde dans les Four Corners. Tous ceux, au moins, qui avaient plus de soixante ans.

– Pas bien. Cela fait des années que je ne l'ai pas vu. Mais je crois que nous pouvons le persuader de nous aider.

Chee se radossa à la portière et contempla le paysage désertique qui défilait. Il imagina Timms leur disant d'aller au diable. Il l'imagina leur ordonnant de quitter ses terres.

Puis il se détendit. À la retraite ou non, Leaphorn était toujours le Légendaire Lieutenant.

27

Bernie laissa la voiture continuer sur sa lancée et s'arrêter juste devant le perron de Timms. Ils restèrent assis durant les quelques instants requis par la courtoisie propre aux régions presque inhabitées pour octroyer à l'occupant le temps de se vêtir décemment et de se préparer à recevoir des visiteurs. La porte s'ouvrit. Un homme de haute taille, maigre et légèrement voûté, se présenta sur le seuil et tourna son regard vers eux.

Leaphorn descendit, imité par Bernie, et Chee souleva sa cheville de l'oreiller pour la poser sur le plancher. Il eut mal, mais pas trop.

– Bonjour, monsieur Timms, dit Leaphorn. Je me demande si vous vous souvenez de moi.

Timms s'avança sur le perron avec le soleil qui se réfléchissait sur ses lunettes.

– Peut-être bien que oui. Vous n'étiez pas le caporal Joe Leaphorn, de la police navajo ? Ce n'était pas vous qui étiez venu m'aider quand ce type tirait sur mon avion ?

– Si, monsieur. C'était moi. Et la jeune femme que voici est l'agent Bernadette Manuelito.

– Bon, entrez donc vous abriter du soleil.

Chee ne pouvait supporter la perspective de rater cela. Il poussa la portière de la voiture avec son pied valide, prit sa canne et traversa en boitant l'espace qui le séparait de la maison, les yeux rivés à terre pour éviter un accident, remarquant que la pantoufle qu'il portait au pied gauche attirait les crochets des bardanes.

– Et voici le sergent Jim Chee, disait Leaphorn. Lui et moi avons travaillé ensemble.

– Enchanté, fit Timms en échangeant une poignée de main avec le nouvel arrivant.

Il le faisait à la manière des Navajos, moins de poigne, plus de douceur dans le contact. En homme qui était là depuis longtemps et qui connaissait leur culture. Et qui était si nerveux que les muscles de sa joue tressaillaient.

– Je ne m'attendais pas à avoir du monde, alors je n'ai rien de prêt, mais je pourrais vous offrir quelque chose de frais à boire.

Il les introduisit dans une petite pièce sombre encombrée de ces vieux meubles mal assortis que l'on se procure dans les magasins de charité des œuvres Goodwill.

– Je ne pense pas qu'il serait honnête de notre part d'accepter votre hospitalité, dit Leaphorn. Nous sommes ici pour une affaire grave.

– Pour ma demande de remboursement auprès de l'assurance. J'ai déjà envoyé une lettre d'annulation. Je l'ai déjà fait.

– Je crains que ce ne soit beaucoup plus grave que ça.

– C'est le problème quand on devient vieux, poursuivit Timms en parlant vite. On perd complètement les pédales, bon Dieu. Je me lève pour aller me chercher un verre d'eau et le temps que j'arrive au réfrigérateur j'ai oublié pourquoi je suis dans la cuisine. J'ai pris mon vieux L-17 pour aller là-bas faire un truc ou un autre, et après y a un gars qui m'a proposé de me ramener chez moi alors je suis parti en le laissant sur place et après on a entendu parler du vol à la radio et quand je suis arrivé chez moi et que j'ai vu la grange ouverte avec mon avion qui n'y était plus, j'ai tout de suite pensé...

Timms s'arrêta. Il scruta Leaphorn. Bernie faisait de même. Chee également.

– Plus grave que ça? demanda l'éleveur.

Leaphorn resta silencieux, le regard rivé sur lui.

– Grave comment?

Il se laissa tomber dans un fauteuil confortable, les yeux levés vers Leaphorn.

– Vous vous souvenez de l'auteur des coups de feu quand vous survoliez ses terres ? Everett Jorie.

– Il a arrêté quand vous lui avez parlé. (Il tenta un sourire qui ne passa pas.) J'ai apprécié. Maintenant le voilà qui a tourné bandit. Il a braqué le casino. Il s'est suicidé.

– C'est l'impression que ça a donné pendant un temps, dit Leaphorn.

Timms se tassa sur son siège. Porta la main droite à son front.

– Vous êtes en train de me dire que quelqu'un l'a tué ?

Leaphorn laissa un moment la question en suspens, sans rien dire.

– Est-ce que vous connaissez bien Roy Gershwin ?

Timms ouvrit la bouche, la referma et regarda Leaphorn. Chee s'aperçut qu'il ressentait de la pitié à son égard. Il paraissait terrifié.

– Monsieur Timms, poursuivit Leaphorn, vous êtes actuellement dans une position où vous pouvez faire beaucoup pour vous-même. Le FBI n'est pas très content de votre attitude. Vous cachez votre avion, vous signalez qu'il a été volé, ça a énormément ralenti les recherches pour retrouver ces meurtriers. Ce n'est pas le genre de chose que les représentants de la loi sont disposés à oublier. À moins qu'ils aient une raison de ne pas le retenir contre vous. Si vous coopérez, les policiers seront enclins à dire : « Bah, monsieur Timms a eu un trou de mémoire, c'est tout. » Sinon, les choses de ce genre ont tendance à être portées devant un jury de mise en accusation et c'est lui qui décidera si vous vous êtes rendu coupable de ce qu'on appelle complicité par assistance. Et il ne s'agit pas d'une escroquerie à l'assurance. Il s'agit d'une accusation d'homicide.

– Une accusation d'homicide. Vous voulez dire pour Jorie ?

– Monsieur Timms, parlez-moi de Roy Gershwin.

– Il est passé ici aujourd'hui. Vous l'avez raté de peu.

Ce fut au tour de Leaphorn d'être pris de court. Et au tour de Chee.

– Qu’est-ce qu’il voulait ? Qu’est-ce qu’il a dit ?

– Pas grand-chose. Il voulait savoir comment se rendre à cette ancienne mine des Saints des Derniers Jours. L’endroit où les mormons extrayaient leur charbon. Je lui ai indiqué et il est parti en prenant ses jambes à son cou. En quatrième vitesse.

– Je crois que nous ferions bien d’y aller, déclara Leaphorn en se dirigeant vers la porte.

Timms avait l’air malade. Il eut un geste pour se lever, retomba dans son fauteuil.

– Vous me dites que c’est Gershwin qui a tué cet Everett Jorie ? Ne me dites pas ça.

Leaphorn et Bernie avaient déjà franchi le seuil et, pendant que Chee les suivait en boitant, il entendit Timms qui ajoutait :

– Oh, Seigneur. C’est bien ce que je redoutais.

28

Il leur fut assez facile de repérer l'endroit où le pick-up de Gershwin avait quitté la piste, facile de voir le chemin qu'il avait tracé sur la pellicule de sable durcie par le vent et à travers les touffes d'herbes-aux-serpents écrasées. Mais pour le suivre, c'était une tout autre histoire. Le véhicule de Gershwin possédait de meilleures qualités de traction et une hauteur de châssis supérieure à celle de l'Unité 11 qui, sous sa peinture officielle, n'en restait pas moins une Chevy en bout de course.

Elle perdit son adhérence sur le versant d'un de ces grands monticules que l'érosion causée par le vent amasse autour du thé mormon dans les climats désertiques. La voiture de patrouille dérapa, les roues arrière vers le bas de la pente. Leaphorn contint par un « Non ! », murmuré sur un ton d'autorité, le réflexe qu'avait eu Bernie de donner un coup d'accélérateur.

– Je pense qu'à peu de chose près nous nous sommes approchés autant que nous le souhaitions en voiture, ajouta-t-il. Je vais jeter un coup d'œil.

Il sortit les jumelles de la boîte à gants, ouvrit la portière, se glissa dehors, escalada le tertre, resta au sommet une minute à observer, puis revint.

– Le bâtiment de la mine est à environ quatre cents mètres, annonça-t-il en indiquant la direction. Tout près du bord. Le camion de Gershwin est à deux cents mètres devant nous environ. Il a l'air vide. Ça donne aussi l'impression qu'il l'a laissé à un endroit où on ne peut pas l'apercevoir depuis la mine.

– On fait quoi, alors ? interrogea Chee. On appelle par radio pour demander des renforts ?

Avant même d'avoir fini de poser la question, il se demandait déjà quel effet aurait cette requête. S'imaginait la conversation. Un éleveur de la région s'était rendu avec son pick-up sur le site d'une ancienne mine. En quoi cela nécessitait-t-il des renforts ? Parce que nous pensons que les bandits du casino se cachent là. Quelle mine ? Une de celles que le FBI a déjà inspectées et dont il a établi l'état d'abandon.

Leaphorn l'observait d'un œil interrogateur.

– Ou quoi d'autre ? conclut Chee.

Certes, il ne pensait pas que Leaphorn proposerait d'aller tranquillement demander s'il y avait quelqu'un à l'intérieur avant d'ordonner aux occupants de sortir et de se rendre.

– Nous sommes dans leur angle mort, expliqua l'ancien lieutenant. Pourquoi ne pas nous rapprocher ? Voir si nous pouvons découvrir ce qui se passe. Vous avez apporté votre arme. Je vais emprunter le pistolet de l'agent Manuelito. Agent Manuelito, je veux que vous restiez ici, à proximité de la radio, mais grimpez sur ce monticule d'où vous pourrez voir ce qui se passe. Il est possible que nous ayons besoin de vous pour contacter rapidement des renforts. Je vais vous emprunter votre arme.

– Vous donner mon arme ? dit-elle d'un ton dubitatif.

Chee s'extirpait prudemment de la voiture en se disant que le Légendaire Lieutenant avait oublié qu'il était un simple citoyen. Il avait unilatéralement décrété que sa retraite était caduque et avait repris son grade.

– Votre pistolet, répétait-il en tendant la main.

Le visage de Bernie passa du doute à la détermination.

– Non, lieutenant. C'est une des premières choses qu'on nous apprend. Nous gardons nos pistolets.

Leaphorn la dévisagea. Hocha la tête.

– Vous avez raison. Donnez-moi le fusil.

Elle le décrocha du râtelier et le lui remit, la crosse en avant. Il vérifia la chambre.

– En fait, Manuelito, je veux que vous preniez contact par radio tout de suite. Indiquez-leur où nous sommes, le plus précisément possible, dites-leur que le sergent Chee inspecte le bâtiment d'une ancienne mine et que des renforts seront peut-être nécessaires. Dites-leur que vous allez quitter la voiture pendant plusieurs minutes afin de le couvrir et demandez-leur de rester en ligne. Après, je vous veux au sommet de ce monticule pour surveiller ce qui se passe. Agir en fonction.

– C'est le sergent Chee qui devrait rester ici, dit-elle. Il ne peut pas aller aussi loin à pied. Je vais venir avec vous. Il peut s'occuper de la radio.

Chee prit sa voix de sergent.

– Manuelito, c'est vous qui vous occupez de la radio. C'est un ordre.

Quelle qu'en soit la raison, l'excitation peut-être, la poussée d'adrénaline, ou bien la pensée obsédante que d'ici quelques minutes un tireur d'élite des Bérets Verts, décoré pour son habileté, risquait de le prendre pour cible, Chee grimpa la pente du tertre en boitillant mais en n'ayant qu'à peine conscience de sa cheville bandée ou du sable dans sa pantoufle. Le bâtiment en ruine lui apparut, la face arrière de ce qu'il avait photographié depuis l'hélicoptère. Comme l'avait dit Leaphorn, ce côté ne présentait qu'un mur de pierres sans fenêtres.

Tout en le désignant, l'ancien lieutenant remarqua que l'entrée devait se trouver sur leur gauche, montra le chemin que Chee devait prendre, sur la pente douce, en repérant les abris disponibles au cas où quelqu'un surgirait de la bâtisse. Toute simulation d'un comportement de civil, d'une attitude tendant à faire croire qu'il était autre chose que le gradé de la Police tribale navajo responsable de l'opération, avait cessé d'être.

– Je vais descendre par la droite, annonça-t-il. Attendez mon signal. Si quelqu'un sort, nous les laisserons s'éloigner suffisamment du bâtiment. Qu'il y en ait un ou plusieurs, ce sera probablement dans la direction du camion de Gershwin. Nous verrons bien quelle possibilité se présentera.

– Oui, lieutenant.

Il vérifia une nouvelle fois son pistolet et se conforma exactement aux ordres reçus.

Au bout de cinq minutes environ, et après avoir franchi cinquante mètres avec prudence, il fut le premier à entendre une voix.

Il se releva, adressa un signe à Leaphorn, montra le mur et fit avec sa main des gestes indiquant que quelqu'un parlait. Leaphorn hocha la tête.

Un instant plus tard, il y eut un rire.

Puis un bruit soudain, comme une portière qui claque, annonçant une détonation. Suivie d'une autre, et d'une autre encore.

Chee tourna les yeux vers Leaphorn qui le regardait. Et qui lui indiqua de se baisser et de ne pas bouger. Ils attendirent. Le temps s'égrenait lentement. Leaphorn lui fit signe de s'approcher et s'avança lentement vers le mur. Chee l'imita.

Un homme âgé, de grande stature, apparut au coin du mur. Au bout de son bras oscillait ce qui ressemblait à un sac à dos d'étudiant. Il portait une chemise blanche dont les pans étaient sortis du jean, et un chapeau de paille tirant sur le jaune. Comme l'avait prédit Leaphorn, il se dirigea vers le camion de Gershwin.

Chee se baissa pour se dissimuler derrière un buisson d'arroches, suivant les mouvements de l'homme avec son pistolet. Pas à plus de vingt mètres. Une cible facile si tirer s'avérait nécessaire.

Leaphorn se tenait à découvert, le fusil reposant au creux du bras.

– Monsieur Gershwin, cria-t-il. Roy. Qu'est-ce que vous fabriquez dans cet endroit perdu ?

L'homme s'arrêta, resta un instant figé sur place puis se tourna pour regarder Leaphorn.

– Ben ça, je ne vois vraiment pas ce que je pourrais répondre à ça. Si je vous avais aperçu en premier, je vous aurais posé la même question.

Leaphorn rit.

– Je vous aurais sûrement répondu que je suis venu chasser la perdrix. Mais vous auriez remarqué que c'est une carabine et non pas une arme qu'on utilise pour tirer des oiseaux. Et vous ne m'auriez pas cru.

– Y a des chances. Et ça me ferait penser que vous réfléchissez à tout cet argent qui a été dérobé au casino, que vous vous dites qu'il faut bien qu'il soit caché quelque part et que ce quelque part, c'est peut-être cette ancienne mine.

– Bon, c'est vrai que la Nation Navajo ne m'offre pas une retraite très substantielle. Et vous ? Vous êtes à la recherche de billets de banque dont les numéros n'auraient pas été relevés ?

– Est-ce que vous me parlez en tant que représentant de la loi, ou est-ce que vous êtes toujours un simple citoyen ?

– Je suis le citoyen auquel vous avez apporté votre liste de noms. Une fois qu'on a refermé la porte derrière soi, ils ne vous laissent plus revenir.

– Eh bien, dans ce cas, j'espère que vous aurez davantage de chance que moi. Il n'y a pas d'argent là-dedans. J'ai retourné tout ce qu'il y a comme cochonneries, à l'intérieur. Rien. Une perte de temps pure et simple.

Gershwin reprit sa marche.

– J'ai entendu des coups de feu. Qu'est-ce que c'était ?

Gershwin fit demi-tour et repartit en direction de la mine.

– Venez. Je vais vous montrer. Et je vais vous expliquer, aussi. Vous vous souvenez, je vous avais dit que j'allais me planquer. M'installer dans un motel quelque part. Que je n'allais pas attendre sans rien faire que ces salopards de la milice viennent me trouver. Eh bien, j'ai décidé que j'en avais rien à foutre de ça. Ce n'est pas un vieux singe comme moi qui va se laisser chasser de chez lui par ces pourritures. J'ai décidé de prendre le taureau par les cornes.

– Attendez une minute. Je veux vous présenter un de mes amis.

Leaphorn montra Chee.

Celui-ci rangea son pistolet dans son étui, sortit de derrière son buisson, leva une main en guise de salut. Si Gershwin avait une arme sur lui, elle n'était pas visible. Si elle était d'une taille respectable, il devait la porter sous sa ceinture, cachée par sa chemise, et non pas dans une poche. Le bruit des détonations évoquait une arme sérieuse. Certainement pas un calibre 22 qui tient dans une poche.

– Le sergent Jim Chee. Roy Gershwin.

Celui-ci parut ébranlé.

– Bonjour, dit-il avec un hochement de tête.

– Chee est à court d'argent, lui aussi, poursuivit Leaphorn. Il est célibataire, mais il essaye de vivre sur un salaire de policier.

Gershwin posa un nouveau regard sur Chee, hocha la tête une seconde fois et reprit le chemin de la mine.

– Enfin bon, comme je vous le disais, je suis venu ici en pensant que j'allais en finir avec ces fumiers. Soit les capturer et les livrer pour toucher la récompense, soit les chasser du coin, soit les descendre si j'y étais obligé. On est censé toucher l'argent, qu'on les ramène morts ou vifs. J'ai simplement décidé de ne pas m'enfuir. Je suis bien trop vieux, bon Dieu, pour m'enfuir.

– Vous les avez abattus ? demanda Leaphorn.

– Un seul. J'ai descendu Baker. George Main de Fer, lui, il s'est échappé.

Ils se trouvaient maintenant à l'intérieur du bâtiment, franchissaient un large seuil, percé dans un mur en partie écroulé, et pénétraient dans une immense pièce où se succédaient ombres et lumières. Le soleil qui se déversait par des trous dans le toit illuminait de ses rais le sol de terre jonché d'obstacles. Cela correspondait à peu près à la description qu'en avait faite l'agent Cabot. Vide, à l'exception d'un fouillis d'objets divers et de décombres éparpillés. Aux endroits où le sol ne disparaissait pas sous des matériaux tombés du toit et des plaques de contreplaqué gauchies, il était recouvert de couches de sable, de terre et de débris, poussés là par des années de vent. Des herbes-qui-roulent s'entassaient contre le mur du fond, et à côté gisait le corps d'un homme portant une combinaison de camouflage grise et verte.

Gershwin désigna le corps.

– Baker. Ce salopard a essayé de me tuer.

– Racontez-nous comment ça s'est passé, dit Leaphorn.

– Eh bien, je me suis garé un peu en retrait pour qu'ils ne m'entendent pas arriver. Après, je me suis approché très silencieusement, j'ai regardé à l'intérieur et lui, là (il pointa le doigt vers le corps près du mur), il donnait l'impression de dormir. Le grand était assis là-bas, et quand je suis entré, il a fait un geste pour s'emparer de son pistolet et je lui ai crié de ne plus bouger, mais il s'en est saisi et après j'ai tiré et il est tombé. Ça a réveillé l'autre qui s'est levé d'un bond et qui a sorti un pistolet et après je lui ai crié de le lâcher et il m'a tiré dessus et après je l'ai descendu aussi.

– Le premier que vous avez touché, dit Chee. Où est-il parti ?

– J'en sais foutrement rien. Je croyais qu'il était au tapis pour de bon et j'étais occupé avec l'autre, et quand je me suis décidé à aller voir, il n'était plus là. Je suppose qu'il a dû se sauver d'une manière ou d'une autre. Vous ne l'avez pas vu s'enfuir, vous ?

– Non, dit Leaphorn, et nous ferions bien de regagner notre voiture. Il faut que nous signalions tout ça pour que la police puisse venir enlever le corps et entamer des recherches pour retrouver celui qui s'est enfui.

– Je suis surpris que vous ne l'ayez pas vu, dit Gershwin.

– Où est votre arme ? demanda Leaphorn. Il faut que vous la remettiez au sergent Chee.

– Je l'ai jetée. Je n'avais jamais tiré sur un homme de ma vie, et quand j'ai réalisé ce que j'avais fait, ça m'a tout retourné. Je suis allé jusqu'à la porte latérale, là-bas, j'ai dégueulé, et après j'ai expédié mon pistolet au fond du canyon.

Ils étaient ressortis dans la lumière du soleil en passant par le seuil défoncé. Chee gardait la main près de la crosse de son pistolet en se disant que Leaphorn ne pouvait décemment pas croire à cette histoire, qu'il s'agissait probablement d'une arme de poing qui devait être dans le sac à dos que Gershwin tenait à la main. Ou glissée sous sa ceinture, cachée par la chemise.

– C'est une sensation épouvantable, de tuer un homme, disait Gershwin.

Et tandis qu'il prononçait ces paroles, sa main plongea en un éclair sous sa chemise et en ressortit en tentant d'empoigner fermement un pistolet.

Celui de Chee était braqué sur sa poitrine.

– Lâchez ça, ordonna-t-il. Lâchez-le ou je vous tue.

Gershwin eut une exclamation de colère et laissa tomber son arme.

Leaphorn cria :

– Attention.

Il y eut une explosion venant des ténèbres. Gershwin fut projeté à terre de tout son long.

– Il est sous la grande plaque de contreplaqué, lança Leaphorn. J'en ai vu un coin se soulever. Puis la flamme qui sortait du canon.

Le contreplaqué se trouvait juste sous la structure de troncs en forme de A qui dépassait par ce qui restait du toit du bâtiment. Chee et Leaphorn s'en approchèrent comme on s'approche d'un serpent à sonnette vert, avec prudence. Chee effectua sa progression par la porte latérale, un itinéraire qui offrait davantage de protection. Il atteignit son but le premier, fit signe à Leaphorn d'approcher à son tour. Ils restèrent de part et d'autre de la plaque, les yeux fixés dessus.

– Gershwin est mort, annonça Leaphorn.

– C'est bien l'impression que j'ai eue.

– Si on retirait ce contreplaqué, on s'attendrait à ce que le regard plonge à la verticale dans un puits. Mais celui qui l'a soulevé pour glisser le canon de son fusil à l'extérieur devait se tenir debout sur quelque chose.

– Probablement au minimum sur une sorte d'échelle de corde, confirma Chee. À moins qu'ils ne se soient creusé un genre de niche.

Il tenta de se représenter ce qui pouvait se trouver sous la plaque, mais sans grand résultat.

Leaphorn l'observait.

– Vous voulez l'écarter pour jeter un coup d'œil ?

Chee rit.

– Je crois que je préférerais attendre tranquillement que l'agent Cabot arrive avec ses hommes et s'en charge lui-même. Je ne voudrais surtout pas saccager le lieu où s'est produit un crime qui relève de l'autorité du FBI.

29

Jim Chee était allongé en travers du siège arrière de l'Unité 11, et sa cheville posée en hauteur sur un oreiller l'élançait, pour bien lui rappeler ce que le docteur lui avait expliqué concernant le poids qu'il ne faut pas faire porter sur une entorse tant qu'elle n'est pas guérie. Pour le reste, il ne ressentait aucune douleur. Il se sentait bien. Rasséréné. Certes, George Main de Fer était encore en fuite dans les canyons, soit blessé, soit indemne, mais il ne constituait pas son problème personnel.

Il se détendit, écoutant les balais d'essuie-glace lutter contre la pluie irrégulière de l'averse, prêtant de temps en temps l'oreille à la conversation qu'échangeaient le Légendaire Lieutenant et l'agent Manuelito (Leaphorn l'appelait Bernie), et ressassant les événements d'une journée éprouvante et pénible.

Les renforts étaient arrivés juste avant le coucher du soleil. D'abord s'étaient présentés deux gros hélicoptères du FBI qui étaient restés quelques instants en vol stationnaire en quête d'un endroit où se poser parmi les tertres de thé mormon avant de décharger des nuées d'agents fédéraux à l'aspect guerrier dans leurs tenues pare-balles officielles, pointant leurs armes automatiques sur Leaphorn et paraissant vexés qu'il ne tienne aucun compte d'eux. Puis il y avait eu l'épreuve consistant à tenter d'expliquer ce qui s'était passé sur place. À expliquer le rôle de Gershwin à l'agent spécial responsable, qui voulait tout contester, qui voulait des réponses prouvant que le Bureau avait eu raison de conclure qu'Everett Jorie était le chef du gang ayant mis un terme à ses jours, et qui eut l'air littéralement frappé par la foudre quand il apprit que le personnage qui lui révélait une vérité autre n'était qu'un civil.

Chee eut un large sourire à ce souvenir. Leaphorn avait interrompu les arguments développés par le responsable fédéral, lui avait suggéré qu'il pouvait chasser ses derniers doutes en envoyant quelques-uns de ses hommes vers le camion de Gershwin et en leur faisant ouvrir plusieurs paquets dans lesquels, il en était sûr, ils découvriraient à peu près quarante-huit kilos sept cent quatre-vingt-deux grammes en papier monnaie dérobé au casino. Il l'avait fait avec le résultat escompté : une partie de l'argent était impeccablement enveloppée sous double épaisseur dans huit sacs-poubelle en plastique blanc biodégradable Earth-Smart, disposés sous les bagages de Gershwin, et un lot de billets composés de dénominations plus importantes étaient répartis à l'intérieur des valises avec ses vêtements. Sur ces entrefaites, les troupes au sol étaient arrivées (deux voitures de shérifs, une de la police de l'Utah, et un véhicule des forces de l'ordre du BIA, transportant un assortiment de policiers), y compris des hommes de la police des frontières accompagnés de leurs chiens. Ils avaient observé avec inquiétude les cumulus dont le sommet était éclairé à contre-jour par le soleil couchant et dont la partie inférieure noire lançait des éclairs et promettait la pluie si longtemps attendue. Des hommes qui apprécient avant tout la lumière du jour et les sols secs, et qui affichaient clairement leurs préférences. Finalement, les explications s'étaient achevées, une ambulance était venue emporter les cadavres maintes fois photographiés, et Chee se retrouvait, confortablement installé au sec, sur le chemin de chez lui, auditeur intéressé du Légendaire Lieutenant qui révélait un aspect humain de son caractère.

– Je ne la connais que depuis peu, disait Bernie. Mais elle m'a donné l'impression d'être quelqu'un de très bien.

– Quelqu'un d'intéressant, renchérit Leaphorn. Une véritable amie, je crois. (Il eut un petit rire.) En tout cas, elle veut bien m'écouter quand je parle. Lorsqu'on est veuf et vieux, et qu'on ne s'est pas encore habitué à vivre seul, c'est quelque chose dont on ressent le besoin.

Et c'est pour ça, se disait Chee, *que Leaphorn n'arrête pas de discourir de la sorte*. Il l'avait toujours considéré comme quelqu'un de taciturne, à qui il était difficile de parler. Un homme silencieux. Mais Bernie était Bernie. Lui aussi, il aimait bien parler avec elle. Ou, plutôt, il aimait parler pendant qu'elle l'écoutait. Ses souvenirs remontèrent à ses conversations avec Janet Pete. Pas de problèmes à ce niveau-là. Puis surgit un autre souvenir, une autre comparaison. Bernie qui posait de la glace sur sa cheville enflée, qui était penchée au-dessus de lui, ses cheveux soyeux qui lui caressaient le visage. Janet qui l'embrassait. Les cheveux de Janet avaient un parfum de fleurs, ceux de Bernie sentaient le genévrier et le vent.

– Je ne vous trouve pas vieux, disait-elle. Pas plus vieux que mon père, et il est encore jeune.

– Ce n'est pas qu'une question d'âge. Emma et moi avons été mariés plus longtemps que vous n'avez vécu. L'histoire d'un coup de foudre, quand nous étions étudiants à Arizona State. Et quand elle est morte...

Il n'acheva pas sa phrase.

La pluie cessa. Bernie arrêta les essuie-glace.

– Je serais prête à parier qu'elle n'aimerait pas que vous viviez seul, en ermite. Qu'elle voudrait que vous vous remariiez.

Ça alors, pensa Chee. *Elle a du culot de lui dire ça. Comment le lieutenant va-t-il réagir ?*

Leaphorn rit.

– Exactement. C'est ce qu'elle voulait. Mais pas avec le professeur Bourebonette. À l'hôpital, avant l'intervention, elle m'a dit que si quelque chose arrivait, je devais me souvenir de la tradition navajo.

– Épouser sa sœur ? interrogea Bernie. Vous avez une belle-sœur célibataire ?

– Oui. Emma était presque toujours de bon conseil, mais cette idée n'a pas plu à sa sœur davantage qu'à moi.

– Je suis sûre que votre femme aurait approuvé le choix du professeur Bourebonette, reprit Bernie. Je veux dire, comme deuxième femme.

Si, quelques heures auparavant, Chee n'avait pas assisté au refus qu'elle avait opposé à Leaphorn de lui confier son arme, il n'en aurait jamais cru ses oreilles. Il attendit. Silence. Puis Leaphorn dit :

– Vous savez, Bernie, maintenant que vous m'en parlez, je suis sûr que oui.

Quelle femme, cet agent Bernadette Manuelito. Chee se souvenait de l'espèce de gêne inconsciente qu'il avait ressentie quand elle était venue le voir à sa caravane pour lui demander d'aider son petit ami blessé. C'était de la jalousie, bien sûr, même s'il n'avait pas voulu se l'avouer à ce moment-là. Et il la ressentait à nouveau maintenant.

– Bernie, dit-il, quelles sont les nouvelles, concernant l'état de santé de Teddy Bai ?

– Il va beaucoup mieux.

– Vous lui avez parlé ?

– Rosemary lui a parlé. Elle m'a dit qu'il va se remettre suffisamment vite pour qu'ils ne soient pas obligés de repousser leur mariage.

– Eh bien. Ça alors. C'est une excellente nouvelle.

Et il était sincère.

GLOSSAIRE

Anasazis : les premiers habitants de l'Amérique du Nord. Venus probablement par le détroit de Béring, ils se réfugient dans les habitations troglodytiques du plateau du Colorado et parviennent à vivre de la chasse et de l'agriculture dans ce climat semi-aride. Puis, brusquement, ils disparaissent à la fin du XIIIe siècle.

Arroyo : terme espagnol désignant le lit à sec, en général au fond d'une gorge ou d'un canyon, d'une rivière dont l'eau se tarit en été.

Athabascan : cette famille de tribus vivant de la pêche et de la chasse occupait des territoires situés entre les Rocheuses et le Labrador. L'émigration vers le sud-ouest au XIVe ou XVe siècle entraîna l'apparition de nouveaux groupes (Navajos, Apaches...).

Bâtiment administratif : la réserve navajo est divisée en 78 *chapters* ou divisions administratives ; on trouve donc 78 sièges administratifs locaux, ou *chapter houses*, placés sous l'autorité du Conseil tribal.

Bench : terme géographique pour désigner un plateau en faux-plat.

Bilagaana : homme blanc.

Bluff : paroi proche de l'à-pic, généralement en bord de rivière.

Butte : v. mesa.

Chant : v. chanteur, rite guérisseur et voie.

Chanteur (*hataalii* ou *yataalii* en navajo) : chez les Navajos, il est celui que l'on appelle pour tenir les rites guérisseurs car il est le dépositaire de ces procédures extrêmement complexes destinées à libérer le malade de l'emprise d'un sorcier (par exemple), au moyen de prières et de chants associés à des peintures de sables (v. ce mot). Un chanteur ne peut donc connaître que plusieurs « chants » et certains rites disparaissent actuellement car ils appartiennent exclusivement à la tradition orale. Mais le chanteur n'est ni un *medicine-man* ni un shaman : la guérison est collective, profite d'abord au patient puis, par voie de fait, à l'univers tout entier qui retrouve l'harmonie (*hohzho*). Encore convient-il de comprendre qu'il s'agit souvent davantage d'un retour à la sérénité morale du patient au sein de son environnement que d'une véritable guérison au sens médical du terme.

Chindi : mot navajo désignant le fantôme. Les Navajos ne croient pas à un au-delà après la mort. Au mieux ils trouvent le néant. Au pire, la partie malsaine et malfaisante de l'individu (le vent sombre) revient hanter les vivants et leur apporter la maladie et la mort.

Clan (ou peuple) : concept familial très élargi. Chez les Navajos, on en dénombre 65 (v. famille). La quatrième partie du *Diné bahané* (transcription par Paul G. Zolbrod du cycle relatant les origines des Navajos) relate leur création et la façon dont ils ont reçu leur nom.

Conseil tribal : créé vers 1930, il siège à Window Rock et administre la Grande Réserve et ses richesses naturelles. Ses membres, élus au suffrage universel à bulletin secret, représentent les 78 divisions administratives constituant la réserve.

Creek : cours d'eau d'importance moyenne, en général affluent d'un fleuve.

Dine, Dinee ou **Dineh** : le Peuple (également le Clan) ; tel est le nom que se donnent les Navajos. Ils habitent la région qu'ils appellent Dinetah, la plus grande réserve des USA, d'une superficie de 64 750 km ^{2}.

Dinetah ou **Dineh Bike'yah** (mot à mot, « parmi le Peuple ») : les limites des Terres du Peuple marquées par les Quatre Montagnes sacrées qui correspondent grossièrement aux quatre points cardinaux (v. ce mot et vent) et sont associées aux quatre couleurs, coquillages et moments de la vie ; Sis no jin ou Tsisnadzhini à l'Est (Blanca Peak, Nouveau-Mexique, couleur blanche de l'Aube, coquille blanche, l'enfance) ; Tso'dzil ou Tsotsil au sud (Mont Taylor, Nouveau-Mexique, couleur bleue du Ciel, turquoise, l'âge adulte) ; Dook o'ooshid ou Dokoslid à l'Ouest (Monts San Francisco, Arizona, couleur jaune du Crépuscule, abalone, la mort), Debe'ntsa ou Depentsa au nord (La Plata Mountains, Colorado, couleur noire de la Nuit, obsidienne, le recommencement).

Dualisme : Dieu-qui-Parle et Dieu-qui-Appelle, Premier Homme et Première Femme, Garçon Abalone et Fille Abalone, la source de vie qui contient à la fois la « matière » nécessaire à la vie et le moyen lui permettant de passer l'épreuve du temps, la forme non physique dissimulée à l'intérieur de la forme physique des choses, tous ces éléments de la mythologie navajo relèvent d'un dualisme presque systématique pouvant être associé à un pôle positif et un pôle négatif, un caractère masculin et un caractère féminin ; ces contraires complémentaires sont ensuite regroupés pour donner des séquences de quatre dont le premier couple est à son tour considéré comme « positif », le second comme « négatif », l'association des « contraires » pouvant culminer dans la fusion finale et le recommencement symbolisés par le chiffre neuf.

Famille : système matrilinéaire chez les Navajos ; les jeunes époux se mettent en quête d'un endroit où construire leur hogan (v. ce mot), tant pour s'isoler que pour avoir suffisamment d'espace afin de pratiquer l'élevage des moutons. Il faut ici distinguer la notion de clan de ce que Hillerman appelle « outfit » en américain et que nous avons traduit par famille élargie : une sorte de clan géographique élargi permettant aux Navajos isolés de se regrouper à trois ou quatre « familles », afin de coopérer pour certains travaux ou certains rites. Cet « outfit » peut regrouper de 50 à 200 personnes. Ce terme peut également s'appliquer aux habitations et installations attenantes.

Fantôme : v. chindi.

Femme-qui-Change (*Asdzaa nadleehé*) : dans la mythologie navajo, elle est une des deux « filles jumelles » de Premier Homme et de Première Femme, créée en présence de nombreux autres représentants du Peuple Sacré à partir d'une figurine de turquoise lors d'une cérémonie complexe et poétique. Elle s'accouple avec Shivanni (*Johonaa'éi*), le Soleil-Père, pour donner naissance aux Jumeaux Héroïques, Tueur-de-Monstres et Fils-Né-des-Eaux (ou Né-de-L'Eau, son nom changeant à plusieurs reprises durant le cycle des origines). Plus tard, Dieu-qui-Parle et Dieu-qui-Appelle, associés à d'autres membres du Peuple Sacré au cours d'une cérémonie de création nécessitant l'utilisation d'objets sacrés, d'épis de maïs, et le souffle du Vent (*Nilch'i*), lui transmettent ce don de création qu'elle réalisera en frottant diverses parties de son corps et en recueillant la couche de peau superficielle dans sa main. Elle est avec sa sœur, Femme Coquillage Blanc (*Yoolgai asdzaa*) la seule représentante du Peuple Sacré à être à la fois entièrement bonne et hantée par la solitude.

Four Corners : la région des États-Unis où, fait unique dans le pays, les frontières séparant quatre États (Arizona, Utah, Colorado, Nouveau-Mexique) se coupent à angle droit.

Grand-père : terme qui, du fait du système clanique des Navajos, s'applique aux hommes âgés appartenant au clan de la mère. De même des termes comme oncle, voire père ou mère, n'ont qu'un rapport très lointain avec le sens que nous leur donnons quotidiennement.

Harmonie : v. hozho.

Heure : selon Tony Hillerman, le concept navajo le plus déroutant car « ... pour eux, ce n'est pas un continuum, un flot régulier. Ils se le représentent sous la forme de blocs. De rencontres. Et par voie de conséquence des mots comme " en avance " ou " en retard " n'ont pour eux aucun sens. (...) Les Navajos ne sont jamais où ils sont censés être. Les autres Indiens appellent cela " l'heure navajo ", ce qui signifie " Dieu sait quand ! " (interview accordée au traducteur, octobre 1987, publiée dans *Polar n° 1*, Rivages, 1990).
Pourtant, lors de l'Éveil des Masques qui marque la quatrième nuit du Yeibichai (v. ce mot), c'est toujours à minuit que le chanteur « réveille » les dieux.

Hogan : la maison du Navajo, structure au toit arrondi faite de rondins et de boue séchée. Un abri et un corral au minimum viennent la compléter. Le hogan d'été utilisé pendant le pacage des moutons est de facture plus grossière. Des règles précises commandent l'orientation de l'habitation traditionnelle (v. points cardinaux).

Hopi : dans la langue de ces Indiens pueblo, *hopitu* signifie « le peuple paisible ». Leur réserve se trouve enclavée dans la réserve navajo du nord de l'Arizona : le recensement de 1989 indiquait que 9617 personnes habitaient sur la réserve hopi mais ils ne seraient pas plus de trois mille à vivre réellement dans les villages ancestraux des trois mesas. Ce sont avant tout des cultivateurs et des chasseurs.

Hosteen : mot navajo qui exprime le respect dû à la personne (en général l'homme adulte) à laquelle on s'adresse.

Hozho ou **hohzho** : mot navajo qui signifie la beauté, l'harmonie de l'individu avec le monde qui l'entoure.

Medicine-man : v. shaman.

Mesa (mot espagnol) : montagne aplatie caractéristique des États du Sud-Ouest. Lorsqu'elle ressemble plus à une colline qu'à un plateau elle devient une butte. Et une butte au sommet arrondi est une colline. Parmi les mesas les plus connues, citons Mesa Verde, dans le Colorado, haut-lieu archéologique, et les Première, Deuxième et Troisième Mesas sur lesquelles se perchent les villages hopi ancestraux.

Montagnes Sacrées : v. Dineh Bike'yah.

Mort : les Navajos ont une crainte maladive de la mort au point de s'entourer de toutes sortes de précautions et d'éprouver une intense répugnance à toucher un cadavre qu'ils enterrent le plus rapidement possible dans un lieu secret. Pour eux, il n'y a pas de « paradis », au mieux le repos. Dans la mythologie navajo, deux habitants du cinquième monde meurent quatre jours après avoir observé un fantôme, d'où cette répulsion. Plus tard dans le cycle, les Jumeaux Héroïques, après avoir obtenu du Soleil les armes nécessaires pour triompher des monstres qui apportaient la mort au Peuple, épargnent plusieurs maux nécessaires : Sa, Celle-qui-Apporte-le-Grand-Âge, et d'autres qui correspondent à la Misère, à la Faim et au Froid. Puis Tueur-de-Monstres conclut : « Et maintenant l'ordre et l'harmonie règnent en ce monde. »

Navajo : les prêtres espagnols les appelaient « Apaches del nabaxu » ; le terme actuel est donc la corruption espagnole du mot pueblo signifiant « grands champs cultivés », « Apache » signifiant ennemi en zuñi. Arrivés tardivement en Arizona, ils se rendirent odieux par leur violence et leurs rapines avant d'acquérir, au contact des autres civilisations, nombre de techniques et de connaissances. Leur faculté d'adaptation s'est une nouvelle fois vérifiée dans le domaine des transmissions lors de la Seconde Guerre mondiale. Ils habitent la plus grande réserve des USA, la terre de leurs ancêtres, et exploitent eux-mêmes les ressources naturelles d'un sous-sol riche par l'intermédiaire du Conseil tribal. Par le passé ce peuple ne constituait pas une tribu à proprement parler, ce qui explique le non-respect de certains traités au XIXe siècle : la parole d'un chef de clan n'engageait pas les autres Navajos (ce dont les envahisseurs blancs ont parfois largement tiré profit). Ils constituent la nation indienne la plus importante du pays (près de 200 000 membres).

Oiseaux : perdrix (terme générique, probablement ici *callipepla gambelii*), grue du Canada (*Grus canadensis*), sturnelle des prés (*sturnella magna*).

Origines : avant d'atteindre la surface de la terre, les hommes durent émerger des mondes inférieurs (de quatre à douze suivant les mythologies) en suivant le tronc d'un arbre perçant les différentes couches successives. Les Navajos émergent du dernier monde souterrain, alors envahi par les eaux, en empruntant un roseau (*sipapu*). Le monde actuel est la fusion des quatre mondes précédents (v. quatre et surtout dualisme). Chez les Hopis, on appelle *sipapuni* le lieu de l'émergence dans le Quatrième Monde.

Ouray (1820-1880) : moitié Ute Uncompahgre, moitié Apache, parlant également anglais et espagnol, il se retrouva de fait à la tête des chefs utes dans les négociations avec les Blancs, surtout de 1863 à 1873. La situation s'envenima à partir de 1878 chez les Utes de White River et Ouray ne put éviter les affrontements à la suite desquels les Blancs s'emparèrent des riches territoires du Colorado, depuis longtemps convoités, et escortèrent en 1881 les Utes vers des régions de l'Utah dont les mormons ne voulaient pas.

Paiute : tribu du Nevada et de l'Utah dont la langue est affiliée à celle des Utes.

Peintures de sables ou **peintures sèches** : elles font partie des rites guérisseurs et ont pour but de permettre au « malade » de retrouver une unité d'harmonie avec le monde. Le chanteur et ses aides y travaillent pendant des heures et utilisent pollen, pierres écrasées, charbon de bois etc., pour représenter des sujets ayant trait au Peuple Sacré. L'œuvre est ensuite détruite avant la tombée de la nuit de crainte que les esprits mauvais ne reprennent le dessus et ne rendent la guérison impossible.

Peuple : le nom que se donnent les Navajos. Également synonyme de Clan.

Peuple Sacré (*Haashch'ééh dine'é*) : concept navajo. Ils sont capables du bien comme du mal et l'on peut arriver à les manipuler à l'aide de chants et de prières appropriés ; le Peuple de l'Esprit de l'Air, issu des mondes souterrains, qui donnera naissance au Peuple de la Surface de la Terre à Cinq Doigts, peut avoir l'aspect d'animaux (Grand Serpent, Grande Mouche, Coyote...), d'êtres humains (Femme-qui-Change, Premier Homme...) ou d'éléments naturels (le Peuple du Vent, le Peuple du Tonnerre...)

Points cardinaux : ils jouent un très grand rôle dans les rites religieux. Chez les Navajos la porte du hogan fait face à l'est qui symbolise le souffle de vie ; le sud représente la piste de vie ou piste de la beauté, de l'harmonie ; l'ouverture pratiquée dans un mur après un décès doit être dirigée vers le nord qui représente le mal ; l'ouest figure la mort. (Voir également Dinetah et vent.)

Pollen : il intervient dans quantité de rites navajo au même titre que la farine de maïs, l'une des quatre plantes sacrées avec la courge, le haricot et le tabac.

Porteur-de-peau : les sorciers, hommes ou femmes, décidés à apporter le mal à leurs congénères, commettent leurs méfaits la nuit en se dissimulant souvent sous des peaux d'animaux.

Premier Homme : sa création, associée à celle de Première Femme, est l'œuvre du Peuple Sacré, à partir de deux épis de maïs, et avec l'aide du Vent.

Pueblo : village en espagnol. Au contraire des bergers navajo, semi-nomades, les Indiens Pueblos (Hopis, Zuñis etc.), sont des agriculteurs sédentaires. On les trouve exclusivement dans le sud-ouest des USA. Taos, au Nouveau-Mexique, est le plus visité des pueblos.

Quatre : ce chiffre joue un grand rôle chez les Navajos qui dénombrent quatre montagnes sacrées, quatre plantes sacrées, quatre bijoux sacrés etc. (v. également dualisme).

Religion : pour l'essentiel, les Indiens du Sud-Ouest croient à l'interdépendance des choses de la nature ou à l'harmonie ou beauté, *hohzho* en navajo, qui doit régner dans leur réserve et par suite dans l'univers tout entier.
Mais les rites navajo sont, à l'exception de la Voie de la Bénédiction, destinés à guérir alors que chez les pueblos, les cérémonies religieuses ont pour but d'appeler les bienfaits que les kachinas, ou esprits ancestraux, pourront leur apporter sous la forme de nuages de pluie.
Des Navajos convertis au christianisme on dit qu'ils suivent la route de Jésus. Certains se convertissent à la foi mormone. D'autres adhèrent par exemple aux croyances de la Native American Church, organisation religieuse regroupant plusieurs tribus ; elle adapte le christianisme à des croyances et à des rites

locaux, autorisant en particulier l'utilisation sacramentelle du peyote hallucinatoire.
Chez les Pueblos, il existe une pluralité de prêtrises et de fraternités qui se partagent l'administration du sacré en renforçant la cohésion de la tribu et ses principes moraux.

Richesse : le désir de posséder est, chez les Navajos, le pire des maux, pouvant même s'apparenter à la sorcellerie. Citons Alex Etcitty, un Navajo ami de l'auteur : « On m'a appris que c'était une chose juste de posséder ce que l'on a. Mais si on commence à avoir trop, cela montre que l'on ne se préoccupe pas des siens comme on le devrait. Si l'on devient riche, c'est que l'on a pris des choses qui appartiennent à d'autres. Prononcer les mots " Navajo riche " revient à dire " eau sèche " ». (*Arizona Highways*, août 1979).

Rites guérisseurs : à chaque maladie correspond un rite guérisseur qui peut durer jusqu'à neuf jours. Parfois, pour un seul chant, plusieurs centaines de prières et d'incantations doivent être exécutées au mot près. Si le chanteur est à la hauteur, le patient retrouvera l'harmonie. Par exemple, la Voie de l'Ennemi permet de guérir celui qui est sous l'emprise d'un sorcier, la Voie du Sommet de la Montagne celui qui s'est trop approché d'un ours...

Shaman : terme quelque peu impropre (de même que *medicine-man*) pour désigner le chanteur navajo.

Shoshone : nombreux groupes du Wyoming, de l'Idaho et du Nevada notamment, dont la langue est voisine de celle des Utes, très influencés par les Indiens des Plaines.

Sorcier : homme ou femme décidé à faire le mal.

Ute : tribu du Colorado formée de sept nations, originaire des Rocheuses, ennemie des Navajos, qui vécut en relative bonne harmonie avec les Blancs jusqu'en 1878, lorsque ceux-ci les spolièrent de leurs territoires pour en exploiter les précieuses ressources. Certains guerriers s'étaient notamment joints aux troupes de Kit Carson pour l'invasion du Canyon de Chelly.

Végétation : genévrier (*juniperus*), olivier de Bohême (*elaeagnus angustifolia*), pin pignon (*pinus pinea*), pin ponderosa (*pinus ponderosa*), tremble de Fremont (*populus tremuloides*) pour les arbres.
Pour herbes et buissons : arroche (*chenopodiaceae* ou *salt bush* en américain), bardane (*sandburr* en américain, terme désignant les plantes dont les bractées des fleurs ou des fruits présentent des crochets), chamisa (mot indien dont la traduction, herbes-aux-lapins, est également utilisée ici), chardons, herbes-aux-serpents (*snakeweed* en américain, terme collectif désignant des plantes associées aux reptiles par la forme, les vertus curatives etc...), herbes-qui-roulent (*tumbleweeds* en américain, appellation commune qui désigne ces plantes que le vent arrache et fait rouler sur le sol), sauge (*salvia*), stipa (*needle grass* en américain, mot regroupant une centaine de variétés), thé mormon (*ephedra*, le nom de cette plante se référant à l'usage qui en était fait dans le traitement de la blennorragie, par allusion à l'ancienne polygamie des mormons). Pour certaines de ces plantes nous avons préféré le terme local au terme scientifique français.

Vent (*Nilch'i* en navajo) : le vent-qui-est-dedans, souffle de vie de chaque créature, y compris des plantes ou des montagnes, peut se scinder en quatre composantes mais ne peut être dissocié du vent qui existe partout ailleurs. À l'origine, le Vent Sacré apporte tous les éléments nécessaires à la vie. Dans une des versions de la mythologie, Premier Homme et Première Femme, qui attendent le don de Force, assistent à l'émergence du Vent venu d'un Nuage (ou Brume) de Lumière sous les formes du Vent Noir (vent féminin de l'Est, pouvoir de la vie), du Vent Bleu (vent masculin du Sud, pouvoir du mouvement), du Vent

Jaune (vent féminin de l'Ouest, pouvoir de la pensée), du Vent Blanc (vent masculin du Nord, pouvoir de la communication) et du Vent des Couleurs Nombreuses (v. dualisme ou quatre ; ici, le comportement global). Mais pour les Navajos il n'y a qu'un seul vent unitaire auquel sont associés quantités de noms différents liés aux origines cardinales, à l'ampleur, l'apparence, les effets etc. Seul et multiple à la fois, le Vent se trouve à l'intérieur de l'individu (le vent-qui-est-dedans) et tout autour de lui, transite dans les deux sens par les organes respiratoires (la communication, faste ou néfaste, peut être symbolisée au niveau de l'oreille, le nez représentant un siège de la pensée). Les membres du Peuple Sacré ont par ailleurs le pouvoir d'influer en bien ou en mal sur le vent-qui-est-dedans.

Voie (de la Bénédiction, du Sommet de la Montagne etc.) : rite guérisseur navajo. La Voie de la Bénédiction est seule à posséder un but préventif en enseignant comment le Peuple Sacré a créé le Peuple de la Surface de la Terre à Cinq Doigts (*Nihookaa' dine'é*) et comment il lui a communiqué les techniques nécessaires pour y vivre.

Voie Navajo : ce terme désigne l'ensemble de la culture et des coutumes traditionnelles des Navajos.

Wash : le lit, souvent asséché, d'un cours d'eau d'importance variable que des pluies torrentielles parfois tombées très loin en amont peuvent soudain transformer en un fleuve ou un torrent en furie.

Yataalii ou **haatali, hataalii, hathatali** : terme navajo pour désigner le chanteur.

Ya'eeh te'h ou **ya-ta-hey** : salutation navajo.

Yeibichai : ce chant navajo, qui dure neuf nuits, est le seul faisant appel à des masques.

Dans la même collection

Cesare Battisti, *Terres brûlées* (anthologie sous la direction de)
William Bayer, *Labyrinthe de miroirs*
Marc Behm, *À côté de la plaque*
Marc Behm, *Et ne cherche pas à savoir*
Marc Behm, *Crabe*
Marc Behm, *Tout un roman !*
James Carlos Blake, *Les Amis de Pancho Villa*
Edward Bunker, *Aucune bête aussi féroce*
Edward Bunker, *La Bête contre les murs*
Edward Bunker, *La Bête au ventre*
James Lee Burke, *Prisonniers du ciel*
James Lee Burke, *Black Cherry Blues*
James Lee Burke, *Une saison pour la peur*
James Lee Burke, *Une tache sur l'éternité*
James Lee Burke, *Dans la brume électrique avec les morts confédérés*
James Lee Burke, *Dixie City*
James Lee Burke, *La Pluie de néon*
James Lee Burke, *Le Brasier de l'ange*
James Lee Burke, *Cadillac Juke-Box*
Daniel Chavarría, *Un thé en Amazonie*
Daniel Chavarría, *L'Œil de Cybèle*
George C. Chesbro, *Bone*
George C. Chesbro, *Les Bêtes du Walhalla*
Robin Cook, *Cauchemar dans la rue*
Robin Cook, *J'étais Dora Suarez*
Robin Cook, *Le Mort à vif*
Robin Cook, *Quand se lève le brouillard rouge*
Tim Dorsey, *Florida Roadkill*
Wessel Ebersohn, *Le Cercle fermé*
James Ellroy, *Le Dahlia noir*
James Ellroy, *Clandestin*
James Ellroy, *Le Grand Nulle Part*
James Ellroy, *Un tueur sur la route*
James Ellroy, *L. A. Confidential*
James Ellroy, *White Jazz*

James Ellroy, *Dick Contino's Blues*
James Ellroy, *American Tabloid*
James Ellroy, *Crimes en série*
Barry Gifford, *Sailor et Lula*
Barry Gifford, *Perdita Durango*
Barry Gifford, *Jour de chance pour Sailor*
Barry Gifford, *Rude journée pour l'Homme-L*
Barry Gifford, *La Légende de Marble Lesson*
Barry Gifford, *Baby Cat Face*
James Grady, *Le Fleuve des ténèbres*
James Grady, *Tonnerre*
James Grady, *Comme une flamme blanche*
Vicki Hendricks, *Miami Purity*
Tony Hillerman, *Le Voleur de temps*
Tony Hillerman, *Porteurs-de-peau*
Tony Hillerman, *Dieu-qui-parle*
Tony Hillerman, *Coyote attend*
Tony Hillerman, *Les Clowns sacrés*
Tony Hillerman, *Moon*
Tony Hillerman, *Un homme est tombé*
Tony Hillerman, *Le Premier Aigle*
Craig Holden, *Les Quatre Coins de la nuit*
Thomas Kelly, *Le Ventre de New York*
William Kotzwinkle, *Midnight Examiner*
William Kotzwinkle, *Le Jeu des Trente*
Terrill Lankford, *Shooters*
Michael Larsen, *Incertitude*
Michael Larsen, *Le Serpent de Sydney*
Dennis Lehane, *Un dernier verre avant la gu*
Dennis Lehane, *Ténèbres, prenez-moi la main*
Elmore Leonard, *ZigZag Movie*
Elmore Leonard, *Maximum Bob*
Elmore Leonard, *Punch Créole*
Elmore Leonard, *Pronto*
Elmore Leonard, *Beyrouth-Miami*
Elmore Leonard, *Loin des yeux*
Elmore Leonard, *Viva Cuba libre* !
Bob Leuci, *Odessa Beach*
Jean-Patrick Manchette, *La Princesse du sang*
Dominique Manotti, *À nos chevaux !*

Dominique Manotti, *Kop*
Tobie Nathan, *Saraka bô*
Tobie Nathan, *Dieu-Dope*
Jim Nisbet, *Prélude à un cri*
Jack O'Connell, *B.P. 9*
Jack O'Connell, *La Mort sur les ondes*
Jack O'Connell, *Porno Palace*
Jack O'Connell, *Et le verbe s'est fait chair*
Hugues Pagan, *Tarif de groupe*
Hugues Pagan, *Dernière station avant l'autor*
Andrea Pinketts, *La Madone assassine*
Michel Quint, *Le Bélier noir*
John Ridley, *Ici commence l'enfer*
Édouard Rimbaud, *Les Pourvoyeurs*
Pierre Siniac, *Ferdinaud Céline*
Les Standiford, *Johnny Deal*
Les Standiford, *Johnny Deal dans la tourmen*
Richard Stark, *Comeback*
Richard Stratton, *L'Idole des camés*
Paco Ignacio Taibo II, *À quatre mains*
Paco Ignacio Taibo II, *La Bicyclette de Léona*
Ross Thomas, *Les Faisans des îles*
Ross Thomas, *La Quatrième Durango*
Ross Thomas, *Crépuscule chez Mac*
Ross Thomas, *Voodoo, Ltd*
Andrew Vachss, *Le Mal dans le sang*
Y. S. Wayne, *Objectif Li Peng*
John Wessel, *Le Point limite*
Donald Westlake, *Aztèques dansants*
Donald Westlake, *Faites-moi confiance*
Donald Westlake, *Histoire d'os*
Donald Westlake, *361*
Donald Westlake, *Moi, mentir ?*
Donald Westlake, *Le Couperet*
Donald Westlake, *Smoke*
J. Van de Wetering, *Retour au Maine*
J. Van de Wetering, *L'Ange au regard vide*
J. Van de Wetering, *Le Perroquet perfide*
Charles Willeford, *Miami Blues*

Charles Willeford, *Une seconde chance pour les morts*
Charles Willeford, *Dérapages*
Charles Willeford, *Ainsi va la mort*
Charles Willeford, *L'Île flottante infestée de requins*
Daniel Woodrell, *Sous la lumière cruelle*
Daniel Woodrell, *Chevauchée avec le diable*

Imprimé par la Société Nouvelle Firmin-Didot
Mesnil-sur-l'Estrée
pour le compte des Éditions Payot & Rivages
en septembre 2000

Dépôt légal : septembre 2000
N° d'impression : 51844